谁许忘川欢喜

Shuixu
wangchuan
huanxi

恬剑灵 著

百花洲文艺出版社
BAIHUAZHOU LITERATURE AND ART PRESS

图书在版编目（CIP）数据

谁许忘川欢喜 / 恬剑灵著. -- 南昌 : 百花洲文艺出版社, 2019.4

ISBN 978-7-5500-3205-7

Ⅰ. ①谁… Ⅱ. ①恬… Ⅲ. ①长篇小说－中国－当代 Ⅳ. ①I247.5

中国版本图书馆CIP数据核字(2019)第039756号

出 版 者 百花洲文艺出版社
社 址 江西省南昌市红谷滩世贸路898号博能中心A座20楼 邮编：330038
电 话 0791-86895108（发行热线） 0791-86894790（编辑热线）
网 址 http://www.bhzwy.com
E-mail bhzwy0791@163.com

书 名 谁许忘川欢喜
作 者 恬剑灵
出 版 人 姚雪雪
责任编辑 余丽丽
特约编辑 王 胜
装帧设计 颜小曼
封面绘制 亦良璇子
经 销 全国新华书店
印 刷 长沙鸿发印务实业有限公司（长沙黄花工业园三号 邮编410137）
开 本 880mm×1230mm 1/32
印 张 10
字 数 272千字
版 次 2019年5月第1版
印 次 2019年5月第1次印刷
定 价 36.80元
书 号 ISBN 978-7-5500-3205-7

赣版权登字：05-2019-58

目录 CONTENTS

目录 CONTENTS

Shuixuwangchuanhuanxi

—— 楔子 ——

春寒料峭，一场滂沱大雨毫无预兆地降临，雨密且急，狠狠地鞭打着地面，给墨城卷来了无限的寒意。

十字路口，形形色色的伞底下是行色匆匆的人。红灯还没转为绿灯，便有路人急匆匆地冲向了对面，很快，便有刺耳的刹车声响起。雨天过马路的“盛况”，格外热闹。

唯独街道的一隅，一把黑色的大伞下，男人的刀抵在女人的腰侧，两人之间展开着这样的对话：

“姓名？”

“池茹。”

“年龄？”

“二十三岁。”

“毕业院校？”

“墨城大学。”

“知道为什么选中你吗？”

“我年轻貌美是校中一枝花。”

“够臭美的。”男人左脸上一道“7”字形状的伤疤在阴森天气的映衬下显得格外扭曲，“不过很快，你这朵花就要凋零了。”

男人的话说完，一辆黑色商务车便停在了两人旁边，车速极快，溅起了一地泥水。

被威胁着坐进车之后，池茹口鼻被白色的帕子一捂，很快便不省人事了。

池茹是被剧烈的疼痛感给唤醒的。

她身处一间晦暗的房间，四周密不透风。

此刻，她正躺在一张形似手术床的地方，而她的身上，插着各种管子，管子连接着一套不知名的仪器。

借着头顶上方的光亮，她眯起的眼隐约可以瞧见一把闪耀着银色光泽的手术刀，直接刺穿了她的腹部。

血，到处都是血。

池茹的脸上沁出了细密的冷汗，强烈的疼痛让她咬紧了牙关。

又是一阵铺天盖地的痛意袭来，那人似乎还觉得不满意，直接借着刚刚的力道，将手术刀一横，将她的腹部剖开了。

“嘀嘀嘀——”仪器发出了急促的低频警报。

身体的力气不知何时被全部抽离，池茹竟无法反抗丝毫。

“抱歉，忘记给你做麻醉了。”头顶一道男声响起，带着一丝嚣张，“不过反正都是要死的，你应该不介意我先拿你的肚子练练手吧！”

池茹只来得及感受生命的流逝，以及铺天盖地的恐慌与害怕。

她的眼早已迷蒙成一片，已经完全看不清眼前这人的长相。唯有一点可以确定，这个人和抓她上车的不是同一人。抓她的人，极有可能是听命于他的。

男人的声音犹如恶魔般继续响起：“在我让你的脑袋像你的肚子一样被剖开前，我允许你在死前提一个愿望。”

“你……你……”池茹本就因疼痛而睁不开眼了，那张原本精致美丽的脸此刻皱成了一团，她说不出一句完整的话来，只能大口大口地喘着气。她知道，她马上要死了。

死在眼前这个人的手上。

“不说吗？那真是太遗憾了。”男人玩味地看着面前的玩物在濒临死亡时的崩溃，慢条斯理地往她的手臂静脉上注射了一管药剂。

一秒，两秒……一分钟，两分钟。

死神急速降临，池茹身体的疼痛则伴随着他“赏”给她的药剂而稍有缓解，终是能够完整地说出一句话来。

“我……我的愿望是，看……看清你的脸，送你这个杀人凶手，走……走向死亡的绞刑架！”她的声音沉重无力却又铿锵坚定，回荡在这狭小的室内。

“很可惜，你永远都没有这个机会了。”

伴随着这一声，池茹眼睑已经快要黏上了，意识正在快速涣散。她的前方，似有一个无边无尽的黑色暗涌，将周围的一切活物吞噬。那快要阖上的眼缝，让她只来得及感受到男人缓慢踱步到了她的手术床后头。

自此，她便陷入了铺天盖地的黑暗之中。

男人看着手术床上快要失去生命体征的女人，眼中闪过一丝玩味的笑，犹如逗弄着待宰羔羊的主宰者一般。

下一瞬，他手中的那把染血手术刀直接划过她的后脑。

鲜血四溢，皮骨分离。

生命仪器上各项数据急速波动，又是一轮警报，不过短短几秒时间，便趋于一条直线。

池茹的心脏骤停。

死亡让她那张苍白的脸变得毫无血色。

没有人知道，在她心跳骤停的那一瞬，她脑中残存的意识是——幸好。

幸好孔忘川没有爱上她。

幸好她也没爱上他。

第一章

虚假的成人礼 1

两年后。

墨城。

3 月 7 日是个好日子，商场内，各商家打着“女神节”的名头又展开了新一轮的促销。

池茹在商场一楼入手了两套化妆品，抢了两支据说早已卖断货的色号的口红，又辗转去了四楼刚入驻的奢侈品专柜，买了一套“女王日常战备装”，又顺带买了这家一款新上市的包包。

等到终于达成了她今天来这儿的主要目的，她这才心满意足地准备打道回府。

手机来电铃声在她乘扶梯下楼的时候响了起来。

特殊的铃声，她不用看来电显示也知道是谁。

手上好几个袋子，她忙腾空一只手去接电话。视线瞄过屏幕上“吝啬孔”三个字，她笑得格外妩媚：“孔先生您好，您这么日理万机操劳民生大计，不知道找我这只米虫有何贵干呢？”

对方也不和她绕圈子，清冽低沉的嗓音带着一丝斥责：“知道你今天总共花了我多少钱吗？”

“不多不多，应该也就……”

池茹脑中默默滑过一个个数字，有些狼狈地开始做起了加法。

男人已经先她一步丢出了一个精准到个位数的答案——

“八万七千六百五十八元！”

扶梯一路到了一楼，池茹脸上保持着谄媚的笑：“我就说不多嘛，九万都不到呢。”

手机另一头，孔忘川轻揉着眉心，好脾气悉数告罄。

“你知道自己单单这一个小时的消费就足以让天桥底下少出现几个流离失所吃穿都愁的流浪汉吗？国家发展GDP不是让你发展到这种挥霍的地方上去的。池茹，你还真是没辜负这名字，简直就是我辈中人的‘耻辱’！”

她姓池名茹怎么碍着他了？

动不动就对她进行人身攻击，不知道她的名字也是有尊严的吗？

还有，人家天桥底下出现流浪汉跟她的挥霍有什么关系？什么都往她身上套是吧？

池茹的隐藏战斗力就这么被激发了出来。

“好好好，我知道孔先生您勤俭节约发扬中华民族传统美德，您尊老爱幼体恤民间疾苦从不滥用一分钱。不过我用的是我自己的钱，我爱怎么样就怎么样，您没必要这么给我上纲上线吧？”

“你的钱？你的钱怎会跑到我银行卡里？”

“那是我嫁妆！嫁妆懂吗！当然是我的钱！”池茹拔高了嗓音强调道。

想到这个，她就憋屈。她家老爹和老娘知道她好逸恶劳的性子，自知自己管不住她，所以在给她物色了孔忘川这个男友之后，便将她的所有嫁妆都交给了他保管，顺带将她也一并打包送给了他“保管”。

也就是说，她不仅被老爹老娘打包扫出了门，她的所有家当还被孔忘川一手把持，她老爹老娘那边根本就不愿意再为她“拔”一毛钱。

偏偏孔忘川其人，典型的抠门，每一分钱都要用到实处。

今儿个她是偷拿了他的卡出门，结果一个个扣款提醒，就这么将她给暴露了。

“在你改掉不务正业、游手好闲、花钱如流水等臭毛病之后，我可以考虑将你的嫁妆先预支你一半。但在此之前，你的嫁妆金额为‘0’，所以你今天花掉的所有钱都是我的血汗钱，麻烦你尽快归还。”

池茹：“……”我有一句脏话不知当讲不当讲。

在她犹豫着是否要爆一大堆粗口时，男人继续补刀：“之前给你介绍的那家公司，明天记得去面试，早点赚钱早点还钱。”

池茹：“……”敢情是在这儿等着她呢！

正在气头上没怎么看路，池茹边对着手机另一头的孔忘川骂骂咧咧，边拎着几个袋子往前走去，就这么和迎面走来的人撞了个正着。

习惯性地，她一句“对不起”就出了口。

被撞的是一个二十岁左右的女生，青春靓丽，满脸的胶原蛋白，想来是一名学生。女生的双耳塞着耳机，似乎在听音乐，也不知道听没听到她的道歉，朝着她甜甜一笑之后便离开了。

池茹心里难免感叹命运的不公。

看看别的女生，妥妥的白富美“小公举”啊，想她才出校门两年，就再也不是老爹老娘的“小公举”了，还被他们这么硬塞给了一个和她八字完全不合的孔忘川。

就他的消费观念，她有理由相信未来的她不是自然死亡，而是直接被他的抠门给活活气死的。

结束通话，池茹收起手机一边怨愤地碎碎念，一边继续朝商场外走。

然而，她还没走几步，脸色便惨白起来。

她的脑海中突然浮现出一幅诡异的死亡画面。

那是一个洗手间的隔间。密闭的空间内，女生毫无生气地被安置在坐便器上，双耳颇为违和地戴着耳机。她那张青春靓丽的脸上，眼睛惊恐地呈突出状，临死前似乎瞧见了什么恐怖的画面。倏地，一只修长白皙的手狠狠捏住了她的下巴，食指的位置有一点殷红。另一只手提起眉笔对着那张惊恐的脸细细勾勒起来。那只手的主人，就仿佛在摆弄一个破碎且毫无知觉的洋娃娃，随意地在女生的脸上作画……

池茹一个激灵，吓得呆住了。

她……她刚刚是不是出现了什么幻觉？

对对对，她肯定是因为最近看孔忘川书房的那些什么行为分析、犯罪手法、心理侧写、完美犯罪等等乱七八糟的书给看得错乱了神经产生了幻觉，对，一定是这样。

可……

为什么她看到的诡异画面中，那个死了还被人压在洗手间化妆的女生，那么像刚刚她不小心撞到的那个戴耳机的女生？

不，不可能的。

这简直就是匪夷所思。

池茹转身看了一眼与她擦肩而过后渐行渐远的戴耳机女生，女生活蹦乱跳、青春靓丽，怎么可能会死！

自己果然是神经错乱了，居然凭空产生那样的幻觉，而且还是幻想人家死了被人化妆。摇晃了一下头疼的脑袋，池茹这才脚步有些僵硬地出了商场。

云仓公馆。

这个小区建立初衷便是以省直机关公务员及市区企业白领作为消费群体，打出的口号是“内涵、气质、高雅”。

孔忘川的父母是公职人员，分配有住房名额。然而，二老在他上高中时便双双殉职，在一场银行抢劫案中为营救人质而牺牲。

后来，孔忘川硕士毕业之后便走上了父母的老路，进了公安系统，接触各类案件，最终成为公安机关的业务指导。

他的指导领域宽泛，包括预备警官的培训、全省范围内警官的在职培训及升迁培训、国际刑警亚洲分部的培训。事无巨细，负责范围由点及面。而这，也极为挑战他本身的知识储备及抗压能力。

可不知道什么原因，他在公安系统待了四年之后，便主动放弃了他所热爱的事业，在前年毅然决然地投身于创业之中。

短短两年时间，他所创立的物联网企业便在墨城这座金融大城市之中稳稳占据了一席之地。由他公司开创的物联网平台不仅积极为各大企业和创业者“赋能”，也为消费者提供了良好的“桥梁”。

池茹回到家时，孔忘川还没回来。

作为商人的孔忘川，和作为公职人员的孔忘川相比，更忙了——忙着应酬，忙着扩展公司业务范围，忙着搭建人脉。

“米虫”池茹无所事事，便去了卧室欣赏自己今天买回来的战利品。

出卧室时，她已经换上了今天刚买的女王战备装，脸上也已经重新用新买的化妆品捯饬了一番，甚至还挎上了大几万的包。

孔忘川回来时，瞧见的便是这样的画面。

客厅白色的 LED 灯光下，女人似天生媚骨，举手投足间皆是万种风情。那搔首弄姿的姿态，还真是让人有冲动将她……扔出去净化房间内的空气。

“池茹，你知道自己几岁了吗？一个人在家还好意思这么臭美？”

男人缓步走来，臂弯处的西装外套被他随意地往沙发上一扔。他的声音磁性悦耳，曾经一度让池茹迷恋。

只不过，在她知晓他死抠且喜欢处处说教她之后，她就痛定思痛果断放弃了迷恋这个好嗓子。

此刻听他又要开始说教了，池茹飞快地白了他一眼。

“孔先生，您不知道女人不管什么年纪，她的体内永远都住着一个小公主吗？”

“你确定你穿着这身黑色露肩包臀裙是小公主，而不是恶毒王后？”

她嘴角一抽：“你对黑色到底是有多深刻的误解！”

“我对黑色没误解，我只对你今天花了我八万七千六百五十八元有很深的不解。”

池茹：“……”

记性要不要这么好，非得心心念念他那八万多块钱！

“你浑身上下穿的、戴的，就是花了我八万七千六百五十八元达到的效果？”

“……”用不用得着再强调一遍！

“是。”女人咬牙，原本还搔首弄姿自我欣赏着，却在他锐利的眼神扫视下迅速蔫了下来。女为悦己者容，像他这种给女朋友买礼物都抠抠搜搜的男人是不懂的。

还好，他们这段古怪的男女朋友关系并非是建立在双方自愿的原则之上。

等她找到了“又一春”，她会直接将他给踹掉！还会将她被迫寄存在他那儿的嫁妆给拿回来！

“净瞎买这种无用的东西。”见她点头，孔忘川蹙着眉点评完毕，朝她伸出手，“我的卡呢？”

池茹唰唰唰朝他飞了好几个眼刀过去，这才不甘不愿地回了自己的卧室，然后再磨磨蹭蹭地走了出来，不情不愿地将卡递给了他。

接过卡收入钱包，孔忘川嫌弃道："每天不事生产只知道当米虫，你就不觉得自己已经发霉了吗？"

"我觉得世界很美妙人生很美好，我身心健康完全没有发霉的迹象，谢谢关心！"皮笑肉不笑，她咬牙切齿地道。

男人言简意赅地朝她发射毒箭："还钱。"

池茹："……"

请把她的大砍刀拿来，谢谢！她要破戒大开杀戒了！

欠了孔忘川八万七千六百五十八元的池茹，最终还是免不了被他奴役着做晚餐。

厨房内，她依旧万年不变地做起了意大利面。

没办法，这是作为一个"厨房手残党"唯一能拿得出手的绝活了。

水烧开了，她动作利落地一把将意粉丢了进去，脑子里高速运转思考着是否要在孔忘川的那份意面里偷偷放点芥末。

溜到厨房门口，她犹如做贼一般朝着客厅观望了一阵，以确保他不会发现她的小动作。

某个男人正好整以暇地坐在沙发上看着电视。

又是老生常谈的新闻报道。

只不过突然传入耳中的这则新闻，调动起了池茹全部的心神。

"今天下午，罗都商场发生一起性质不明的谋杀案。一名二十岁左右的女性被发现死于商场三楼的洗手间里。极为奇怪的是，死者端坐于厕所坐便器上，死时面容安详，手持一枝红艳玫瑰。商场监控显示，死者在 17:25 分进入洗手间后便再也没有出来，由此可初步判定死亡时间为 17:30 分左右。此案已由墨城公安机关介入调查，本台将进一步跟进报道。"

热点新闻直播中，记者的声音抑扬顿挫地响起。镜头切到死者时明明才停留了一两秒，池茹却看了个分明。

那个洗手间隔间的位置，那个女生，还有她脸上被画上的妆……

“轰”的一声，池茹只觉得整个人都要炸了。

第二章

虚假的成人礼 2

熟悉的一幕。

两个多小时前在商场，池茹的脑海里便闪过了那名女生被谋杀后的诡异画面。

当时，她脑中闪过这匪夷所思的一幕时那女生和她擦肩而过没多久，她还特意回转身去确认了一下对方是活蹦乱跳的。

可现在，那一幕切切实实地发生了。

唯一不同的是，那时她脑中闪现的画面中，那个女生表情惊恐，睁大了双眼，被人捏住了下巴化起了妆。

如今那张脸上的惊恐却被安详所取代。

匪夷所思，离奇又诡异。

这怎么可能！

她怎么可能会预见到别人的死亡？

不，这简直就是天方夜谭，是根本就不可能发生的事。

她当时离开商场时是下午四点半左右，也就是说，她当时预见的是一个小时之后女生被谋杀的场景。

墙上的嵌入式液晶电视里正播放着那蒙着白布的女性死者被担架抬着离开的一幕，池茹只觉得心底的某处痛得厉害。

如果当时没有将这诡异的画面当作是自己的神经错乱。

如果当时她肯多花时间仔细思考一番。

如果当时她肯重新回过头去找那名女生说上几句话提醒她当心。

她是否就能扭转那女生的死呢？

“做个意面都能这么三心二意，哪天把厨房给烧了恐怕都做得出来吧？”

耳畔一道挑剔找碴的男声响起，带着固有的欠扁味道。

池茹这才回过神来，用还保持在呆滞状态的眼神望了他好几秒。

在他越过她去捞面时，她格外大度地没有计较他的毒舌，而是求知若渴地问：“孔先生，对于刚刚新闻报道出来的那名死者，你对她的死因以及作案凶手有什么看法？”

“你问这些做什么？”

“哎呀，我最近不是偷拿了你书房里的某些书看嘛，你这么明察秋毫肯定能够发现我动了你的那些宝贝书。实不相瞒，我很不幸地被书的内容迷住了，如今的我对探案产生了浓厚的兴趣。既然正巧看到了这则报道，当然得向你这个大专家讨教讨教啊。”

女人语声嘹亮脸带兴奋，仿佛刚刚脸上呈现的那丝僵硬和苍白都是幻觉。

孔忘川凝在她脸上的视线变得幽深，几秒后才淡淡道：“不敢当，我不善此道。”

“您可别谦虚了，谁不知道您这个公安机关的业务指导是大牛人啊。上知天文下通地理，前期进外交入广电，刑侦经侦、国家安全反恐一把抓。后期转入业务指导领域，给人家公职人员培训这个培训那个，那个教书育人的架势哟，让我等小老百姓瑟瑟发抖。哦，不，纠正，是肃然起敬。孔先生，您可是我一直以来都崇拜的大人物，您不吝赐教一下又不会少块肉，您说是吧？您就勉为其难……”

经过她这一张嘴渲染，怎么听怎么别扭。故意将他捧得这么高，看来她是真的对这起案子上了心。

“停停停。”孔忘川忙打断她，“真的这么想知道？”

“嗯嗯。”

女人两眼泛着渴求的光，甚至还故意双手捧着下颌做星星眼花痴状，静待着他给她上一堂知识讲座。

“从有限的报道材料来看，无法判读女性死者的死因，具体得由法医那边验尸后得出结论。”

“哦。”

星星眼不见了，女人耷拉下了脑袋。

不过想想也是，新闻报道里也不过出现了死者的短暂画面，没有明显外伤。仅根据这一点，自然是无法判断那女生的具体死亡原因。

“不过——”

“不过什么？”池茹的眼睛瞬间亮了起来。

“有一点可以确定，死者是死后被化了妆。”

池茹心里“咯噔”一声，按照她的“预见”，他说得完全正确，那女生确实是死后才被化了妆。

“你怎么那么肯定？”

“若是生前被化妆，难度系数太大。”

对于孔忘川给出的这一原因，池茹极度不能苟同：“你是说她活着被化妆的话会一个劲挣扎，难度太大？那凶手如果是先迷晕了她再给她化妆，不就轻而易举了？”

“恐怕你还是没明白我的意思。我说的难度系数太大，不是指在死者还活着的时候替她化妆难度大，而是指在给死者化完妆整理完一切之后再杀了她。”

“哎？”

“首先，我们得明确这是在人流量极大的商场洗手间，进出的人即使一时之间没有发现厕所隔间的异样，不代表长时间不会发现。其次，若死者是先被迷晕或打晕等等一系列方式失去了知觉之后再被凶手化妆，那么，凶手根本无法确保她清醒过来的时间。死者清醒过来之后哪怕是闹出一丝半点的声响都会引来隔间外上厕所的人的注意，所以凶手必须保证自己在做这一切时不会出现任何的岔子，唯有先杀了死者才是最万全的。”

“可如果凶手杀人时没考虑那么多……”

“你觉得一个能够在洗手间不疾不徐地给人打理遗容的人，会在杀人前没有做好万全准备？”

“……”

好吧，池茹算是听明白了。

她非常有作为一个热心听众的觉悟，继续“崇拜”地捧着脸提问：“除了可以判断出死者是在死后被化了妆，还有其他的吗？”

“既然能确定女性死者是在死后被化了妆，那接下来的另一点便能够确定——凶手有意承担了入殓师这一角色。”

入殓师？

“为什么？就因为凶手多此一举地替死者化了妆？”

孔忘川将意面盛出，淋上酱汁，端着两个盘子往饭厅走去。

池茹连忙献殷勤地拿上两个餐叉跟了上去：“你倒是告诉我啊！这么说一半留一半，存心讨打是不是？”

男人将餐盘放下，接过她递来的餐叉坐下，随即用叉子漫不经心地卷起沾着酱汁的意面，一层又一层地缠绕起来。

“单单从新闻报道中短暂的案发现场照片来看，死者死时是端坐在隔间坐便器上。你理解端坐的含义吗？双膝自然弯曲坐下，小腿基本垂直于地面，双手十指并拢分别平放在双膝之上。而她的脸上，双眼微阖，妆容被化得格外精致，隐隐带着一抹红润，没有一丝丝仓皇不安，所有人看去，入眼的便是死者整体表现出来的安然祥和之态。当然，最重要的，还是她手持的那枝红艳玫瑰。”

送面入口，孔忘川开动晚餐。

池茹急急地追问：“可如果凶手真的有意承担了入殓师的角色，那‘他’为什么不将她放在床上或者直接放在棺木中？非得选择在厕所隔间这种狭小的地方？”

“这个就是警方需要调查的了。”

“那你说根据凶手能随意进出女洗手间不被起疑这一点来看，是不是可以判定凶手是女性？且是个入殓师或者是个对丧葬入殓这一行有浓郁兴趣的女人？”

“不能排除男性凶手戴假发出入女洗手间的可能，不过，这个案件确实女性犯案的可能性更高些。”

孔忘川指了指她面前的餐盘，示意她先开动。

池茹心里头藏着疑团，敷衍地卷了几根淋着酱汁的意面便往嘴里头送。然而下一秒，她便辣得眼泪都要出来了，芥末呛人的味道直冲喉咙，让她毫无形象可言地直接吐了出来。

她竖起了浑身的刺指控道：“你对我的意面做了什么？”

“按照你的意思，让它成为黑暗料理而已。”

“什么叫按照我的意思——”说到一半，声音戛然而止，池茹蓦地意识到了自己之前的打算——报复性地在孔忘川的面内淋上带有芥末的酱汁。

所以说，他这是早就洞悉了她的意图，趁她不备先下手为强了？

浑蛋！用不用得着这么明察秋毫啊！

自知理亏，她打掉牙齿和血吞。

抹了一把眼睛里打转的泪，她继续执着地追问：“那你能判断出凶手的体态特征等一系列线索吗？”

“池茹，我并未亲临现场，且并非这方面的专家，你眼中那些看一眼新闻便可以推测出凶手的逻辑学专家、行为分析专家、犯罪心理学专家，极大可能都是被过度美化了的，你最好能够分清虚幻和现实。哦，对了，友情提醒一下，大部分专家都是五十岁以上的高龄，你千万别太沉迷于某些推理作品的专家人物，那会引导你产生一个错误的择偶观念。”

池茹：“……”

还真是被他给说对了，自从看了他书架上的那些刑侦方面书籍，她便特意去网上淘了几本推理言情作品，正被里头的教授专家迷得晕头转向，下定决心要以他们为择偶标准。

掀桌！他干吗非得提醒她这一事实！

“老娘气饱了，先回房间了。”

她站起身，椅子与地面发出刺啦的声响。

身后，却传来孔忘川极度认真的声音——

“池茹，能谈谈你为什么会突然这么关心新闻中的死者吗？应该不仅仅是你所说的对探案产生了浓厚兴趣吧？”

第三章

虚假的成人礼 3

第二天。

池茹迷糊地醒过来时，便听到了雨打窗户的声音。

三月初的天，春寒料峭，下雨时更是添了几分冷意。她窝在被子里有些不想起床。

可偏偏，房门处传来某个男人的催命声。

“已经七点半了，赶紧起床。收拾准备一下，然后去我推荐给你的那家公司进行面试。”

她蒙在被子里吼道：“老娘要睡觉！”

“行，只要你能立马还了我的八万七千六百五十八元，你睡到天荒地老我都不拦着你。”

闻言，池茹瞬间蔫了。

最终，她有气无力地应了一声：“老娘这就起床。”

我只想负责貌美如花，可某个抠门男非得让我负责赚钱养家怎么破？在线等！非常急！

国内某知名论坛，ID为“我不是耻辱”的用户发表了一个求助帖子。

很快，该帖子便被广大“热心群众”围观了。

楼主，遇见这样的男的你就一脚踹了吧，难道还留着过年吗？

支持楼上 +1。

渣男！自己不上进居然还想着让老婆赚钱养他。

从楼主的描述中可以得知楼主老公很渣且很抠，楼主一定过得很艰辛。支持楼主离婚。

支持楼主离婚 +1。

支持楼主离婚 +10086。

……

化完妆，池茹捞过丢在床上的手机扫了一眼，不得不感慨这群网友的不靠谱，就没有一个真心实意给她提供解决方案的。

她真的不想被孔忘川赶鸭子上架去上班啊。

这和上断头台有何差别？

“咚咚！”

门被敲了两下，孔忘川穿着一身衬衫长裤打开了门。

男人长身玉立，袖口的衬衫微挽，露出结实的手臂。单手插兜，他性感的唇扬了扬：“从我喊你起床到现在，已经过去整整三十五分零十五秒。这么大人了还赖床，你就不嫌害臊吗？池茹，我怎么偏偏就摊上你这个‘耻辱’了呢？”

动不动就要拿她的名字做一下文章，他能耐了啊！

“不想摊上的话，你就还我嫁妆啊，我保证滚得麻溜儿的，绝不再出现在你面前玷污你的双眼。”

男人看了她几秒，在她期待的眼神下，非常恶劣地说出三个字：“想得美。”

欠的债总得还的，用过早餐，池茹还是被孔忘川给踢出了门。

都不知道开车顺路捎上她一段，还真是没有一点绅士风度。

她家老爹和老娘怎么就偏偏相中了他当未来女婿？

这简直就不科学！

雨天路滑，雨势没有停止的迹象，池茹撑着伞走了好一段距离，才打到了一辆出租车。

孔忘川给她介绍的是位于 CBD（城市中央商务区）的一家游戏公司，是他一位老同学开的。所以她今儿个去面试，也就是走个过场而已。

公司位于爱银大厦十九楼，接待她的是一个年近四十的女人，叫李姐。

李姐将她带到一间会议室后，开门见山地问："会化妆吗？会卖萌吗？有男朋友吗？男朋友支持你做这份工作吗？如果男朋友反对你会继续做吗？"

不过就是当一个"花瓶"负责前台行政工作，她可以理解必须得会化妆，但她无法理解为什么非得会卖萌啊？还跟她男朋友相关，男朋友同不同意到底跟她做前台有什么关系？

孔忘川这个坑爹货，就不能给她推荐一份能够体现她人生价值的工作吗？非得推荐她做这种莫名其妙的工作。

她恶向胆边生想要拍拍屁股走人，然而想到欠孔忘川的八万多块钱，立马便老实巴交地做会卖萌的鹌鹑："我会化妆会卖萌哟，而且这份工作还是男朋友特意和贵公司老板打了招呼让我来面试的，他非常支持我做这份工作哦。"

一听她的到来是自家老板首肯过的，李姐当即便笑容璀璨起来："对了，陈总确实交代过今天会有个朋友过来面试，原来你就是啊。小池是吧？李姐得再问你一下，你平常会哄你男朋友吧？他累了、饿了、乏了你都会满足他需求的吧？他心理有负担了、工作压力大了，你都会想出好法子开解他的吧？"

池茹的脸色已经不能用"僵硬"两字来概括了。

应聘前台和男朋友到底有什么鬼关系？

她才懒得管孔忘川是死是活！

心底早已吐槽了一番，她表面却依旧笑得乖巧甜美："对呀，我们两个超级恩爱呢。他只要有任何头疼脑热不舒服，不管是身体上的还是精神上的需求，我都会第一时间帮他解决呢。”

听到她的话，李姐眼底的笑更浓了。她当场敲定：“恭喜你小池，你准备准备明天就可以入职了，今天先在我这边签份合同。”那速度，仿佛生怕她反悔跑了似的。

云里雾里，池茹就这么通过面试敲定了工作。

李姐送她离开时，顺便又给她介绍了一下公司的概况。

风尚网络科技有限公司主打开发的都是热血类游戏，目前每款游戏的男性玩家占比都超过85.8%，所以公司的策划人员、设计师、开发维护人员以及数据分析师、游戏推广、测试员基本都以男性为首选。目前的情况就是……在汪洋大海般的男员工中，女员工包含新入职的池茹，仅仅只有四人。

池茹突然之间觉得，孔忘川故意将她丢到了雄性生物堆中绝对是用心不良。

这是给她提供了主动“爬墙”的机会？

“李姐，你这是给我们公司注入新鲜血液了？”有男员工见到池茹，笑着打趣起来。

“是啊，这姑娘可是来拯救你们这群成天和游戏打交道的宅男的。你们记得对她好些，这年头招人不容易，吓走了她，你们以后可就只能自己动手丰衣足食了。”

听着李姐的话，池茹心里不好的预感越发强烈起来了。

怎么感觉她成了被逼良为娼的可怜少女了！

正要哭唧唧地抹几把眼泪，池茹冷不丁就瞧见了那男员工的电脑屏幕。

“这款游戏，它……”

阿昌笑着说：“你对这款游戏感兴趣？这款游戏叫《入殓师的成人礼》，我们公司刚推向市场半个月，上线初期便已经收获了一大票忠实用户，现在这款游戏APP的下载量在游戏APP下载排行榜排名第八。”

旁边的小林也凑了过来：“美女也喜欢玩这款游戏？我们这边都有最佳攻

略，你喜欢的话哥哥就当作是你入职的礼物免费赠送。”

“小林，你作为一个‘死宅党’，居然当着我们的面泡妞。”

办公室内的气氛一下子活跃了起来。

池茹被这么多男生包围，颇有点众星拱月的感觉。

她脸上保持着甜美的笑容，纯洁得犹如一朵小白莲，眼神却不住地瞄着阿昌的电脑屏幕，问道：“小哥哥，为什么这款游戏要叫《入殓师的成人礼》呢？”声音听起来酥酥的，带着一丝嗲意，她忍不住都想要给自己竖起大拇指了。

不愧是宅男女神，她这么一问，被喊舒服了的阿昌当即解答了她的疑惑。

“我们这款游戏是以如何成为一个合格的入殓师为目的打造的。目前的游戏市场上，该职业很少被设计进去，主打这一块便占据了优势。游戏主要通过主人公从最开始的排斥这一行，到不得不因为身边的人一个个去世而在有限的条件下只能自己担负起入殓师的职责，伴随着为一个个不同身份不同方式死去的人进行入殓仪式，他一步步成长为优秀的入殓师。入殓师的成人礼，就是这个意思。”

“所以，这个成人礼并非是指古代时男子二十岁女子十五岁的冠笄之礼？”

“对，是按照引申意思来的。”

李姐一听“入殓”什么的就忍不住抖了抖身子：“你们年轻人啊就是主意多，开发这些东西。”

小林嘿嘿笑道：“我们当初设计开发的时候其实也是抵触的，不过策划部递交的方案和调研结果让领导很满意，我们也就迎难而上了。”

池茹指着电脑上的那一幕：“这个画面，入殓师在做什么？”

“这个啊，是游戏上线之后产生的 bug（缺陷、漏洞），我正在修复。画面呈现的是入殓师给一位曾经看不起他的女同学整理遗容的场景，只不过我们当初拟定的场景明明是死者家里，不知怎么数据出错场景被切换到了洗手间。”

听到这儿，池茹的心跳无端加快了。

她的双眼紧紧盯着画面中正在洗手间内给坐在坐便器上的女生整理仪容的入殓师。

如果她猜得没错，昨天在商场里杀害了那名女生的凶手，很可能就是这款《入殓师的成人礼》的忠实玩家。更甚者，这个bug的出现也是拜该凶手所赐。

“李姐，你可能需要立刻联系一下老板，让他知晓这款《入殓师的成人礼》游戏可能被卷入了一场谋杀案。咱们需要把这一线索汇报给警方协助调查。”

此刻的池茹，一改刚刚展现出来的甜萌软妹子形象，不苟言笑，语气严肃。

李姐吓了一大跳：“什……什么？谋杀？小池，你……你在开玩笑吧？”

“我也希望是玩笑。”池茹陈述事实，“昨天下午在罗都商场发生了一桩谋杀案，女性死者被发现死于商场洗手间，且死后被打理了遗容，极其像是‘入殓师’所为。”

小林不赞同：“因为这些就觉得这桩谋杀案和我们的游戏有关？美女，你这判断也太武断了些。”

“我也希望是我武断了。”

在警方没有找到突破口之前，突然出现这样的线索，且这个线索极有可能跟案件相关，作为热心市民的她当然不能错过。

更何况……

她预见到了那女生的死却没有及时阻止，心里对那女生有愧。

所以在这世上，她恐怕是除了死者亲人以外最渴望查出凶手的人了。

第四章

虚假的成人礼 4

风尚网络科技有限公司的老板，也就是孔忘川的朋友温鸣，在得知此事后便迅速做出指示，让李姐这边负责报警。

刑侦人员在接到报警之后迅速赶了过来，对相关游戏开发人员进行询问。

池茹看着大家一个个地积极配合调查，高跟鞋在地面上无意识地敲击了几下，犹豫着是否也该配合警方。

毕竟她预见到了那名女生的死亡，而且她也可以证实那名女生确实是被死后化妆的。

对了，还有那只钳制住了死者下颌对她进行化妆的手。

那只手，修长白皙，指甲都被剪短，修剪成了月牙形，唯独无名指上的指甲被刻意留长。从那只手来看，凶手是个严谨细致的人，做事一丝不苟。

凶手的左手上似乎还有一个重要特征。

当时，她只专注于死者被钳制住下颌化妆这一点，并没有刻意关注凶手的手，此刻冷不丁想要回忆起来，竟格外艰难。

正当池茹在努力和自己的记忆力做抗争时，耳畔响起了一道爽朗的男声。

“你就是小池吧？”

她抬眸望去，只见一个身材健硕的男人朝她走来。

男人身高有一米八五左右，身材挺拔，上身穿着一件T恤和灰色针织开衫。那T恤上也不知是被汗水还是雨水沾湿了，紧紧贴合在身上，将他紧绷的肌肉线条完美展现。

这是一个，身材方面无可挑剔的男人。若非他的脸保养得比她还要精致，她一定会不顾形象地扑上去。

“你是……”她心里已经有了个猜想。

“孔忘川的老同学，温鸣。”男人伸手钩着走在他身后那男人的脖子，两人站在一起，身高方面竟是谁也不让谁。

温鸣对旁边的男人道：“你这个未婚妻倒是挺有意思的。”

直到这时，池茹才瞧见了刚刚一直被她忽略的孔忘川。

敢情他们两个是一块儿来的。

“我们两个约了上午健身房健身加谈项目。”温鸣解释了一句。

怪不得T恤这么湿。她就说了，这大老板出门怎么可能没个车挡风遮雨嘛。看来不是雨水弄湿的，而是健身时挥洒的汗水，没在健身会所冲个澡就匆匆赶过来了。

“今天是让你来面试的，你怎么面试还面试出个报案来了？”

孔忘川俊脸紧绷，剑眉拧紧，见池茹和温鸣大有坐下来喝杯咖啡慢慢聊天的趋势，连忙开口问出了自己随着温鸣匆匆赶过来最关心的问题。

池茹不以为意：“作为社会主义的好公民，既然发现了对破案有用的线索，当然得积极协助警察‘蜀黍’调查了。我可是要努力获得热心市民奖的人，争取过年回家走亲戚的时候给老爹老娘长脸呢。”

他信了她的邪！

每年都有命案发生，他怎么从没见她对别的案子特别上心并亲自参与进去？唯独这一个，她展现出了十足的好奇心与参与度。

死者死于罗都商场，而池茹昨天也去罗都商场购物了，这中间是否有什么他所没有想到的关联？

或者说，池茹认识死者？

从刑侦队亲自过来可以看出，《入殓师的成人礼》这款游戏恐怕真的和昨天的谋杀案有一定关联。不过毕竟只是协助调查，警方只是让人腾出了一个会议室，找了公司内负责过这款游戏的人一个个谈了谈做了下了解。

刑侦队队长武淮远通过公司员工的介绍，主动朝着公司总负责人温鸣这边走来。

“温总，方便随我去那边简单聊几句吗？”

武淮远皮肤黝黑，身材高大，身上沉淀着一个刑警经历世事之后的内敛与光彩。说话间，他倏地发现了温鸣旁边的孔忘川。

他有一瞬间的愣怔，随即神色肃穆起来，飞快地朝孔忘川敬了个礼：“孔指导员。”眸中，有着曾经并肩作战的血性。

孔忘川并没有回礼。

颀长的身子静静地站着，他随意地摆弄着掌心的手机，清隽的脸上满是无奈：“武子，我早就不当这个指导员了。”

前年2月份，他便离开了公安系统，也离开了他所喜爱的事业。

“嘿！我管你离没离开，反正咱们哥俩的感情是不会因为你离开就变质的，你可甭想着不认咱们省直机关内的兄弟。”

孔忘川伸拳撞向他：“怎么着也不能忘了你这个被喂了三颗子弹还非得去逮犯罪嫌疑人的武子啊。这么不要命的人，我可是生平第一次结交。”

两个男人的铁拳，刚劲有力，在空中碰撞。

“别只说我啊，你还不是一样？带着一批国际刑警在亚洲基地训练，直升机出问题降落伞数量不够，你可是毫不犹豫将生的机会让了出去，差点就粉身碎骨了。”

听到这儿，池茹心神一凛，望向孔忘川的视线，蓦地幽深起来。

这个男人是傻子吗？出了事只顾着别人，如果不是他命大是不是他就已经不在人世了？

心里将他不珍爱生命的行径狠狠骂了一通，池茹觉得她又多了一条讨厌孔忘川的理由了。

这样的男人，出了事情只会将别人的生命放在第一位，哪还有自己老婆、孩子的地位？

差评！她坚决不能嫁给他！必须得想法子拿到嫁妆，之后马上就分手。

武淮远和温鸣到一边去谈《入殓师的成人礼》游戏的事情了。

孔忘川自然没有去打扰。

然而，当他将视线落在池茹脸上时，竟发现这妮子望着他时带着满眼的不认同和抵触。

什么情况？

“你是不是对我又有什么意见了？没关系，我这儿不是‘一言堂’，你对我有任何意见尽管提。”

“真的？”

男人补充道：“反正你提的意见我基本都不会采纳。”

池茹：“……”

两人大眼瞪小眼了好一会儿，温鸣那边谈完了，重新走回来时便瞧见了这两人的不对劲。

他努力调节气氛：“小池，我这位老同学可是典型的抠门鬼，你和他住一起，肯定受尽各种奴役吧？”

“那还用说，他就是个典型的周扒皮。”

“小池，你知道我这个岗位给你开的薪资吧？八千块其实不多，可能对你而言根本就不算什么……”男人别有深意地扫过她的穿搭。

刚才面试完毕，池茹便签了李姐给她的合同。她也没仔细看，就瞧了一眼薪资那块，被那八千的数字给惊了一下。

她是万万没想到一个前台的岗位能开价到八千块的，总觉得这个应聘应得她有种不真实的感觉。

这会儿见温鸣欲言又止，眼神又别有深意地望向她的身上，她哪还有什么不明白的？

她向来便不把钱放在眼里，老爹老娘只有她一个女儿，那么大一份家业，总不会真的没她的份。作为典型的白富美，她花钱确实是大手大脚惯了，所以温鸣是觉得八千块的月薪是决计养不活她的？

“其实我还好，花钱还是比较节制的，穿戴方面每一件基本都不会超过两位数。”

“所谓两位数，是以万为单位的两位数吧。换句话说，是六位数。”孔忘川凉凉地开口，不遗余力地拆她的台。

池茹扭头看向他：“你闭嘴！”

对着“吝啬孔”时是咬牙切齿恨不得将他生吞活剥，转而望向温鸣时，她又笑得春风般灿烂：“温总，有个问题我挺想问您的。”

“小池，你这就见外了不是？有什么问题你尽管问。别您不您的，我不爱听。”温鸣还真是一点老板的架子都没有。

当然，池茹很清楚，他这完全是看在孔忘川的面子上。

“温总，你是不是打算把我卖了？一个前台你给我每月八千块，还有各种津贴，年终‘十五薪’。这条件也太好了些吧？”

这下子轮到温鸣诧异了：“前台？”

“对啊。”

“谁说我是招前台了，我招的是程序员鼓励师啊。”温鸣望向孔忘川，“是你告诉小池应聘前台的？”

“难道不是？”

从孔忘川那明显疑惑的神色来看，池茹可以很肯定他应该是传达招聘内容的时候传达错误，导致了她接收到了错误讯息。

孔忘川显然没有听说过这一职业，有些疑惑地问：“程序员鼓励师是具体从事什么的？”

温鸣笑了：“你不是涉足了物联网行业吗？你公司的程序员也不少，没理由不知道啊。”

事实上，孔忘川还真的不知道。

“程序员鼓励师嘛，不言而喻，就是给程序员加油打气的人。基本上呢，是一些长相清新甜美，爱笑会讨人喜欢，能言善道且最好懂点技术的女孩子。当然，前面几条满足了最后那一条可以忽略不计。”池茹非常官方全面地进行了解释，顺便补上一句，“孔先生还真是个好男友啊，亲自将女友送去为别的男人贴身服务。”

柔美的女声，偏偏语气格外阴阳怪气，尤其是“贴身服务”四字，咬字清晰，带着一丝小愤怒。

被她这么一说，孔忘川那张俊脸上有一刹那的凝滞：“抱歉，我真的没有意识到这份工作的特殊性。”

“道歉有用还需要警察干吗？孔忘川，你说说你，平常克扣我零花钱就算了，影响我消费水平降低我生活品质我也忍了，现在居然要将我这个老爹老娘的掌中宝送去给别的男人。你就是这样当人家未来女婿的？你还我嫁妆！我要和你一刀两断永不相见，嘤嘤嘤……”

唱作俱佳，大有抹眼泪的趋势。

原本还对她怀有内疚的男人在瞧见她这番做派之后，当即便将心底的愧意扫了个一干二净："说了这么多，就是为了你那嫁妆吧。"眸底，是洞悉一切的幽光。

被一下子戳穿了小心思，池茹没趣地抹了把本就不存在的眼泪："对！你都把我推给别的男人了，凭什么我不能拿回自己的嫁妆找别的男人嫁了！"

眼见这两人的大战一触即发，温鸣再也无法无动于衷了。他主动当这和事佬："是我不对，是我不对，是我当初和忘川说的时候表述不清引起了误会。要不这样，小池你也不用当程序员鼓励师了，你来应聘的是前台，那我重新给你安排一个前台的岗位，薪资照旧怎么样？"

"不用麻烦了，温总。合同都签好了你还给我这么好待遇，我当前台的话岂不是让你亏大发了？这个鼓励师的活儿，我干！"

池茹挑衅地看了孔忘川一眼，飞快地确定下来。

后者的眉蹙得越发紧了几分，可到底还是什么都没再说。

没有进一步证据表明《入殓师的成人礼》与罗都商场洗手间的谋杀案有关，墨城公安局局长主动约谈了温鸣以及该游戏制作的核心人员之后，并没有要求温鸣暂时下线该游戏产品。

只不过不知怎的，这个消息不胫而走。

《入殓师的成人礼》一下子成了游戏中的翘楚，从原本的 APP 下载排行榜第八一下子升到了榜首。随便挑几个游戏玩家一问，十个里有九个都玩过这款游戏。

游戏用户在短时间内的涌入量达到高峰值，游戏好几次差点就要崩溃导致访问中断。这些天来公司内部的数据分析人员笑得格外骚气。可怜了开发维护人员，已经连续加班一个礼拜了。

这个时候，作为公司唯一一位程序员美女鼓励师，池茹发挥了重要的作用。

程序员加班？

作为他们的鼓励师，她自然得陪着加班，订外卖，跑腿买咖啡，嘘寒问暖。

有些程序员加班太晚就随便在公司将就着睡了，她还得随时随地关注人家冻没冻着饿没饿着，然后赶紧向李姐申请买生活用品。

第二天早上，她还得早早赶去公司，给没吃早餐便来上班的程序员们送上爱心早餐的问候。

下午茶活动，她精心准备了水果和茶点。

在他们身心疲惫之时，她及时送上如沐春风般的笑容，和人家探讨游戏，拉着人去健身区域打打乒乒球网球跑跑步……

总而言之，她的日子，必须得围绕着公司的程序员转。

作为一个向来都是被男人包围的美女，池茹这一次依旧是被男性生物包围着，可重点是，是她主动去包围他们！怎一个身心疲惫了得！

周五晚上。

池茹又陪着程序员加班到很晚。

人家估计还要奋斗到十一点，她实在是熬不住了，九点半的时候外卖送到，她嘱咐他们赶紧吃之后便提前离开了。

大厦外，路灯昏黄，天色暗沉得厉害，冷风拂面，她不适地抬手挡了挡。

往前走了几步，依旧没有见到孔忘川的车。她一个电话便打了过去。

机械的女声提醒着她对方已关机。

她一个气愤，便噼里啪啦发了一大堆微信过去：

“说好的来接我呢？你就是这样当人男友的？”

“能不能靠点谱走点心！不知道大晚上的女人一个人回家不安全吗？”

“想分手就说，还我嫁妆我分分钟走人！”

“您的女友已下线！”

“智障！浪费老子唾沫星子。”

"拜拜了您嘞！送您上天与太阳肩并肩！"

……

泄愤般发了一大堆，等到反应过来自己发了什么大逆不道的消息时，想要撤回已然来不及。她心虚地瞧着自己骂人的话，心想着自己的嫁妆看来是永远都没有指望拿回来了。

替自己默哀三秒。

既然某些男人不愿意发挥男友的作用来接她，她只好打开手机软件叫车。

作为金融城市的墨城，这个时间点的夜生活正是盛放时。

一时之间居然没有司机接单。

等了两分钟后，总算是有司机接单了。池茹裹紧了身上的长款针织开衫，踩着高跟鞋走向路口提前等候。

接单的是一辆白色现代朗动，根据地图显示，距离她这边还剩一个红绿灯的距离。

十几秒后，车子开到了她这边停下。

池茹看了一眼车牌号，确认无误之后便去开后座的车门，没承想她的手还没碰上车门把手，车门便被里头的人给打开了。

尖细的高跟鞋落地，走下来一个身材高挑的中年女人。女人瓜子脸，波浪卷的长发带动起一阵香风，让池茹忍不住打了个喷嚏。

这香水味道还真是够呛人的。

等女人下了车，池茹才上了车，关上车门："师傅，您开车吧。"

"好嘞——"司机爽快地应了一声，加足马力开了出去。

池茹正闭目养神，然而她刚闭上眼不过三秒，整个人便被吓得睁开了眼，情绪激动地开口："停车！师傅您赶紧停车！"

被她这冷不丁地喊停，司机师傅莫名其妙地刹车："怎么了这是？"

"我有点事得取消行程，实在不好意思。"

语毕，她也不等司机说话便飞快地打开车门下了车。

她庆幸今天的高跟鞋只有五厘米，跑动起来并不是太费事。大晚上的，凉风吹动起她的发丝，打在她脸上还是有丝丝的凉意。

却不及她心底彻骨的冷。

刚刚她又看到了。

不，确切地说，是预见。

而预见的人，正是与她交错而过的上一个乘客。

那个身上有浓重香水味的鬈发女人。

预见的画面中，鬈发女人睁大着惊恐的眸子失去了生命体征，手臂垂落。之后，一双戴着黑色手套的手将她挪到了一张折叠软床上……

第五章

虚假的成人礼 5

有了前车之鉴，且是跟死亡有关，这一次，池茹再也不敢将它当成是自己的臆想了。

她很快便重新回到了刚刚上车的地点。

在哪儿呢？那鬈发女人究竟去了哪儿？她从上车到停车到跑步过来也才几分钟而已，她不可能走很远。

那鬈发女人究竟去了哪里？

再不找到她，她会不会真的像自己预见到的那一幕般死去？

身上已经跑出了热汗，凉风一吹，寒意更甚。池茹心下不安，急躁地想要立马找到刚刚那个女人，可偏偏没有任何的头绪。

正当她着急地从这头跑到那头时，一条手臂横空伸出拽住了她的手腕。

来人拽她的力度很大，捏得她手腕发疼。

池茹联想到马上就要发生的凶杀案，心头一阵紧张，出于本能反应，“啊”地惊叫出声。

那分贝，让晚上出入 CBD 大厦的白领金领们纷纷看过来。

“是我。”熟悉的男声入耳，一点点止住了她的惊呼。

昏黄的灯光下，孔忘川长身玉立，矜贵优雅。他身上是一件 V 领薄毛衣，露出的锁骨佛都自带着撩人的性感。

他俊脸上的线条温润柔和，握着她的手坚定有力，两人相触的地方仿似有源源不断的暖流传递向她。

池茹在瞧清楚他的脸之后，脸上的慌乱与紧张一点点平复下来。

“孔忘川，你不知道人吓人吓死人啊！”她埋怨着，语气却是放松了起来。

“大晚上做什么亏心事了？”

这男人对她不是一般的了解，一下子就产生了不好的联想。

“你才做亏心事了呢！”池茹不满道，“你赶紧松开我！我在找人！”

孔忘川不以为意，拽着她的手腕往他停车的位置走：“死乞白赖让我来接的人是你，这会儿我来了你却又要出幺蛾子。别再折腾了，赶紧回去。”

池茹眼见他不信，急得跳脚：“你赶紧松开我！我必须找到她，再不找到她她可能就要死了！”

死……

孔忘川的脚步停了下来。

他松开她的手腕，郑重其事地凝视着她：“你究竟在找谁？为什么再不找到她她就会死？”

“一个女人，一个鬈发瓜子脸的中年女人！”必须得快，必须得赶紧找到那个鬈发女人！

这样的回答，和没回答有什么区别？

站在CBD众多建筑的楼下，池茹转动着身子无意识地看着四面八方。路灯投射下浅淡的光线，有三三两两的人走过，可偏偏，就是没有那个女人！

她究竟去了哪里？

孔忘川刚要再询问，池茹却突然想起了什么，飞快地掏出手机拨了一个号码：“阿昌小哥哥，你现在还在电脑前吗？你看看游戏是不是又出现bug了，这一次是不是又被人切换了一个死亡场景？”

“小池，你怎么突然问这个了？我们几个刚经过了一系列测试，确认游戏正常正要下班走人了呢。”阿昌正要关掉后台界面的手一顿，神色也跟着凝了起来，“好像，真的又出现了一个场景 bug。”

池茹的心都要提到嗓子眼了：“是哪里？这一次是哪里？”

“是一个按摩房，入殓师正在给一个躺在按摩床上的女人整理遗容。”

“那女人是不是鬈发、瓜子脸？”

“是……是的。”阿昌狐疑起来，“小池你怎么会知道？”

“阿昌小哥哥，你对这儿比我熟悉。你知道咱们公司附近哪儿有按摩房吗？”鬈发女人是特意打车到这儿的，很可能就是来这儿做按摩的。

她初来乍到，这里这么多大厦，她还真的不清楚具体哪些大厦里有按摩房。

“咳咳……”被问到这个，身为男人的阿昌耳朵根有些发烫。

“我们隔壁那栋楼的十五楼，就有一家洗浴中心，可以由专人提供按摩服务。”

毕竟工作强度大，适当地放松按摩很正常。所以，阿昌和公司里一些志同道合的小伙伴会时不时去一去。温总知道这事情后，还格外豪爽地将这样的按摩服务发展成了公司员工的福利项目。

阿昌刚要强调自己绝对是纯洁的，不料手机传来了“嘟嘟嘟”的忙音。

手机被池茹……挂断了。

他顿时扼腕不已。

“怎么了，活像被人挖了祖坟似的。”小林吃完外卖走过来，瞧见他这副样子便玩笑道。

“比挖祖坟还严重，我被人怀疑了贞操！”

阿昌颓丧着一张脸欲哭无泪。

得到了阿昌提供的消息，池茹拔腿便朝那栋艾山大厦飞奔过去。

十五楼，十五楼。

必须得赶紧去十五楼。

不过很快，她的手臂再次被拽住了。

“你一个女孩子冲在前头做什么？既然你确定再找不到那中年女人的话她极有可能出现危险，这种时候就该打电话报警，将事情交给人民警察处理。”孔忘川的声音醇厚，清冽的嗓音流泻着遇事时的沉稳。

冷风横贯，令他的声音添了一抹凝肃。

从她刚刚和人的通话中，他已经飞快地整理出了她反常的原因，这件事绝对跟《入殓师的成人礼》相关。游戏数据再次莫名其妙出错，出现入殓场景被切换的bug。若凶手真的是按照自己设计的死亡场景进行杀人入殓，那么他充当入殓师的第二场谋杀，恐怕即将发生或已经发生。

“对，报警，得立刻报警。”经过孔忘川这么一提醒，池茹才想起自己竟然忘记了最重要的一件事。

她手无缚鸡之力，如果真的遇见凶手杀人，除了大吼几声将脚上的高跟鞋脱下来砸向他，顺带没出息地跑路，还真是什么都不能做。

当她掏出手机准备拨号时，孔忘川已经直接抢过她手机，先她一步拨下了一个号码。

“武子，是我……手机没电了，这是借的……有紧急情况，信兄弟的话你现在就派几个人到CBD这边的艾山大厦十五楼来……好，我等你。”

武子。

武淮远。

上次带着几名警员来公司做调查的刑侦队队长。

池茹听得目瞪口呆：“就这样？你不详细跟他说明一下情况？”

“说明什么？你臆想一名鬈发瓜子脸的中年女性即将被害，所以希望他这边出警赶紧来营救一名潜在受害者？”将手机丢向她，孔忘川好整以暇。

池茹手忙脚乱地接住手机：“什么臆想！那分明就是……”真的！

“池茹，从现有证据来看，《入殓师的成人礼》这款游戏可能确实与谋杀案有关。警方可以沿着这条线索查下去。但是你说的中年女性即将遇害，你是怎么肯定她会遇害？你又为什么肯定她的遇害绝对和上一次的罗都商场案件是同一名凶手？”

前一半的线索完全合理，可后一半，完全就是没有任何根据的主观臆断。

听到这儿，她算是明白他为什么不对武淮远说明情况了。

与其被认为谎报警情，不如他直接以兄弟的名义让武淮远过来一趟。

池茹有心想要解释，可又明白，自己可以预见凶案现场这件事情，完全是匪夷所思。连她自己都那般不确信，又如何让他相信？

舔了舔略微有些发干的唇瓣，她到底还是没有多做解释。

两人一起乘电梯上楼。

电梯上行的速度极慢，池茹在包里一阵翻找：“刀呢？刀呢？我的防狼水果刀和喷雾呢？”

孔忘川不动声色地将她的不对劲瞧在眼中，眸光一点点变得幽深：“如果今天我没来接你，你是不是就要自己一个人逞强过来揪什么凶手拯救被害人了？池茹，你什么时候这么见义勇为了？我记得你以前可是碰到麻烦就要绕道走，别人有事求上门都坚决不理的。”

黑历史就这么被毫不留情地挖了出来。她替自己辩驳：“这说明你并不了解我。孔先生，我从小到大可都是学雷锋好榜样，为人民服务呢。”

终于找到了！

她摸出水果刀，一副“一刀在手天下我有”的架势，总算是没那么紧张了。

“你每天就是这样随意携带管制刀具打车坐地铁？怎么被你蒙混过安

检的？”

翻了个白眼，池茹拒绝和总想着和她对着干的男人说话。他哪只眼睛见过她坐地铁？她都是打车上下班的好吧！

坐落于CBD专为白领金领等服务的洗浴中心，有一个格外高大上的名字——墨城国际水都。洗浴、汗蒸、按摩加演出观影餐饮，一站式服务。

“都上升到国际化程度了，应该蛮出名才是啊。没理由我没听过啊。”

“友情提醒，你早就过了有钱做SPA的日子，所以你对这儿没听说过很正常。”

微一抬首，孔忘川扫了一眼头顶正在运转的摄像头，正对着门口的位置。

穿着旗袍丝袜的前台小姐第一时间察觉到两人的到来，忙按了一下手边的按键。

玻璃门自动往两边滑开。

两人被热情地迎了进去，前台小姐笑脸盈盈：“欢迎光临，请问是第一次来吗？有什么需要提供帮助……”的吗？她的话戛然而止，因为她瞧见了池茹手中的水果刀。

前台小姐往后退了好几步，神色紧张地说：“你……你们想干什么？”

池茹忙将水果刀往孔忘川手里一塞，解释道：“是这样的，刚刚有位大概四十岁左右的女性应该是来了这儿，卷发、瓜子脸，身上有浓郁的香水味，进来的时间应该是二十分钟前。你知道她现在在哪个房间吗？”

“我……我不知道。请你们赶紧离开，要不然我报警了！”

“你怎么不知道？这个时间点才来这儿洗浴的一只手数得过来吧？你居然说你不知道！你知道你再耽误个几秒她可能就已经是一具尸体了吗？赶紧告诉我们她在哪儿，有人要杀她！”

池茹上前揪住了前台小姐的旗袍领子，情绪十分激动。

孔忘川探究的视线在她脸上滑过，最终对受了惊吓的前台小姐道：“她也是情急，别和她一般计较。”

骨节匀称的手将池茹的爪子拍开，释放了前台小姐的旗袍领子。

在前台小姐刚要怒声和池茹争辩时，孔忘川又不疾不徐道：“警方接到消息，这儿很可能会发生命案，目前已经在赶来的路上了。如果你不仅不协助我们救人反而还耽误我们救人，恐怕会被怀疑和凶手有什么关联。”

语气肃穆，字里行间没有丝毫表明他身份的字句。可偏偏，一步步引导着别人将他的身份做了设定。

前台小姐果然被吓住了：“她……她在天水阁。”说完，手指了一个方向。

“守住门口，在警方到来前不能让任何一个人出去，能做到吗？”

男人的话明明很轻，却无形中带着一股子迫人的压力。单单是这样被他看着，便有股压不过气的感觉。前台小姐下意识狠狠点了点头，声音带着害怕：“能。”

孔忘川不再看她，和池茹飞快地往前跑去，随手又逮了个服务生带路。

与此同时。

艾山大厦楼梯间的位置。

一个拎着手提式密码箱的人走下楼梯，出现在摄像头范围内。来人长发及腰，飘逸秀气，身段婀娜，与那银色的箱子极为不协调。

她途经摄像头时，甚至还刻意停留了一下，那白皙的手指撩动了一下自己的长发。随即，那白皙小巧的耳垂便露了出来。

等她走出大厦时，正好见到两辆车风风火火地冲来，都是SUV的高大车型，车一停下便冲下来六个人。她掉转视线，身子一转便隐入了黑色之中。当先一人似有所感地往她藏身的方向望了一眼，停留了好几秒才移开视线，随后带着人匆匆离开。

“难得这一次速度这么快。”

黑暗中的人勾了勾发冷的嘴角，拎着箱子快速离开了。

女人的尸体是在天水阁被发现的。说得好听是天水阁，其实就是个 VIP 按摩房，会员可以享受一系列专属服务。

“门并没有上锁，我们进去时便看到她躺在按摩床上，浴袍被扔到了地上，盖在了昏迷不醒的按摩师脑袋上。死者的身上被穿上了一件黑色礼裙，眉眼都被精心修饰过，交互放在腹部的手中握着一枝艳丽的玫瑰。从门口监控来看，从她到达这儿到我们发现她的尸体，中间不过十二分钟。凶手要在这么短的时间内完成杀人及入殓工作再从容不迫地逃脱，前期绝对来踩过点。还有一点可以肯定，死者是在换上浴袍还来不及汗蒸的时候，就已经出了事。”孔忘川简单地说明了情况。

武淮远亲自打电话让鉴定科和技术科的人过来，又让自己队里的人负责询问相关人员以及调查监控。

前台小姐简直要哭了：“我……我是按照那个警察的意思守着这儿，在你们警察来之前不让人离开的。他怎么能让我一个女生来守着门啊！你们不知道我有多害怕！杀人啊！是杀人犯啊！谁知道凶手会不会杀了我？”

询问人员猜想她口中说的警察应该是指的孔忘川，解释道：“那位孔总不是警察，不过以前曾是公安。”

前台小姐小声嘟囔：“不是警察就不要故意误导我瞎指挥嘛！”

警员继续盘问：“在此期间有人离开过吗？”

“我保证，我眼睛盯得死死的，在那男人和女人去了天水阁之后到你们赶来的这段时间，根本没人出过这扇门。”

从监控显示来看，确实如此。

不过，警员很快便发现了一个重要情况——这个洗浴中心有一个紧急通道门，直接和大厦楼梯间相连。

也就是说，凶手如果要进入十五楼的墨城国际水都杀人，可以完全避过大门的监控。

“头儿！我查了下大厦一楼的监控，有发现！”

激动的声音隔着电波传来，是负责去监控室查询整栋大厦监控的王韬。

第六章

虚假的成人礼 6

监控室内。

视频画面被定格在 22:09:53。

镜头里，突然出现了一个长发及腰的女子，手上拎着一个银色的工具箱。虽然并没有拍到她的正脸，但这个时间点出现且拎着个极有可能装着作案工具的箱子，又是故意走楼梯间，足以让她成为被锁定的第一嫌疑人。

尤其她在途经摄像头时，停顿、撩发等动作，似乎有意向警方挑衅。

男人们正在讨论着什么，发现案发现场的池茹被特许在一旁观看。

她的视线，却胶着在画面中女人的手上。

总觉得这只入了镜的手，有哪里不对劲。

孔忘川看着监控中出现的那个人，随口问道："罗都商场那个案子，现场有什么发现？"

武淮远倒也不避讳他，坦言道："和这一次一样，死者先是吸入致人昏眩的药物，后被割断颈动脉死亡，死后用化妆用品经过特殊处理掩盖脖子处的部分痕迹。现场没有留下任何指纹，痕迹都被清理掉了。看得出来凶手是个逻辑缜密的人，具备一定的反侦查能力。询问过几个出入洗手间的人，都说没有发现什么异常。至于监控，没有任何发现。"

商场的人流量大，若是凶手混在人群中离开，不容易被察觉。

“那个洗手间附近的摄像头呢？从被害人进洗手间到尸体被发现的这段时间内，出现在监控内的人都查过了吗？”

“这个……”

武淮远有些为难地摸了摸鼻子：“摄像头并不是对准洗手间门口的，所以，出现在监控内的并非都是进出过女洗手间的人。范围太大了，我们只排查了一部分。”

所以，罗都商场的那个案子，无法从监控查到凶手。

而这一次的案子，却有了一个大收获。

起码摄像头真真切切地拍到了凶手的大致体貌特征。

“排查死者的社会关系了吗？”

“排查过，但没有任何发现。不过这次将两件案子合并来进行排查，相信会有线索。”

凶手既然选择这两人作为自己的目标，那这两人之间的交叉社会关系，可能就是凶手选中她们的原因。

孔忘川却对此有些担忧：“如果凶手只是想要那份入殓师成人礼的仪式感，那么挑选的被害人之间极有可能并没有特殊联系。”

经过他这么一提醒，武淮远也有些踟蹰起来。

“若真是这样，就有点大海捞针了。”

两人探讨得热烈，冷不防一个女声横插过来——

“凶手是不是还不能判定是女性？”

“小嫂子为什么会这么觉得？对这方面有研究？”武淮远问。

被人称作小嫂子，池茹表示不淡定了：“我跟孔忘川没关系，武队你可千万别误会。”

“哦，我懂了，你俩这是闹别扭了吧？放心，兄弟我会帮你时常说说他的。”

"……"都说了她和这吝啬孔没关系了！

孔忘川见她鼓着腮帮子兀自生闷气的样子有些好笑，捏了她那鼓起的脸一把："凶手是女性。"

顾不得去计较他捏她的脸，池茹追问："为什么？凶手那头发一看就是假的！你出门看看，这年头的'黑长直'美女将头发养长到腰部的简直就屈指可数，那头发假得不能再假了。而且你没见那人是故意往摄像头那边撩长发的吗？明显就是戴的假发来混淆视听让你们误认为嫌犯是个女性！"

"嗯，你的推测倒有几分道理。"孔忘川极为中肯地给出评价。

"废话！想我也是看了你书房里不少这方面的书的！没吃过猪肉还没见过猪跑吗？"

"所以，这就是你为什么突然转性了今晚这么积极主动不要命地第一时间去救人的原因？"

"……"她拒绝回答！

"孔指导员，你就甭逗小嫂子了。"武淮远在旁边瞧着好笑，刚开口便被孔忘川横了一眼，他豪爽一笑，"老孔你瞪我做什么？"

"你还有工夫来闲聊？让你队里的人赶紧加班加点查看墨城国际水都最近一个月的监控。重点排查短发、身材娇小且笑容具有亲和力的女人。既然她能将杀人入殓的时间把控这么严密，那她绝对提前踩过点，不排除她当过该洗浴中心的服务人员。"

武淮远面容一肃，也收了玩笑："好，我这就安排下去。"

彼此对望一眼，有着心照不宣的默契。

夜深如水，路灯璀璨，流光舞动。

直到坐在回家的车上，池茹还迟迟没有回过神来。

"到底为什么你们都那么肯定凶手是女性？而且你居然还觉得她是短发、

身材娇小且笑容有亲和力的女性？”

“很好奇？”男人朝她挑了挑眉，又掉转视线继续注意着前方路况。

“能不好奇吗！”池茹发飙，“你倒是说啊！”

男人却恶劣道：“不想说。”

吊足了她胃口，结果却来一句“不想说”，天底下有这样不负责任的人吗？

“我要分手，这样的男朋友只会欺负人，要来有什么用！”

“可以。”男人同意得很快。

池茹反倒是不信了：“是不是后头还有个‘但是’？”

孔忘川丢给她一个“赞许”的眼神：“分手可以，嫁妆没收。”

“我老爹老娘是不会同意的！你这是强行霸占他人财产，我是可以告你的！”

“你可以打电话询问一下池叔和池婶，看看他们同不同意我没收。”

“问就问！”

被他这么一激，池茹当场便掏手机准备拨打自家老爹的号码。

“友情提醒，现在是北京时间 23:15，你这是深夜骚扰。”

“我给自己老爹打电话算什么骚扰？你滚边儿去别废话！”

按照往常这个时间点，老池同志确实是睡下了。

不过输人不能输阵，孔忘川这么挑衅她，她必须得扳回一城。

电话响了好久才被接听。

她松了口气正要开口，池柏年的抱怨声已经飞快地传了过来：

“池茹你扰人好事！良辰美景夜黑风高，你不趁着这么好的夜色增进和忘川的感情，和我打什么电话？赶紧去和忘川滚一下床单，别有事没事就和你老爹来唠嗑。不知道我的宝贵时间要用来陪你娘吗？记住，以后没事别来打扰我们的二人世界！”“啪嗒”一声，电话就这么挂断了。

听着耳边的忙音，池茹还有些蒙。

“看来你不用告状了，池叔根本没心思听。”偏偏这时候某个正在开车的男人还要落井下石取笑她一番。

池茹咬牙：“要你多嘴！”

一路上，她索性板着脸不再说话，气氛开始沉闷起来。

回到云仓公馆，见孔忘川打算就这样回房了，她再也忍不住，在卧室门即将被关上的最后一秒“嗖”地窜了进去。

“你说话故意说一半留一半是几个意思？不知道老娘会好奇得睡不着觉吗？”她双手叉腰，气势汹汹，“如果你今儿个不解开老娘的疑惑，信不信老娘直接在你面前脱衣服了！”

试问天底下总共有多少对情侣是相看两厌的？她不清楚。不过她很清楚，她和孔忘川绝对就是其中的主力军。

她有理由相信，他是绝对不愿意看到她在他面前赤身露体影响他清修的。

然而这一次，她却错算了。

他只是神色清冷地看着她：“你只要记住自己是一个手无缚鸡之力的米虫就行了，其余的不需要知晓。”

“是谁之前一直反对我当米虫来着？这会儿出了命案我不过就是想要向你打听点情况，你就这么爽快地让我继续当米虫了？孔先生，你这到底是看不起我呢，还是想要保护我啊？”

“总之，你的身份只是一个凶案现场的群众。别的事情不要再插手。”他说完这句，将没电的手机插上插座，这才转身进了浴室。

听着浴室内传来哗哗的水声，池茹有些不是滋味。

大男子主义！

凭什么认为她不该插手这件事情？凭什么她就只能成为目击者，而不能共享这件案子的资料，从而成为破案的小能手了？

她可是有预见凶杀案能力的人！若不是她，警方能这么快赶到案发现场？

看来威胁要在他面前脱衣服这一招根本不管用，她还得再另寻对策。池茹悻悻地打算离开，眼神不期然扫过他床头正在充电的手机。

电光石火间，脑中闪过了什么，池茹一下子冲向了它。

他的手机微信上，还有她发给他的一大堆“污言秽语”啊！

必须得删除！绝对不能让他看到！！

“说好的来接我呢？你就是这样当人男友的？”

“能不能靠点谱走点心！不知道大晚上的女人一个人回家不安全吗？”

“想分手就说，还我嫁妆我分分钟走人！”

“您的女友已下线！”

“智障！浪费老子唾沫星子。”

“拜拜了您嘞！送您上天与太阳肩并肩！”

等到她将这些信息都删除之后，才长长地舒了一口气。

幸好她聪明偷偷记住了他的手机密码。

周一去了公司，池茹才知道公司的《入殓师的成人礼》游戏被勒令下线了。

作为正火爆受热议的游戏，可想而知它每小时给公司创造的价值。就这么被下线，不知道要损失多少。

“刘局今天早上六点亲自打电话给我的，让我这边下线游戏。现在已经有两起命案直指我们这款游戏了，作为一个爱国守法的好企业，我们必须担起责任。所以从现在开始，负责这个项目的人都撤下来，由钱绪安排组织人员开发完善《迷踪世界》这款游戏。正好这款游戏人手不够的问题可以解决了。”

温鸣在例会上做出了如上指示。

让一个正在大赚的游戏下线，这和斩断一个企业的命脉有何异？

要知道这代表着前期投入的资金人力时间成本等都付诸东流，这代表着好不容易走出来的康庄大道重新变成了坎途，这代表着公司成立多年才打入了游戏排行榜第一的名声，就这样被打回了原点。

而这一切，全都与那两桩命案有关。

“温总，你说是不是那凶手是对手公司特意买来陷害我们的啊？看我们的游戏一上线就这么火爆，买凶陷害？”数据分析师雷泽安玩笑道。

“要我说啊，凶手有可能就是个失败的游戏开发者，自己做不出像样的游戏就走邪路来篡改我们的游戏，还根据他篡改的游戏场景来杀人。”该游戏项目负责人钱绪话语中满是火气。

参与此次会议的都是《入殓师的成人礼》这款游戏的核心人员，可以说，他们这个项目团队付出的所有努力,都伴随着上级领导的一个命令化为了泡影。

一个个怨声载道，但又无可奈何。

反倒是温鸣这个公司的大老板,似乎对于公司这么重大的损失全然不在意。他说：“都打起精神来！咱们这是配合公安机关破案，争当好企业好市民！这可是一件光荣的事情！”

阿昌道：“光荣却没钱啊！”项目奖金泡汤了，宝宝心里苦啊！

眼见士气低沉，温鸣拍了拍掌：“小池，咱们的程序员有意见了，赶紧鼓励起来！”

池茹正在角落里昏昏欲睡呢，冷不丁被点名还有些云里雾里。

谁能告诉她，他们开项目研讨会和她一个程序员鼓励师有什么关系嘛，为什么她也得参与会议啊？

如今被点到名，她被旁边的人一提醒，非常不走心地高喊了几声：“加油加油！同志们稳住！我们能赢！新游戏项目走起！”

新项目指的是《迷踪世界》。

公司目前主要有三个游戏项目，这一个撤下来之后，现在只剩下两个了。

如今让他们这个项目团队参与到《迷踪世界》的游戏制作中去，还需要和对方团队的人重新磨合，从创优角度来说，是不可取的。

但既然这个游戏暂时被下线，且《迷踪世界》确实缺人手，从整体出发也只能做出这样的决定了。

会议结束，池茹被温鸣单独留了下来。

眼见大家都陆陆续续走完了只剩下了他们两个，池茹有些不好意思地嘿嘿一笑："温总，你该不会是打算对我进行严肃批评教育吧？"

"为什么要批评教育你？"

"因为我开会时打瞌睡了。"

闻言，温鸣脸上的笑意加深了，安抚道："这是正常的。这年头哪个赚钱的行业不是拼命加班，加班之后难道还不允许人家员工在会议上稍微开会儿小差？我可不是忘川那家伙，对待员工没那么严格。"

孔忘川从前年 2 月开始创业，当时他拉到的第一笔投资是两百万。短短两年时间，他利用这笔钱在物联网这一块能做出如此成就，与他严苛御下的工作方式是绝对分不开的。

池茹也曾听闻孔忘川因为员工的手机在会议上突然响起而将其开除，宁可赔多倍违约金也要肃清公司纪律。

从人情角度讲，太苛刻。

从一个创业者想要加快自身发展来看，又在情理之中。

当时这件事还被那员工捅到了记者那边，孔忘川因此一度上了热搜。

"小池啊，你知道这两起案子警方那边有什么突破吗？忘川有没有给你透露什么内部消息？"

温鸣突然来了这么一句，让池茹一下子呆了呆："温总你逗我呢？公安局的刘局都亲自打电话找你下线游戏了，你当时居然没问过他？”

“怎么没问？我嘴皮子都磨破了，人家愣是拿着‘机密’两字搪塞我，藏着掖着的。我当好市民好企业家配合他们工作，结果人家对我一点儿都不坦诚，当时把我气得呀，算了，不提了！”

一米八多的人被气得跳脚的样子，池茹真想见识一下。

“可你怎么会觉得‘吝啬孔’他会知道？”

“吝啬孔？”温鸣脑子一转就反应了过来，“哎呀，咱们小池就是有文化，取的外号和忘川那抠门家伙简直就是绝配啊。”

被他说得脸色发烫，池茹不好意思道：“见笑了，才疏学浅取的外号不足以表达他万分之一的恶劣。温总，你可千万别告诉他。”

他朝她眨了眨眼：“我懂，这是我们两个共同的秘密。”

“……”为什么从他嘴里说出来，总觉得格外暧昧？

“忘川以前那同事，叫武淮远的，你应该认识吧？就是上次来过咱们公司的那个刑侦队长，他应该会给忘川透露案子的最新进展吧？”

被这么一提醒，池茹也想起来了。

“他们现在锁定的犯罪嫌疑人是身材娇小，笑容具有亲和力的短发女性。”

“哎，已经确定下来了？有目击证人？还是凶手被摄像头拍到了？”

“摄像头拍到了一个长发及腰的美女的侧影。”

“就这点？”

“就这点。”

“那他们怎么肯定凶手是短发啊？就不能是中发？”

“不知道啊，吝啬孔拒绝告诉我。”

会议室内，两人同时用手撑着下颌，捧着脸愁眉不展，步调一致得让人想要发笑。

突兀的铃声，就这么欢快地响了起来。

池茹被吓了一跳，反应过来才想起是自己的手机。

她不好意思地朝温鸣笑了笑。

温鸣笑着说：“没事，赶紧去接吧。”

“谢谢温总。”

池茹也没看屏幕的来电显示，一边往外走一边接听：“喂？”

“池大小姐，出来喝杯咖啡呗。”

一听这欠扁的声音，池茹便板下了脸：“你沈大小姐还缺人陪吗？随便挥挥小手，多的是攀上来的。”

沈茜芊，白富美中的战斗机，战斗机中的轰炸机。在她们这个圈子里，她各种炫富碾压底层小白富美，又玩弄清纯公子哥的感情，渣得不能再渣。

人送外号——沈欠扁。

总之，池茹对沈茜芊的做派是极度看不惯的，可偏偏又挺欣赏她敢作敢当的性子。

一来二去，两人之间的相处便格外微妙起来。

“得了，您沈大小姐没其他事就挂了吧，忙着呢。我可是要赚钱养家的人，可不像您沈大小姐那么闲。”

一听她这话，手机另一头的沈茜芊一下子就来了兴趣：“你赚钱养家？你家孔忘川手里大把的钱，不仅不给你零花钱还要让你负责赚钱养家？池茹啊池茹，你混得还真是够惨的啊。你小心你累死累活最后熬成了黄脸婆，他却在外头拿着你赚的钱养起了小三。”

嘿，她不过就是故意那么一说，这沈欠扁还故意叽叽歪歪上了是吧？

“滚蛋！”

“你还真别不信。望春路花宛咖啡厅，孔忘川这会儿正和女人打情骂俏呢。爱来不来爱信不信，挂了。”

“你——”池茹被砸下了这么一个重磅炸弹，刚要痛骂一顿过去，耳畔却只有“嘟嘟嘟”的忙音。

还真是欠扁!

第七章

虚假的成人礼 7

望春路花宛咖啡厅。

池茹以平生最快的速度，飞快赶往了沈茜芊报给她的地址。

刚一进门，她那探照灯般的小马达眼神便开始四处搜索起来。

“池大小姐，你神速啊！坐火箭来的？”

斜刺里传来一个声音，她还没反应过来，对方便已经朝她“嘘”了一声，将她拖着往一个卡座走去。

沈茜芊一身当季春装，时尚白领小衬衫，花色阔腿裤，腰上系着个紫色蝴蝶腰带，脚上配了一双绿色高跟。各种大牌混搭，搭配得那叫一个杂七杂八色彩各异，犹如花孔雀一般，简直是辣眼睛。

池茹随着她走到一个位置前坐下，便急急问道：“孔忘川人呢？”

“喏，那边呢。”沈茜芊悄悄地指了指斜对面的那一桌。

随着她手指的方向，池茹抬眸望去。

靠窗的位置。

桌上是两杯咖啡，其中一边放置着一份文件。身材高大的男人端坐在卡座上，漫不经心地用 iPad 处理着公事，间或抬头，和对面的女人说上一句，不冷不热的态度。

而坐在他对面的女人，长发温婉，睫毛修长而卷翘，红唇雅致，是典型的知性美人。对于他的无礼，美人丝毫不以为意，依旧兀自找着话题笑谈风生。

“抱歉，我接个电话。”孔忘川站起身，极不走心地说了一句，便走到了休息区接听。

是武淮远打来的电话。

“孔指导员，有件事得请你帮忙了。”

一听这个称呼，孔忘川便淡下了声音：“不好意思，你打错了。”然后毫不犹豫地挂断了。

电话在几秒之后再次响起，他慢条斯理地再次接听。

这一次，武淮远非常有眼力见儿地换了个称呼：“老孔，紧急求助。”

孔忘川道：“说。”

“这次的案子你算是报案人，再加上你以前也有这方面的经验，所以我也不瞒你，案件有些复杂，需要你提供一下帮助。

“我们对两名死者的生活圈进行了交叉排查，可以很确定这两人并没有任何交集。第一名死者是在校学生，成绩优异且乐于助人，在老师和学生中广受好评。第二名死者是公司董事，生活优渥，平素奢侈铺张，与邻里关系有些不太和谐。她们完全就是两种不同类型的人，根本没有共同点。

“从墨城国际水都那边的工作人员那里做了详尽调查，又查看了监控记录，目前符合条件的就只有一个人了。章澄，二十六岁，短发，身高一米五八，计算机专业毕业，曾经在水都做了半个月的零时工。罗都商场洗手间那个案子案发时，章澄被拍到在女死者进洗手间之后便尾随而入，之后监控中没有拍到她出来的画面。

“目前我们没有任何实质性证据能够证明她就是凶手，无法实施抓捕工作。仅凭猜想也完全无法申请搜查令。现在唯一能做的，是找到那把凶器以及对尸体实施入殓的作案工具。”

当巧合被串成线，所谓的巧合便不得不让人仔细推敲一番了。

无论这个章澄是否是案犯，她现在确实是有很大的嫌疑。

听完武淮远的一番话，孔忘川挑眉：“破案是你的本职工作，你突然告诉我这些并且寻求我帮忙，恐怕我无能为力。”

“老孔，别这样啊。你看啊，你的身手放在公安部那是绝对没话说的，还有你的行动力和判断力，是任何一个人都比不上的。关键你退出了公安系统之后，有些事情由你出面总比我们乔装改扮更顺理成章不是？你就当帮兄弟一个忙，想法子接触一下这个章澄，去她租的那地儿深入考察一番。”

“我拒绝。”孔忘川完全不给面子，“不在其位不谋其政，从我离开公安系统那天开始，我就说过绝对不会再插手任何案子。武子，你应该知道我性子的。”

“咱这不是事急从权嘛，毕竟她可是目前为止这两起案子的最大嫌疑人。”

“那就派人二十四小时跟着她，盯紧点。若这样还让她在你们的眼皮子底下犯案，那你这个刑侦队长也确实该撤下来了。”

武淮远感慨：“老孔，你变了，你不再是人民公仆之后你就变得没有责任心了。”

闻言，孔忘川只是淡笑了一声，没有多做解释。

唯有那眉眼间的一抹愁绪，让他浸染在一片寂寥之中。阳光透过百叶窗打在他身上，明明周身都沐浴着暖意，他却感受到无边的冰寒。

“我知道，肯定是为了小嫂子嘛。女人都是爱吃醋的，如果她知道你背着她跟其她女人深入接触，肯定是要和你大吵大闹的。”武淮远忙给了他一个台阶下，在手机另一头给他找好了理由。

一想到池茹，孔忘川身子微微一滞。

那女人必定是巴不得他赶紧找个女人好让他交出被他侵吞的嫁妆。吃醋？不存在的。

结束通话，孔忘川重新回到桌前后，便告辞离开：“今天的谈话就到此为止吧，以后不需要再见面了。”

那女人万万没想到他不过就是接了一个电话，回来之后态度比刚刚还要陌生，都不邀请她共进晚餐，竟然就要离开。

她优雅端庄的脸上原本露着勾人的浅笑，这会儿倏地泪盈于睫：“忘川哥，我现在无家可归了，你不打算收留我吗？”

“我会让助理给你安排酒店，你打算住多久就住多久。”

一听这话，郑榕溪急了：“忘川哥，你怎么可以这样！我爸妈尸骨未寒，你……”

“我有女友了，且正在谈婚论嫁。”一句话，直接截断了她即将出口的话，孔忘川面色清冷，“你遇上这种不幸的事情，我深表同情。如果目前的你经济拮据无力在墨城这座高消费城市立足，我会在力所能及的范围内提供部分援助。”

“我不要你的援助，我只要你。你答应过我爸妈会娶我的。”

孔忘川神色疏冷：“我不记得。”

“不，你不能抵赖！”

之前的淑女优雅风范，早已荡然无存。郑榕溪的面上怒气值满满，那张美丽的脸上有着暴风雨来临时掀起的惊涛骇浪。

“我究竟有没有说过这种话，身为旁人的你难道比身为当事人的我还要清楚？”孔忘川眸色清冷，动作优雅散漫地将桌上的一应物品整理妥当，一一归置于公文包内。

“你就是说过！我亲耳听见的！”郑榕溪还不死心，从卡座站起身，长臂一伸，手越过卡座的桌案便要拦下他。一头飘逸的长发扫过，几缕发丝调皮地挡住了她的侧脸。

猝不及防间，孔忘川的手被她的左手一拦。而她的右手，正飞快地去抢他手上的公文包，以此来阻止他离开。

手上蓦地传来一阵痛意，孔忘川微一垂眸，才发现是被她左手食指上戴着的那颗珠光宝气的戒指给划了一下。

戒圈是独特的密钉镶珠边，由六爪镶嵌工艺托举着一颗偌大的花朵状钻石。那钻应是采自南非的上等裸钻，定制切割而成。

孔忘川抽出手，脸色已经晦暗得犹如山雨欲来："郑榕溪！"

仅仅三个字，却带着雷霆之势。

后者听了他这一声，总算是收敛了起来，弱弱地收回了手。

周围卡座三三两两的人察觉到他们那边的情况，纷纷投去了打量的视线，大抵是见惯了大都市里男女纠缠的画面，倒也没有太过于惊愕。

正躲在斜对面那一桌的池茹原本正打算欣赏一场郎情妾意的好戏，哪料到突然见到了一场暴风雨，顿时扼腕叹息。

"唉，还能不能给个盼头啊？这年头想当一个被戴绿帽的女友怎么就这么难呢？这日子是没法过了，一点儿盼头都没有，衰！"

用一个电话将她召唤了过来的沈茜芊嘴巴张大得快能塞下一个鸡蛋了，沈茜芊难以置信地瞧着池茹："你脑袋没被门缝夹吧？我刚还想着你总算是不用被绿了替你高兴呢，敢情你还期盼着自己被'绿'？"

"沈欠扁，你是不能理解我想要摆脱'吝啬孔'的急切心情的。如果你像我一样从一个只需要负责貌美如花的米虫沦落到必须得节衣缩食处处受制，连买个自己想要的东西都要考虑钱包里的钱还够不够花的落魄人士时，我想你绝对会和我一样期待着他把我给'绿'了的。"

沈茜芊："……"莫名觉得好有道理。

不过——

“你不觉得你家孔忘川的颜值足以弥补他的抠门吗？脸帅、身高、腿长，关键还有腹肌人鱼线！晚上睡觉你摸起来简直不要太爽！”

“呵呵！”池茹嗤之以鼻。

“你不赞同？”

“我是有节操的！这些优点能和我被剥夺了财产自由相提并论吗？”关键是，她的手指根本就没碰过他的腹肌人鱼线好吧！这些优点对于她而言有个屁用！

想想又觉得此时不出手更待何时？她飞快地站起身，打算朝着孔忘川那一桌走去。

“你去干吗？”沈茜苄忙急急问道。

“当然是加一把火促成孔忘川那厮把我给‘绿’了！”

雄赳赳气昂昂，池茹说到做到，居然还真的朝着僵持在卡座那边的两人走去。

阳光恰到好处地透过百叶窗投入，光影恍惚中，孔忘川的脸色略显模糊，看不太真切。然而那坚毅的面部轮廓，还是轻易便让人瞧出了他的矜贵俊帅。

他正要对郑榕溪说些什么，便瞧见了突然冒出来的池茹。

女人穿得格外花枝招展。

当初被池柏年扫地出门搬过来和他住时，身无分文的她就将她所有的衣服都搬到了他那边。过了个新年，带出来的衣服也早就过季了。

其实他也是佩服她的。

知晓过季的奢侈品穿出去掉档次，她索性直接将它们给捣腾了一下转手了，小赚了一笔。随即，她的月消费额度在他的强权压制下被一降再降，她便利用那笔钱先买了两套她惯常穿的牌子的衣服，之后便迷上了网购，开始在网上买一些仿品。偏偏那些知晓她家世的人，也只当她那些淘来的宝贝是真的。至于那些不知晓她家世的人，被她在外人面前展现出来的气质所折服，她身上的仿品也就成了他人眼中的正品。

此刻，池茹正穿着她淘来的一件仿品连衣长裙款款走来，外头罩着一件飘逸广袖的米色针织开衫。她面上妆容精致，踩着高跟鞋气势十足。

当然，如果幻想她是来和别的女人争风吃醋的，或是幻想她是来抢男人的，则只能说明这人脑补太多。

“孔忘川，你对得起我吗？你居然背着我搞外遇！你居然把我给‘绿’了！”一过来，池茹便用手指着他开始撕心裂肺地哭号。

她也不给他任何解释的机会，一边嘤嘤嘤假哭，一边开始掏手机拨号。

她动作麻利，待电话一接通，便朝着另一头的人可怜巴巴地哭诉：“老池同志，你闺女被‘绿’了！你准女婿孔忘川他出轨了，被我抓个正着呢！”

打的是视频电话，她掉转手机，直接将手机摄像头对准了孔忘川和郑榕溪。

池柏年先是一怔，在瞧见画面中孔忘川和郑榕溪同框的一幕时又一顿。

池茹却不给他看清楚的机会，直接挂了手机，随即又面色凄楚地望着孔忘川。

“我要分手！必须得分手！”

池茹视线投向郑榕溪时，暗暗一叹，还真是一个知性优雅的女人。孔忘川真是身在福中不知福，人家姑娘都这么积极主动地投怀送抱了，他怎么就这么不怜香惜玉地将人给推拒了呢。

郑榕溪察觉到她的注视，显然是对她一出场便来了这么一出有些错愕，抽了抽嘴角，原本想要再去拦孔忘川的手僵了僵，最终收了回来。

空中划过一道璀璨流光。

池茹一下子就瞧见了她左手食指上戴着的戒指，珠光宝气，艳光四射。看来这女人身价不菲嘛。这送上门来的要钱有钱要貌有貌的美女，孔忘川都不要，真是暴殄天物啊。

“你就是忘川哥的女友？”女人趾高气扬，颇为傲慢。

这么一句，一下子便改变了池茹对她的第一眼印象。

不开口则已，一开口便完完全全是个高傲千金嘛，也难怪孔忘川会对这女人不屑一顾了。人家孔忘川节衣缩食都来不及，怎么可能会去供养一个花钱如流水的女人呢，她自己不就是最好的例子嘛。

想到此，池茹期期艾艾道：“一分钟前我还是他女友，不过这一分钟后就不是了。你们两个做下这种丑事，我只能挥剑斩情丝了。”

语毕，她浓情蜜意且心酸地望了孔忘川这个“负心人”一眼，随后便毫不留恋哭唧唧地跑了。

那跑动的样子，生动形象，简直堪比一个亲眼目睹自己丈夫出轨的可怜弃妇。

郑榕溪和斜对面的沈茜芊都看得目瞪口呆。

反倒是孔忘川，从一开始的错愕到最后的平静，已然觉得一切都是意料之中。那张云淡风轻的俊脸上，依旧保持着平和温雅。

“忘川哥，你也看到了，你的女友已经提出了分手。所以，你就收留我吧？”

长发垂散，郑榕溪的面容掩映在流光之中，染上一丝喜悦与峰回路转的得意。

“我从来不觉得单方面的分手属于分手。”孔忘川睨着她，语气冷硬。随即，他将之前去接电话时随手一搁放在沙发上的 iPad 递到了她面前，“顺便再委婉地提一句，我不喜欢自以为是对我势在必得的女人。”

iPad 上的视频被点开，里头播放的，正是他去了休息区接电话时发生的一切。

画面中，女人褪下在他面前时伪装的优雅端庄，人前的笑容蓦地散去，嘴角的笑牵动着眼底的一抹不屑，那般明显。她时不时往他的方向偷觑几眼，继而又偷瞄几眼他放在桌上的文件，嘴上还喃喃几句“走着瞧”之类的话。

“你……你怎么能私自录像？”

“我只是想看看，刚失去双亲的你来找我，究竟是抱着怎样的心态。事实证明，你对你父母的死无动于衷，反倒将他们的死当成了接近我的跳板。”

他的双眼犹如漩涡，席卷着周边的万物积蓄着自身的力量。而他的声音，却似一把利刃，直透心魂。

说完这话，孔忘川将 iPad 也一并放入了公文包。他颀长的身子一转，迈步而动，途经沈茜芊的位置时，后者对着他尴尬地喊了一声“嗨”。

他顿了一下步子：“以后别总是带坏她。”然后越过她，离开。

沈茜芊郁闷地扯了一把桌上装饰用的绢花，她怎么就带坏池茹了？分明是池茹无师自通尽情演绎扮演被劈腿的小白莲，关她什么事？

自然，急着离开的孔忘川是根本不可能回答她的。

不知是不是该说池茹太过于敬业，为了扮演因男人劈腿而悲愤欲绝的小白莲，她居然还真的跑去喝酒了。

只不过她喝酒的地儿有些太过于接地气。

接地气得让找来的孔忘川有些头疼不已。

墨城大学，运动场。

夜晚的塑胶跑道，或夜跑或散步的人不在少数。幽静的夜色仿佛成了一道无形的屏障，可以让人将白日里无法展现的一面尽情地宣泄。

看台上，池茹随意地挑了一排坐着。旁边的座椅上是三三两两的酒瓶子和酒罐子。

此刻的她正一边跟着手机上的一首失恋歌哼唱着，一边喝着啤酒。

似乎是觉得这悲春怀秋的一幕太过于做作了，她关了音乐，直接去玩手机游戏了。

手机界面上，《入殓师的成人礼》明晃晃地存在着，只不过因为已经被下线而无法加载数据。

她看着这个游戏的图标，默默地叹了一声。

“差不多意思意思演演就行了，天色不早了，跟我回去吧。”

耳畔，蓦地传来了孔忘川的声音。

她诧异地转过脑袋，一下子就瞧见了夜色下徐徐走近的男人。

月华倾泻在他身上，晕荡起丝丝的光影。他身姿颀长，线衫长裤，外罩一袭风衣。他一边往她这边走，一边将风衣脱了，兜头便直接罩到了她脑袋上。

视线被阻碍了，池茹一下子就不干了，哇哇地大喊出声：“谋杀啊！救命啊！”看台不远处也有三三两两的人，有人看星星看月亮谈人生，也有人拉小手亲小嘴，当然，还有对着塑胶跑道上正夜跑的人振奋高歌喊加油的。

昏黄的路灯，柔和的月光，将这一切都模糊成了一片一片单独的天地。

有个男生大着胆子往这边跑了过来：“你……你要对她做什么？”

“情侣打闹，你要管？”

孔忘川的声音不大，偏偏字里行间都溢出无形的压迫力，那男生原本还打算来个英雄救美，结果在他的气场之下，瞬间便没出息地丢下一句“你们继续”就跑了。

池茹无语，这年头大学里的男生怎么这么弱啊。

她一个大美女都没人挺身而出相救，好不容易有个挺身而出的，还被孔忘川一句话给吓跑了。

“你怎么找到这儿的？”她将风衣从脑袋上取下来，正好身体被寒风一吹有些冷，极为自然地往自己身上一裹。

“手机定位。”

听着他这么不以为耻的话，池茹简直想要骂娘了：“动不动就定位，还有没有点人生自由了？”

“你什么时候能不让人操心了，我就还你自由。”

男人的声音醇厚而有磁性，随风而散，语气中竟有丝丝无奈。

池茹不屑：“信了你的邪。”

“在这儿灌冷风喝冷酒，你这是自虐呢？走吧，跟我回去。”

“不行！说分手就必须得分手！我可是有原则的，才不要和你回家。”

“所以，你这是打算露宿街头？”

“错！是露宿校园！露宿街头横死的可能性太高，作为一个高智商的人才，我是绝对会选择校内这种安全指数高的地段露宿的。”

“我该夸你吗？”

她照单全收：“谢谢。”

“……”

见她还真的要继续执拗下去，孔忘川只得说道：“你不是想知道为什么我们认定案件的凶手是身材娇小且笑容有亲和力的短发女性吗？”

“你舍得告诉我了？”

“不分手的话，我倒是可以选择告诉你。”

“哎呀，我突然觉得你这个男友还是有很多优点的，勉强还是能够原谅你把我给‘绿’了的。”

他眼角一抽，提醒道：“你刚刚说你是有原则的。”

“原则是什么？能吃吗？”

“……”

这才过去几秒，她的原则就已经丢了？

回去的路上，孔忘川将车停在路边，下车给她买了杯热饮，这才继续发车上路。池茹催促：“赶紧的，等着你给我解惑呢。”

“墨城国际水都的监控视频中，我们可以看到一个长发及腰的女性提着一个工具箱。从当时恰到好处的时间点以及她的行走路径，可以直接判定她就是我们要找的凶犯。这一点，没有异议吧？”

吸溜了一口饮料，池茹点头：“必须没有异议啊！”

“凶手是女性，能进出女洗手间而不被人怀疑，这一点在妆容上虽然可以做到，但难保不会被眼尖的人察觉。这种不确定性太容易让凶手优哉游哉地杀人之后再给死者化妆的计划成为败笔。所以，凶手是男性的概率降低。第二起案子中，她能让正换浴袍准备洗浴的死者没有防范便得手，也证实了她的性别。

“监控中，她故意在摄像头前停留。虽然停留过后便走出了监控范围，但从现场的景物以及投射的影子可以确定，她的身高大概一米六，身材娇小。而这也进一步印证了为何她能让死者卸下心房。相信笑容具有亲和力这一点你也就可以理解了。”

池茹打断他：“短发呢？”

“作为女生，你连这点眼力见儿都没有？”

“什么意思？”被怀疑身为一个女人的尊严，池茹当即便竖起了浑身的刺。

“监控中，女人一头‘黑长直’，放大效果之后便会发现，她采用的是接发片，直接将假发夹在真发上，再放下真发。真发的长度可以判断，不及耳。当然，这是她戴假发的一大失误。若她采用佩戴网帽的方式，我们恐怕还无法判断她的发质长短。”

听到这儿，池茹瞠目结舌。

她没有拿着奶茶杯的那只手颤悠悠地朝着把着方向盘的男人指了又指，好半天才说出一句话来：“孔忘川你还是不是男人啊？观察女人的假发比我一个女人还要有经验！”

“这只能说明你身为一个女人太不懂得女人了。”

池茹不信邪地继续问他：“那你告诉我，她一个女人干吗要搞谋杀？安安分分当一个柔柔弱弱的女人不行吗？”

“入殓师这一行，常年和尸体打交道，在职业生涯中承受的压力是普通职工的 3.5 倍。因此，男性入殓师居多。就连《入殓师的成人礼》这款游戏的设定中，入殓师也必须是在角色是男性的情况下才能进行该游戏。这一行，对于女性而言或多或少有着不公正性。所以，基于以上证据，以及凶手在每次犯案时都会切换游戏死亡场景，我有理由做出判断，这应该是一位具有较高女性自我意识的高知识分子犯下的案子。死后入殓的目的，可能与职场中高压职业男女录取的公正性相关。不，或许更应该说，是与世人对于女性从事职业的态度有关。”

经他这么一分析，池茹原本一团迷雾的眼前竟然豁然开朗起来。那阴暗一点点被拨开，似乎就只等着阳光大盛的那一刻。

然而很快，她便有了一个相悖的疑惑：“若凶手真的是高知识分子，那她戴假发时怎么会犯下用接发片这种低级错误？毕竟用网帽才能降低被发现的风险。”

前方红灯，孔忘川徐徐踩下刹车。灯光透过车窗折射，在他的脸上蒙上一抹不太真切的光影。

时间一点点流逝，直到车子重新往前行进，他才徐徐开口：“这，也正是我所想不通的。”

第八章

虚假的成人礼 8

池茹总算是明白什么叫作出来混的总是要还的。

跟着孔忘川回到云仓公馆，一打开门，她便瞧见了早就候在客厅里的自家老爹老娘。

墙上的液晶显示屏上正播放着她老娘喜欢的八点档苦情剧，女配正对着女主放狠话："逃，我让你逃！逃到天涯海角还不是被本宫给逮回来了？"

女主角被她抓着头发，痛不欲生："娘娘，奴婢……奴婢再也不敢了，您就饶了奴婢这一回吧。"

"饶了你？"女配直接将她一脚踢到了旁边的宦官脚下，"给本宫将她的这身美人皮囊给剥下来，务必做得利落些，别让她死得太痛快。"

听到这儿，池茹的小身板已经颤了好几颤。

她躲在孔忘川身后探出个脑袋，努力维持镇定："老池同志、'如花'女士，大晚上的你们怎么有空来查岗啊？"

见到他们回来了，陈汝华调低了电视音量，转过身来，对着只探出个脑袋的池茹劈头盖脸骂了过去："出息了啊，池茹！光天化日朗朗乾坤就这么诬陷忘川，你说说你脑子是怎么长的？别人都是盼着自己感情和和美美婚姻幸幸福福，可你呢？就一心想着分手是吧？欺负忘川是个老实人不会替自己辩驳，就这么往他身上泼脏水？"

越说越来气，陈汝华女士顺手便要抄个鸡毛掸子开打，只是摸了半天没摸到本该出现在沙发上的鸡毛掸子，这才意识到这不是在自己家里。

退而求其次，她直接便捞起沙发里的抱枕朝着池茹奔了过来。

“啊啊啊，如花女士饶命啊！娘娘饶命啊啊！奴婢再也不敢了！”

池茹忙拿孔忘川当人形盾牌，揪着他的衣服不撒手。

瞬间，母女俩便围绕着孔忘川进行了一场追逐与逃亡的大戏。

“今儿个我不教训教训你，你以后还指不定怎么冤枉忘川呢！必须得让你长点教训！”陈汝华女士说话间，绕过孔忘川，快准狠地拿着抱枕抽了池茹的屁股几下。

后者嘤嘤嘤假哭了几声，继续躲在孔忘川身后和她周旋：“你怎么就那么确定我冤枉他了呢？如果是他真出轨了呢？有你这样宁可相信别人也不信自己亲闺女的吗？”她当时和老池同志视频聊天时，故意将摄像头对准了孔忘川和那女人后便立马关了手机。

这短短时间他们怎么就判断她是陷害他的？

“你还有脸说我不相信你？茜苄那孩子当时就在现场，她可是拍下了视频给我们看。明眼人一看就知道是忘川在严词拒绝追求他的女人！就你，居心叵测故意歪曲事实冤枉他！”

沈欠扁！

没事打什么小报告！

池茹恨得牙痒痒，却还是得小心告饶：“我……我只是误会了。我当时情绪太激动所以就误会了嘛！这证明我真的太爱太爱你们的准女婿了才会失控嘛！”

一听这话，陈汝华女士放下了手上的抱枕。

孔忘川嘴角勾了勾，将躲在身后的女人给拖了出来，手臂拢在她肩头，一副好好女婿的样子：“池叔、池婶，池茹也是因为太爱我才会犯下低级错误，你们就原谅她吧。”

“忘川啊，我们闺女就这样，三天不打上房揭瓦，你可不能惯着她。该打的时候就得打，千万不能手下留情。”

终于，一直没说话的池柏年发话了，那叫一个痛心疾首。

池茹听得一愣一愣的。

果然啊，她不是他们的亲闺女，鉴定完毕！

“老池同志、如花女士，我算是看清你们了。”嘴上虽然如此说，池茹还是乖乖地两手捏着自己的耳朵，主动到墙角去面壁思过了。

瞧着她如此自觉的样子，孔忘川抽了抽嘴角。

转性转得也太快了吧？

一个小时后。

对池茹进行了一番疾言厉色的家庭教育，对孔忘川进行了一番热情澎湃的嘘寒问暖后，池柏年和陈汝华这才满意地携手离开。来得突然，待得轰动，走得高调。

等到孔忘川送他们下楼回来之后，瞧见的便是原本正面壁思过的女人此时一边嚼着颗糖一边玩手游的画面。

她躺在贵妃椅上，优哉游哉，手边甚至还放着一盘已经切好的果盘。

这效率这投入程度，如果能够用在其他事上，倒是值得嘉奖。

“你不是还在面壁思过吗？”他挑眉。

“人都走了，面壁思过给谁看？”女人回答得理所当然，甚至还兴师问罪起来，“孔忘川，你为什么告诉他们你公寓的密码？”

“女婿给未来岳父岳母公寓密码，有问题吗？”

还真是会往自个儿脸上贴金。

“你这女婿能不能当得成还不一定呢。”她小声嘟囔了一句，继续沉浸在游戏的世界。

“你倒是心大，自己接触过的游戏都涉及了两起命案，居然还这么沉迷。”

“又不是同一款游戏。我们公司那款游戏早就被勒令下线了。”

一提起和《入殓师的成人礼》相关的话题，池茹便情绪低落。

凶手迟迟没有落网，游戏迟迟不能恢复上线，唉，公司里现在的氛围都好压抑啊。

“忘川同志啊，你知不知道武队那边调查得怎么样了啊？什么时候能抓到凶手啊？目前案件进展能透露下吗？要不然我总提心吊胆的，小心脏不知道什么时候就要不堪重压跳出胸膛了。”池茹说得格外凄惨，可怜巴巴地望向男人。

被她这如同小奶狗一般乖巧的表情给看得一怔，孔忘川清了清嗓子：“目前已经锁定了嫌犯，不过没有证据。你得相信警方的办案能力，应该快了。”

“锁定了嫌犯就好办了，那能不能先把人控制住？省得她再模仿游戏场景杀人。”

“没证据，即使抓了时间一到还是得放。避免打草惊蛇，武子那边会派人盯着。”孔忘川耐心地解释了一番，“倒是你，这些天安安分分地上班，不该管的就别去管。当好你普普通通的人民群众，别去瞎凑什么热闹。”

“我怎么就成了瞎凑热闹了？我可是热心群众！我可是积极为破案提供线索！要不是我，他们能那么快发现第二个受害人吗？”

话就这么脱口而出，想要收回已然来不及。

池茹心里“咯噔”一声，脑中警铃大作。

孔忘川何许人也，敏锐程度自然不可小觑。

“那天你为什么会那么确定那个人会死？”他终于还是问出了这个盘旋许久的疑惑。

“哎呀，我就是瞎猜的，瞎猜的，呵呵，那什么，天色不早了我先去睡了。”

女人做贼心虚般下了贵妃椅，噌噌噌趿拉着拖鞋回了自己卧室。

直到将卧室门关上，她还心虚得厉害。

这种事情，她怎么敢告诉孔忘川？他没把她当成神经病就不错了。

转眼，四月中旬。

墨城的温度逐渐升高，城市中的男男女女仿佛都挣脱了束缚，穿得格外单薄。

这段时间，池茹身处在水深火热之中。

伴随着《入殓师的成人礼》游戏下线，相关程序员都投入到了另一个项目中分人家的一杯羹。团队人员士气低落，和“迷踪世界”团队绑在一起的磨合期也碰撞出不少不同的理念。她这个公司里唯一的程序员鼓励师，每天得变着法儿地调节人家的心情，自己的心情却没人调节，怎一个难挨了得！

这天又是例会。

会上，温鸣公布了一项新决定：“接到通知，《入殓师的成人礼》这款游戏重新上线。从今天开始，该团队成员从‘迷踪世界’游戏中撤出。”

这一决定，直接便让死气沉沉的会议室焕发出了生机。

连带着精疲力竭的池茹都差点激动得跳起来。

游戏终于能重新上线了？那是不是代表她终于可以不用每天调节大家的情绪调节得自己都快神经衰弱了？

“温总，是不是警方已经抓获凶犯了？咱们这款游戏总算不用受牵连了？”

“可不嘛！一想到自己的心血就因为这个凶手被毁了，我这个心啊都在滴血呢。”

阿昌激动道：“这下好了，我的奖金终于有着落了。人民警察威武！破案效率就是高啊！”

小林握了握拳：“终于能再为自己创造的娃发光发热了。”

所有人都格外情绪激昂。

温鸣却突然说道：“其他两个团队的人先离开下。”

公司共有三个游戏项目团队，一般开大会时，三个项目团队的人员都是一起到场的。此刻老板让其他两个团队的人离开，想来应该是有些问题需要避嫌了。

池茹作为程序员鼓励师，这个身份着实有些尴尬。正当她犹豫着是否该离开时，温鸣主动开口：“小池，你留下旁听。”

温总还真不将她当外人啊。

池茹将挪了一半的屁屁重新挪了回来，保持“乖巧”坐姿。

待室内只有该游戏的研发团队时，门突然又被人从外头打开。

来人衬衫长裤，优雅内敛。他单手插兜，另一只手极其自然地反手将门重新关上。

望向会议室内众人时，那张俊脸闲适中却透着一股子锐利。

那是一种与生俱来的领导者风范。

池茹怔怔地瞧着男人的那张脸。

不是孔忘川是谁？

他怎么会来这儿？

与此同时，孔忘川也瞧见了她，蹙了蹙眉。

温鸣恰在此时开口了：“这位想必大家都有些眼熟，上次公安机关介入调查我们的游戏时，他也在场。今天正式向大家介绍下，这位是孔莱的孔总，国内物联网行业的杰出企业家。孔莱不仅大力发展大数据业务，承建首个大数据流通与交易技术国家公共实验室，还利用自身的云平台积极推动产业发展。咱们这位孔总创业才短短两年就被评为了‘墨城十大杰出企业家’之一……”

一介绍起来，就没完没了了。

孔忘川淡淡打断温鸣的介绍："我的身份不重要。"

大佬，实打实的大佬啊！谦虚，十足十的谦虚啊！

这是在场所有人的一致心声，当然，排除池茹。

女人在心底暗自哼唧了一声。即使孔忘川再杰出也弥补不了他抠门的事实！差评！

"咱们这款游戏的详细情况，将由孔总为你们解疑。"

温鸣说了这么一句之后，会议室内便立刻陷入了凝肃的氛围。

所有人都不会忘记和这款游戏相关的两起谋杀案。

孔忘川扫了一眼池茹，似是有意让她出去。可瞧着女人那一副"休想赶我走"的不动如山样，最终还是放弃了。

在温鸣主动让出位置后，孔忘川也不客气，直接落座。

他深邃的眸扫过在场的每一个人，气场凛然，语气凝重："接下来我所说的每一句话，你们都只能烂在肚子里，不能对外宣扬。能做到的话，就留在这儿继续参加会议，不能做到的话现在就可以出去，稍后人事会和你们沟通解除劳动关系事宜。"

不过就是通知个事情，怎么还闹得这么严重？如果离开这个会议室就要解除劳动合同？温鸣这个老板都没说，结果却有人喧宾夺主了。

众人心底巨浪滔天，面面相觑了一番之后，最后谁也没有离开。

"好，既然没有人离开，那我们继续。"孔忘川的声音沉稳，落下的每一个字都掷地有声，"就目前被报道出来的，因《入殓师的成人礼》而死的人已经有两起，可事实上，已经有三起。警方担心引起社会恐慌，故没有对外公布。"

此言一出，无疑激起了千层浪。

"怎么可能？又死人了？"

"仍旧和我们的这款游戏相关？"

“不对啊，既然和我们的游戏有关，那温总刚刚怎么还说让游戏继续上线？”

……

大家你一言我一语讨论得激烈，纷纷阐述着自己的想法。

池茹却突兀地站了起来，拔高声音问道：“什么时候的事情？”

孔忘川问：“什么？”

“我说的是，第三名死者被杀是发生在什么时候？”

“死亡时间大概是昨天上午七点到九点之间。”

“轰”的一声，大脑似乎有一根弦断了，池茹略显颓废地重新跌坐回了座位。

怎么会这样……

又有一个人死了，可她昨天根本就没有感应到这名受害者的死亡。

第一次，从她预见那女生在洗手间被死后化妆到女生实际被杀害，很明显预见的时间间隔有一个小时之久。

第二次，从她预见鬈发女人在按摩房被杀害到她找到那女人，才不过二十分钟左右。

第三次，她根本没有预见死亡现场，却又出现了一名死者。

从前面两次来推断，她预见的案件发生时间并不是固定的，且在一点点地缩短。

再拿前两次和第三次来作比较，似乎又有了新的结论。

前面两次，她都曾和死者有过一面之缘。

第三次，她没见过死者。

所以说，她预见死亡现场的能力是有局限性的。若她没有和死者见过，便不可能预见到对方相关的死亡现场？

那么，又是什么原因导致了她预见案发时间的逐渐缩短？

难不成是……和抓捕真凶的速度成正比？

第一次和第二次预见之间，无论是警方还是她都没有任何头绪。所以第二次的预见，从第一次的一小时缩短到了二十分钟左右。

若真是如此，那么还有一个最关键的问题，为什么她突然拥有了这种预见的能力？

女人双眸低垂，神思不属，俨然是神游天外去了。

孔忘川不得不出声拉回她的思绪："你对第三起案子的死亡时间有高见？"

高见？

她一个平头小老百姓，哪儿来的高见？

池茹连连摆手："没高见没高见，孔总您接着说，接着说哈。"

"目前警方那边可以确定的是，凶犯在行凶前，必定都会篡改《入殓师的成人礼》这款游戏的入殓场景，将篡改之后的入殓场景作为她的行凶场地。所以，为了尽早掌握证据抓到真凶，省公安厅领导人做出决定——重新上线该游戏。"

有人问出了大家的心声："之前正是因为得知凶手在效仿这款游戏才会下线了，怎么这会儿抓凶手的时候又要故意将游戏上线了？现在很多人都知道凶手是根据它行凶的，那如果重新上线之后玩家的探究欲爆棚纷纷……"

孔忘川直接打断道："首先，此次游戏重新上线，会处于排行榜最末，降低下载量。其次，游戏虽然可以下载，但不对外开放，除了官方人员，没有任何一个人可以登录。"

此言一出，全场哗然。

"为什么？都不能登录了，这游戏上线还有什么意义？"

"别忘了凶手的一个重要特点——按照自己设定好的游戏场景杀人。这一点足以证明她在计算机领域的才能。警方等的，就是她以黑客的身份重新进入游戏更改入殓场景。"孔忘川眸光灼灼，言谈间有着睥睨一切的自信，"而你们需要做的，就是二十四小时轮流查看游戏后台程序，第一时间发现被强行登录的痕迹。同时，特殊网络犯罪调查科的精英会循着这一线索追溯源头锁定凶犯位置，届时刑侦队会以最快速度缉拿到凶手。”

他这么一解释，大家才恍然大悟。

其实这一次游戏的重新上线，便是为了固定证据，赶在凶手再次杀人前瓮中捉鳖。

而他们，得在保密的前提下发扬警民合作精神，配合警方发现并抓捕犯人。

孔忘川代表武淮远这个大忙人走了一趟游戏公司之后便打算离开了。

池茹几乎不假思索就追了出去。

“喂喂喂，吝啬孔，你等等！”

男人的脚步微不可察地稍缓了一下，随即又置若罔闻一般迈着大长腿往前走去。

“孔忘川，叫你呢听见没！”她一急，立刻飙高了高音。

刹那，便惹来了公司内不少职员的目光。

“啊，大家各忙各的哈，我就是向孔总请教几个问题，请教问题而已哈。”她忙打着哈哈向众人解释，又做贼心虚般快跑几步奔到了孔忘川身边压低声音，“看我出糗很得意是吧？喊你故意不搭理我是吧？”

“我只听到某人在喊吝啬孔，我不认识。”

池茹：“……”

两人出了公司门，池茹亦步亦趋地跟着他去等电梯，抬步进了电梯，又非常殷勤地替他按键。

男人总算是抬起眼皮睨了她一眼：“你这是打算翘班？”

“怎么能说这么难听呢？马上就要到午餐的点了。为了让‘程序猿’小哥哥们重新振作，我这是打算亲自为他们去购买爱心午餐。我可是去忙工作的。”

顺着这个话头，池茹抱怨起来：“你都不知道这个案子迟迟不破对我们公司有多大的影响。我一个女生每天游走在一众男生中，努力调节大家的情绪。唉，多么心酸、多么不容易、多么……”

池茹边说边观察他的反应。

只可惜，男人压根儿就对此没感觉。

得，所谓的男朋友，果然是假的。

自己的女朋友每天和一堆男的亲密相处他都能不介意。

“我都说到这分上了，你这时候难道不该主动告诉我一些案件详情吗？”她眨巴眨巴眼，企图惹来他的垂眸一顾。

“能说的我刚刚都已经在会议室说了，其他的，非办案人员无权过问。”

她立刻跳脚反驳：“那你也不是办案人员啊！你怎么有权利知道？”

“鉴于我以前在公安系统工作多年，又是第二起案子的直接报案人，所以人家强制给我戴了个‘顾问’的帽子，将查到的消息一股脑儿告诉了我。”

池茹白眼：“想要自夸就直说，别这么暗搓搓地往您老自个儿脸上贴金。”

孔忘川无视她的白眼，一板一眼道：“顺带再提一句，我并没有意向接下这顶高帽，也不愿意多触及这类案件。目前的我只想当好一个商人。”

池茹：“！”

她算是明白了，像孔忘川这种人，就是典型的欠抽型。

别人奋斗一辈子兴许都戴不上的高帽，人家主动给他戴上，他居然还不愿意戴。

她决定好好鄙视他！

电梯到达大厦一楼，金碧辉煌的大厅里，前台美女花痴般抬起头一直紧盯着孔忘川看。

“还真是招桃花！”池茹小声嘀咕了一句，却又忍不住抬脚跟上他。

两人刚走出大厦，便与几个人撞了个正着。

正是武淮远带着人来了。

“哟，这是亲自来接我的？”武淮远大大咧咧，魁梧的身上穿着一件英挺的警服。他身后跟着两个刑侦队的兄弟，另有两个拎着电脑包的警员。

孔忘川朝他打了声招呼：“我已经代你和他们开了个小会说明了情况。接下去的事情你自己去谈吧，我得赶回公司了。”

“行，谢了兄弟。”

眼见他们擦肩而过要往两个不同方向各忙各的,池茹瞧瞧这个又瞧瞧那个，果断选择去追武淮远。

“武队，你等等！”

察觉到她的“见异思迁”，孔忘川的眉头下意识地打结了一下，最终什么都没说，走去了露天停车位拿车。

武淮远顿住脚步：“小嫂子，你不是和老孔一起的吗？怎么反倒来追我了？”

再次听到“小嫂子”这个称呼，池茹已经相当淡定了。她开门见山：“我有些话想和你说，能不能借一步说话？”

“当然可以。”武淮远对王韬几人道，“你们先坐电梯上去。”

待几人离开，池茹便领着武淮远去一楼休息区小坐“谈心”。

落地窗边是一个自助售卖机，她非常殷勤地买了两瓶饮料，朝他递过去一瓶绿茶。

武淮远也不客气，接过：“小嫂子太客气了。”

气氛融洽，池茹才徐徐开口：“武队，是这样的。你也知道我在游戏公司当程序员鼓励师。现在这起案子一天不破，程序员小哥哥们的心情便一天不如一天……”

“小嫂子，你好奇这案子啊？”

“也不是那么好奇，就是……就是纯粹想了解下这案子的进度。”

“可我不能向非相关人员透露案件讯息。”

池茹：“……”枉费她前头铺垫了一大堆，这就很尴尬了！

男人又意味深长地补充了一句：“不过也不是不能例外。”

池茹：“……”耍她很好玩？

她耐着性子，笑得露出一口白牙：“那要怎样武队才能告诉我？”

“是这样的，小嫂子你也知道老孔他以前和我是一个公安系统的，他这方面的能力自然是没的说的。不过老孔也不知怎的就申请离职，也不愿意再触碰体制内的事务。这次的连环杀人案件性质很恶劣，局里很重视，所以极力邀请他参与进来。如果老孔他参与了，小嫂子你这个贤内助可以当老孔的助理。助理嘛，当然是要资源共享的，我将案件和你一说，你再传达给他，也是一样的，你说是吧？”

难怪刚刚孔忘川说他不愿意戴这顶高帽。

人家果然没有吹嘘。

还真的是别人求着他戴的啊。

池茹没有多做考虑便应下了：“没问题，我一定当好这个助理。回头就将从武队你这边获得的重要情报转告给孔忘川，让他好好为人民群众发光发热。”

得了她肯定的答复，武淮远心里竟无端松了一口气：“那就有劳小嫂子了。”

“那你赶紧和我说说案情进展。”

“是这样的，我们其实有了嫌犯的线索。之前怕打草惊蛇没有动她，但是发生了第三起案子之后便第一时间将人控制住了，并在她住所搜出了一个化妆箱。”

池茹激动："那不就结了？案子结束了呀！"

"不，我们都想得太简单了。那化妆箱内的化妆工具上，找不到任何受害者的毛发汗液血迹指纹等线索，对方一口咬定是她新买回来用来练习上妆的。"

若凶手曾经提着化妆箱出入过案发现场给死者化过妆，那么死者在挣扎过程中或者被死后整理遗容时，极有可能触碰到化妆箱留下什么线索。而且，化妆刷上也会留下死者脸上的汗液等线索。

可这些，统统没有！

没有证据，案件陷入僵局。是孔忘川向他提议重新上线《入殓师的成人礼》这款游戏，他向上级汇报之后，得了批准。现在，他们局里已经将这款游戏作为能够破案的关键突破口了。

两人坐在沙发上，一时之间都陷入了沉思。

池茹努力回想着前两次自己预见到的案发现场。

两次，她都看不到凶手的脸，甚至连凶手的高矮胖瘦都无法感知。唯一能够感知的，便是凶手的手。

第一次预见洗手间的案发现场时，凶手似乎是没有经验，所以她根本就没戴手套。一双手白皙修长，钳制住死者的下颌替死者化妆。

第二次预见墨城国际水都按摩房的案发现场时，凶手应该是阶段性成长了，戴上了黑色手套。

池茹愁眉不展，脑中有什么快要串联成线，却迟迟抓不住头绪。

她现在比警方多掌握的一条线索，便是凶手的手。

手……

她上次便觉得那双手有些不对劲，可究竟是哪里不对劲呢？

她分明该有印象才对。

时间一分一秒地流逝。

武淮远站起身来："我该上去了。"

“等等！”

池茹蓦地大喊出声。

她终于想起来了！

她第一次预见洗手间的案发现场时，画面中凶手钳制住死者的下颌给死者化妆。当时……当时凶手的左手食指上，有一粒红色的痣，鲜艳似火！

— 第九章 —

虚假的成人礼 9

市公安局。

池茹随着武淮远来到一个房间。

这是审讯室外头的观察室，通过镀膜单向透视镜面，可以清楚地瞧见里头的人。

“小嫂子，你怎么会突然想见这个嫌疑人？难道你目击过凶手？”

武淮远疑惑归疑惑，还是让人将章澄带到了审讯室。

“那天我不是和孔忘川一起去的墨城国际水都吗，我好歹也是第一时间发现命案现场的人，过来看看有什么能帮到你的。”池茹随意找了个借口，视线却一直紧盯着里头的人。

女人长相属于亲和型，身材娇小，一头利落的短发，符合那天孔忘川的推测。因为被关押，她的情绪似乎很低落，脸上充斥着委屈痛苦的神色。

“她叫章澄，是这几起案子的重要嫌犯。计算机专业毕业，曾经在墨城国际水都做过半月的零时工，熟悉那儿的地形，符合心理侧写。第一起案子发生时，她被监控拍到尾随女死者进入了洗手间。”

武淮远简单将章澄的身份介绍了一下，随即又道：“如果再找不到证据就只能先将人放了，随后启动B方案实施游戏诱捕。若诱捕失败，极有可能再死人，后果……”

耳畔，是他的声音。池茹却一眨不眨地瞧着这个叫章澄的女人。不，与其说是瞧着她，不如说是瞧着她的左手更为恰当。

然而，她那被戴着手铐的双手却是彼此交握。从池茹这个角度，完全无法判断她的食指那儿是否有一粒红色的痣。

再这样下去只是浪费时间……

池茹开口："能让我进审讯室看看吗？"

"你要进审讯室和她谈？"武淮远当即拒绝，"小嫂子，你不是办案人员，这不合规定。"

按照规定，以免重大案件的犯罪嫌疑人在受审期间与外界互通有无，是不允许其见除了律师以外的任何人的。

见他这一次不像之前那般好说话，池茹也没有勉强。

她退而求其次："那你让人将她带出来，我待会儿出去，恰巧和她在走道上相遇。我保证不多说话不影响你们办案。这样可以吗？拜托，拜托。"她的声音软糯，双手合十，朝他一个劲地拜托着。

对于她这么积极地想要见嫌犯，武淮远完全摸不清她的想法。

"你等下，我去安排。"

武淮远扔下这一句便出了观察室，随即给孔忘川打了电话。

对方接听的速度并不快，看来是被他的来电给烦怕了。

"有事？"

听听，这声音完全就是充满了不耐烦啊。

武淮远摸了摸鼻子，无奈道："孔指导员，老孔，兄弟不过就是给你打个电话都被你这么不待见了。你是不是想要'友尽'啊？"

"武子，你有事说事。我在饭局上，有些忙。"

敢情是在赴饭局啊。

武淮远长话短说："是这样的，小嫂子非要和我来警局看这几起案子的犯罪嫌疑人。我刚刚带她在观察室看了一眼，但她似乎是想要确定什么，让我安排她们在走道上‘偶遇’。你不反对的话我就去照做了。”

“她胡闹你居然还由着她来了？”一听这事，孔忘川霎时便严阵以待起来，“别听她的，你按照规定来，赶紧让她离开。”

“可……”他总不能赶她走吧？

“她有任何异议你让她找我。”

“行吧。”

结束和孔忘川的通话，武淮远便打算推门进观察室打发走池茹。

没承想一转身，他便瞧见身后站着个人。

女人的脸色很难看，她声嘶力竭地指责道：“没想到你是这样的武队！你竟然还学三岁小孩对孔忘川打小报告！我真是错看你了！你的英明神武呢？你的断案入神呢？你的当机立断呢？你居然还看孔忘川的脸色行事！你这个市公安局的台柱子形象此刻在我心里一落千丈轰然倒塌，我要去网上给广大的网民好好科普一下你的‘丰功伟绩’……”

池茹的口中一刻不停地说着让人哭笑不得的话。

武淮远听着这些话，哪还敢按照孔忘川的指示赶她走？他可不敢得罪这位姑奶奶！

“行行行，我安排你和章澄‘擦肩而过’行了吧！”

得到了满意的答案，池茹这才鸣金收兵，唇畔露出一抹得逞的笑容来：“武队威武不能屈，不向孔忘川这股恶势力低头，是我辈楷模！”

武淮远：“……”他谢谢她的奉承！

章澄毕竟是危险人物，武淮远虽然同意安排两人的擦肩而过，但还是让池茹进行了变装处理。

池茹也不扭捏，非常果断地给自己化了一个丧尸妆。那脸不仅丑还吓人，保证连她老爹老娘见了都认不出来。

走道里，她就这么顶着一张丧尸脸走向章澄，越来越近……

“啊——”没想到最先惊呼一声的是携着章澄的女警。

反倒是章澄，只是诧异了一下，随即叹了一声：“你的化妆手法不错。”

这般的淡定，与女警形成了鲜明对比。

池茹下意识回了一句“谢谢”，视线紧锁住章澄的左手。

这一次，她终于看清了。

没有！

章澄的左手食指上，什么都没有！根本就没有那粒红痣！

心底的惊涛骇浪就这般席卷而来，池茹有些难以置信地眨了好几下眼，再次望向她食指的位置，那儿依旧没有红痣。

等到人走远了，她还僵直在原地，仿若被抽走了所有生气的游魂。

为什么会这样？

明明章澄是警方怀疑的最有可能的凶犯，可她的左手食指上根本就没有那粒红痣，难道是她记错了？

不，不可能。

她虽然一开始没有特别关注这粒红痣，但她确实是清清楚楚地记得凶手左手食指有一处殷红。而这处殷红分明便是一粒红得耀眼的痣。

可为什么，章澄的左手食指上根本就没有那粒痣？

难道她根本就不是凶手？

孔忘川和刑侦队所有人员的调查方向都错了？

“小嫂子，你这是怎么了？”武淮远不知何时走到了她身旁，看她失魂的样子，关切出声。

池茹自然不可能将她预见过凶手的手的事情和盘托出。这种时候，她只能试探道：“武队，有没有可能这个章澄真的不是凶手？”

“可能性极低。”武淮远道，“你知道第三起案子是怎么发生的吗？我们的人对章澄实行了二十四小时不间断盯梢，居然还被她跑了。也就是在她脱离我们视线范围后，第三名死者出现了。事后，我们调查监控，发现章澄在案发现场出现过。而且我们还调查了一下游戏运营商的服务器，原本早就下线的《入殓师的成人礼》，也在死者被杀前二十分钟被篡改成了第三名死者的死亡场景。而这个时间，正是章澄脱离我们警方视线之后。”

所以，无论是制造游戏 bug 篡改入殓的死亡现场，还是杀人，都是在章澄脱离警方视线范围之后的时间内完成的。

她绝对脱不了干系。

池茹最终灰败着一张脸离开了市公安局。

警方掌握到的线索，与她预见到的线索得出的结论，是完全相悖的。

她无法怀疑那些有理有据的线索，便只能怀疑自己预见到的事物。

莫不是自己虽然拥有了预见案发现场的能力，但预见的时候会发生部分失误？

经过了公安局这一出，池茹下午的工作积极性明显下降了。

反倒是原本《入殓师的成人礼》项目团队的程序员们，因为游戏恢复上线而一个个精神抖擞起来，发誓一定配合好人民警察将凶手抓捕归案。

两名来自特殊网络犯罪调查科的警员也驻扎在了公司，方便随时查找相关信息锁定凶犯。

好不容易一个下午过去了，池茹给加班的程序员们订好外卖之后便先下班了。

今天她大脑接收到的信息太过于混乱，她需要回去之后再好好理一理。

云仓公馆。

电梯门一打开，池茹就瞧见了一个女人赖在地上抱紧了孔忘川的大腿。

刹那，她觉得自己头顶被“绿”成的一片草原都足以供养一万头草泥马了。

池茹三步并作两步，几乎是用跑的速度奔过去的。

“孔忘川，你对得起我吗？”她语气哀怨，双眼却透露出小兴奋。

今天一下午都浑浑噩噩的大脑仿佛一下子就在线了，且恢复了高速运转。

分手在望，嫁妆到手在望！

离得近了，池茹才发现地上的女人是谁。

郑榕溪！

那天沈茜芊通知她去花宛咖啡厅时见到的女人可不就是她嘛！

当时趁着孔忘川和这个女人同框出镜，自己还借题发挥给老爹打了个电话告状。只可惜后脚沈茜芊那欠扁的女人便揭穿了她，导致她老爹老娘大晚上的跑到云仓公馆这边来兴师问罪。

她可是被迫面壁思过长达一小时呢！

没想到这个郑榕溪对孔忘川这么执着，居然都来堵门了！

“忘川哥，我爸妈都过世了。如果你不愿意收留我，那我就真的无家可归了。”

女人的长发因她倒地的动作而披散开来，却丝毫不影响她的美感，反倒有种柔弱纤细的骨感。她那白皙莹润的两只手就这么紧紧抱住了想要进门的孔忘川的大腿，明明是无赖的动作，却被她给演绎出了几分美感。

只可惜，美人再美，孔忘川都不买账。

他蹙眉望向正要大展身手演一出捉奸大戏的池茹，极为自然地开口：“你回来得正好。帮个忙，去里头拿把刀出来，将莫名其妙抱着我腿的这双手给砍了。”

“啊？”

池茹瞬间就蒙了。

这么狠？直接砍断人家美女的手？

喂喂喂，这剧情不对啊。

她都还没来得及化身被男朋友“绿”了的小白莲，她都还没来得及兴师问罪呢！他怎么能不按常理出牌呢？

“乖。你也不想自己男朋友的腿一直被别的女人给抱着吧？赶紧去厨房拿把刀出来。”

伴随着那温柔得似要将人溺毙的嗓音响起，池茹的脸颊一疼，竟是被孔忘川用手捏了捏。

磁性的声音，宠溺的眼神，撩骚的动作……

这一瞬，池茹没出息地被酥到了。

“哦。”她乖乖应了声便越过门口的两人，进了玄关，随即又忍不住回头望一眼郑榕溪抱着他大腿的手。

郑榕溪左手食指上戴着的那枚钻戒，还真是闪亮璀璨啊，再加上她全身上下价值不菲的穿搭，简直就是行走中的“人民币美女”嘛。

再对比下自己……

池茹瞬间落寞起来。

同样都是“白富美”，自己这个“白富美”混得不是一般的凄惨……

郑榕溪眼见池茹真的进房间去拿刀了，脸上的优雅荡然无存，急得泫然欲泣：“忘川哥，你怎么能这么对我？”

男人的眉眼冷硬，神色凛冽：“我这么对你有错吗？难道要让你介入我的家庭破坏我的婚姻？”

“你明明是单身，哪儿来的家庭哪儿来的婚姻！”

郑榕溪越发委屈。

池茹自然没有真的去厨房拿什么刀，而是偷偷猫着腰躲在门墙边偷听。

说真的，孔忘川这番话一出来，连她都要吓一跳。

这位大兄弟拿她当挡箭牌还真是挺顺手的啊，连婚姻和家庭的话题都这么顺手拈来。

“我女友一心想要嫁给我，连她的嫁妆都交给我保管。你觉得我能辜负她的信任做出悔婚这种事来？”

孔忘川毫不留情地对地上的郑榕溪说着扎心窝子的话。

一墙之隔的公寓内，池茹的心扑通扑通跳得飞快。

这男人，明明是他花言巧语让她老爹老娘将她的嫁妆送到了他手上，不经过她同意便掌控了她的财政大权，结果他居然这么厚颜无耻地将他自己给塑造成了一个深情好男人形象。

嘁！

虽然鄙夷他，不过池茹还是不争气地被他这番话给弄得有点小感动。

“忘川哥，你说过会娶我的，不能因为我爸妈过世了你就赖账啊。”偏偏郑榕溪又是个不到黄河心不死的，居然又将这事给提了出来。

抢男人？

这当然是好事！

池茹正暗搓搓地竖起耳朵偷听，准备在适当的时候冲出去向孔忘川这个左右逢源的“负心汉”提个分手，岂料衣领突然被人给提了起来。

“让你拿把刀怎么这么磨蹭？”

一不留神，她就这么被孔忘川从门边给提到了公寓门口。

她嘿嘿一笑：“那什么，砍人是犯法的，年轻人，咱不能冲动啊。”

“也行。”没想到这一次孔忘川竟然还挺配合的，“那你替我报警吧，不过你最好让他们提高点出警速度，我可不想维持这个姿势熬个二三十分钟。”

池茹心说您一个大老爷们直接将人的手给甩了不是分分钟的事情吗？非得搞这么大阵仗是要闹哪出？

不过她还是非常给面子地拨下了一串号码，甚至还非常有眼力见儿地瞎掰：“报告‘警察蜀黍’，我目击到一个女人对男人耍流氓，男人太绅士没甩开女人，女人就一直往他身上扑。这儿的地址是……”

“你……你们两个！”

被这两人羞辱到了这个地步，郑榕溪哪里还有脸面真的在这儿等到警察的到来？

她松开抱着孔忘川大腿的手，自己颤颤巍巍地从地上站起身，头也不回地离开了。

那张脸上，尚可见泪渍。

啧啧啧，泪点还真低。

“喂，你没毛病吧，对着我报警！”手机听筒里，传出沈茜芊的嚷嚷声。

电梯载着郑榕溪下去了。

池茹对着手机另一头的人解释：“江湖救急，刚不是有女人纠缠孔忘川嘛，我就作势吓唬吓唬那女的。”

“你家孔忘川还真不是一般的抢手啊，你就长点心吧，别成天‘作’死将男人给‘作’没了。”

“胡说八道什么呢，我和他不是你想的那样。”

池茹赶紧手忙脚乱地把电话挂了，一回眸，便对上了孔忘川若有所思的目光。

“干吗这副表情看着我？是见我帮你赶走了纠缠你的女人，打算给我嘉奖？”

男人清冽的眉眼微漾起一抹意味不明的光影：“你的心还真是够宽的。”

别的女人都来家门口闹了，居然还只顾着分手拿回自己那点儿嫁妆。

说完，男人迈步进入玄关，只留给她一个淡然的背影。

池茹黑人问号脸：“？”

经过了郑榕溪这一闹，池茹觉得孔忘川似乎对她的处理方式有些不满意。不就是没帮他用刀砍人家美女的手嘛，血腥暴力要不得，她这是将他拉回正途呢！

晚上谁也没有下厨，是孔忘川的助理去酒店打包回来的餐点。

池茹在送走助理之后，非常乖巧地将晚餐进行摆盘处理。

色香味俱全，不愧是星级酒店大厨的手艺。

吃人嘴软，坐在餐桌前，池茹没话找话地打破沉默：“忘川哥，这个郑榕溪和你是什么关系啊？她怎么说出‘你会娶她’这种话？”

“忘川哥”三字，矫揉造作，完全是故意学的郑榕溪。

孔忘川正在喝汤，闻言一口汤差点喷了出来。

别人若听到这话，指不定会觉得她这是拈酸吃醋。不过熟悉她的他，当然知道她这是纯属恶搞，有样学样。

“好好说话。”他轻斥了一句。

池茹不干了：“‘忘川锅锅’，你都和别的女人拉拉扯扯牵扯不清了，居然都不允许我问，你果真是薄情寡义。”

“池茹。”

人家一对她大声，她立马就尿了：“我有罪我认错，不该妄议你的私生活。”

这一次的认罪态度倒是良好，只不过压根儿就没意识到自己错在哪儿了。

孔忘川无奈，解释道：“我父母在世时和郑家打过交道，也算是有点交情。前阵子郑榕溪父母车祸去世，她便从婺城来到墨城投奔我。”

“啊，她这么可怜啊，那你怎么能那么不近人情将人赶走呢？”

池茹那点泛滥的同情心一下子涌了上来。

"首先，我父母和她父母打过交道，但也仅限于我父母和她父母，我和他们真的不熟。其次，郑榕溪家境殷实，她父母留给她的遗产足够她花好几辈子了，她所谓的'投奔'不过是借着她父母的死接近我罢了。这一点待会儿你看一段视频应该就能明白了。最后，她父母去世，她的爷爷奶奶白发人送黑发人，正是需要她这个孙女在身边尽孝的时候，她却跑到墨城胡吃海塞各种风光，从她这些天穿搭的新一季服装来看，她的信用卡账单应该已经累积一堆了。"

用完晚餐，池茹非常认命地去洗盘子。

想她一个十指不沾阳春水的小仙女，日渐朝着洗衣洗碗洗床单的黄脸婆方向前进。唉，全都是拜孔忘川所赐。所以说啊，这样的男朋友，她怎么可能喜欢得起来嘛。

洗碗池里，女人戴着手套的双手正与盘子做斗争。孔忘川非常不嫌麻烦地拿着 iPad 去了厨房，持着 iPad 的右手悬在正洗碗的女人的正前方。

iPad 屏幕里，播放的正是他上一次在咖啡厅录下的视频。

这上面清清楚楚地记录着孔忘川在接听电话的时间内，郑榕溪独自坐在一边是如何怡然自得顺带不屑地吐槽的。至于那些失去亲人的伤感……不存在的！

敢情这位主是个妥妥的"心机婊"啊。

她算是见识了。

"亲爱的男朋友，我觉得你好伟大，火眼金睛直接就洞穿了她的阴谋诡计。"她不吝夸赞，这一次，是发自肺腑的。

孔忘川"嗯"了一声，似乎极为受用。

只不过下一秒，他便秋后算账了："你今天擅自让武子带你去见嫌犯，你究竟想做什么？”

“那你为什么让他阻止我看一眼嫌犯？”

“这不符合办案程序。而且章澄是这三起案件的重大嫌犯，危险程度可想而知。她如果被释放后对你下手怎么办？毕竟从目前警方掌握的线索来看，她随机挑选受害人的几率很高。”

池茹有些不解：“没有确凿的证据就必须得放了她吗？警方不是掌握了大量辅助证据了吗？”

“对方律师前来交涉的，没办法，没确凿证据，只能先放了。”

“哦。”池茹闷闷地答了一声，这才想起来回答孔忘川刚刚的话，“其实我也就是和那个叫章澄的在走道里擦肩而过。以防她认出我，我还特意化了个丧尸妆。你知道什么是丧尸妆吗？你瞧见过电影里的丧尸吧？超级恐怖超级瘆人，我自己都认不出我自己脸的那种。”

孔忘川问道：“章澄当时看到你时是什么反应？被吓到了？”

“没有吧，她就是挺诧异的，应该是没想到警局里居然还有人会玩Cosplay（角色扮演）吧。倒是旁边押着她的女警在看到我时反应剧烈地惊呼了一声，吓得花容失色。嘿嘿，我怪不好意思的。”

听此，男人陷入了沉思。

池茹也洗完了碗，给自己装了个果盘便去客厅歪倒在沙发上看电视去了。

电视里正在播放一档法制节目，是孔忘川一向都比较喜欢看的。

男人走到她身边坐下，交叠着双腿看着电视。

女人捅了捅他的胳膊肘：“你觉得那个章澄是真正凶手的可能性多高？有没有可能她根本就不是凶手？”池茹一直记得章澄的左手食指上没有那粒红痣。

孔忘川睨了她一眼，语气严肃：“从理论上而言，她并非凶手的可能性是存在的。不过属于1%的小概率事件。可你刚刚说的话，又将这1%的可能都给刨除了。”

“哎？”

“究竟是怎样强大的内心，让她一个正常的女性在瞧见化着丧尸妆的你时第一反应不是畏惧害怕，而是夸你化妆手法不错？你应该还没忘记吧？凶手将自己幻想成了入殓师，而入殓师不仅不惧怕与死人打交道，甚至还得为死人整理遗容。”

第十章

虚假的成人礼 10

伴随着三起案件的重大嫌犯章澄因没有确凿证据而暂时被释放，所有人的情绪都紧绷了起来。

警方一方面对她实行二十四小时监控，另一方面又严密监视着跟《入殓师的成人礼》这款游戏相关的一切人员。另有人继续跟进已经发生的三起案子的线索，企图寻找突破口。

至于池茹所在的风尚网络科技有限公司，程序员们也严阵以待。

午后两点二十，池茹点的下午茶送到。

“来来来，大家先吃点东西提提神。”

她这么一招呼，程序员们纷纷跑了过去。

鉴于这次的游戏和人命案挂钩，《入殓师的成人礼》项目团队的成员们压力很大。所以温鸣做出考量之后，便让池茹重点负责这一团队的情绪减压。至于其他两个游戏团队的程序员，则暂时由李姐负责。

“不公平啊，你们团队不仅有美女养眼，还有美女各种爱心关怀。同样都是程序员，为什么我们就没有？”

“小池，你忘了你的小哥哥们了吗？我们还嗷嗷待哺着呢。”

“自从小池不负责我们之后，我的工作热情都下降了。强烈要求温总将小池还给我们。小池是大家的！”

其他两个游戏项目团队的人嚷嚷着抗议。

这边吃得正欢的人却不客气地反驳起来：

“小池已经是我们团队的正式一员了，警告你们别挖墙脚啊。”

“干吗呢干吗呢？这些可是小池特意给我们买回来的，你们的‘贼手’还不快将东西放下？”

“李姐，他们嫌弃你！你可千万别张罗他们的下午茶。”

池茹万万没想到，自己居然就这么成了抢手货。

果然啊，万人迷什么的，是挡也挡不住啊。

李姐将自己给另外两个项目团队成员买的几大袋子下午茶放下：“是谁嫌弃我来着？是想让我对他‘特殊照顾’吗？”

立刻，其他团队的成员纷纷将李姐夸成了一朵花。

“好了，大家别都杵在茶水间了，休息够了就回到工作岗位发光发热去。向人家警察同志好好学学。”钱绪见休息得差不多了，便招呼着自己项目团队的人离开。

他的手上还拿着两杯奶茶，拎着炸鸡等吃食，送到了那两名便衣警察那边。

两名特殊网络犯罪调查科的警察同志为了不显得太过于突兀，穿搭都是便衣，已经连续好几天在公司里盯着电脑数据了。瞧他们眼底的一层青黑，显然是疲惫至极。

池茹走到阿昌旁边：“阿昌小哥哥，你们这些天晚上轮流值班，有什么收获没啊？”

“一无所获，没发现有人非法登录。倒是那些玩家骂得飞起，游戏能下载却不开放登录，怨声载道。也有人推测我们这么做很可能跟之前出现的几起命案有关。目前网上各种揣测，我估摸着那凶手肯定也知道警方的意图了。”

“唉，头疼，这么守株待兔也不是个办法。”池茹按揉了一下太阳穴。从“凶手在游戏被下线之后依旧可以篡改死亡场景完成第三场入殓师的谋杀”来进行推断，凶手如果再犯案，那她即使知道警方在守株待兔，也依然会想方设法登录这款游戏来设置她想要的死亡场景。

但毕竟这是在风口浪尖上，难保凶手不会暂时按兵不动一阵子。抑或说，她已经杀够了人，得到了她想要的满足感，短期内不想再动手。那这个案子，就不好办了……

没有有力证据，真是最头疼的事情。

“小池，有件事我想跟你说。”阿昌突然郑重其事起来。

“啊？什么事？”

“其……其实我……”当真的要说了，他又吞吞吐吐起来。

池茹疑惑：“阿昌小哥哥，到底是什么事呀？”

“其实我这人从不和女人乱来的，会去国际水都也是因为工作压力大，才和大家一起去休息解压。我发誓，除了按摩，其他真的什么都没做过的。”闭上眼，阿昌一鼓作气总算是将要说的全都说了出来。

池茹有些摸不着头脑：“我知道呀。”

“我怕你误会……”

“我没误会呀。”

这下子，阿昌又词穷了。

上次池茹问他游戏死亡场景是不是被篡改了，随后又问公司附近有没有按摩房，他说完之后才意识到会不会让她误会了自己。好不容易鼓起了勇气解释，结果她居然说她都知道。

“小池，还是我替你的阿昌小哥哥来说吧。他其实说这么多就是想问你，你对他有没有感觉。”小林不知什么时候杵在两人身后的，冷不丁说了一句。

池茹被吓了一跳，阿昌则直接要敲小林的头。

瞧着两人这围追堵截的打闹样，池茹才明白过来是怎么回事。

呃……她这是被间接表白了？

“那个，两位小哥哥，其实我有男朋友的哦。”

女人的声音软糯，却是一下子让正打闹的两个男人停下了所有的动作。

“小池，你有男朋友了啊？”小林追问了一句。

“嘘。”池茹做了个噤声的手势，“上次来这儿的孔忘川你们还记得吧？他就是我男朋友啦。你们记得替我保密哦。”

关键时刻，池茹不介意拿孔忘川这个名义上的男友来当挡箭牌。

毕竟他也拿她当过挡箭牌，不是吗？

“原来小池你的男朋友是孔总啊。”阿昌紧跟着感叹了一句，意识到了自己和孔忘川的差距之后，他立马找借口遁了，“哎呀，我工作还没忙完呢。”

小林也嘻嘻哈哈道：“小池你真是深藏不露，有这么完美的男朋友居然还藏着掖着。”

“低调，咱低调哈。小林哥，记得保密哦。”

“好，咱一定保密。”

见人总算是走了，池茹才松了口气。

从小到大，她被告白的次数多得数不清了。说实在的，现在的工作氛围挺好的，她不希望因为感情的事情打破这一切。

茶水间的凌乱自有阿姨打扫，她也就没有去管了。

池茹转身去准备今天下午四点左右给程序员小哥哥们安排的健身活动了。脑力劳动和体力劳动相结合，让他们时刻保持充沛的精神状态，是她的主要职责。

当她正在电脑前敲打具体的健身方案时，李姐走了过来:“小池，忙着呢？”

李姐拍了下她的肩头，压低声音：“那几个小兔崽子都青春期荷尔蒙超负荷，你别放在心上。”

这下子，池茹就有些尴尬了：“李姐，你刚刚都看到了？”

“即使没看到，我这双火眼金睛也能够洞悉他们心里的小九九。”李姐完全就是过来人的架势，“基本上做他们这一行的小年轻都比较木讷，如果可以我都想替人跟你告白了，早拒绝早放下嘛。”

“呵呵，李姐说的是。”池茹讪笑。

“跟你八卦个事儿，咱们可能马上就要有老板娘了。”

“哎？温总不是单身吗？”

“我看到他这些天每天都让秘书挑礼物订餐厅，如果是客户的话，温总怎么可能这么上心啊，绝对是追老板娘的节奏。”

春天，果然是个适合交配的季节啊。

池茹不得不为温总的行动力点赞。

“来，给你看张秘书小姐偷偷发给我的未来老板娘的照片。”

被分享着重磅消息，池茹这个八卦爱好者当然第一时间积极响应，她凑过脑袋往李姐的手机屏幕上看。

下一秒，她的大脑卡壳。

照片里那个熟悉的女人，让她有种让温总继续单身的念头。

郑榕溪。

居然会是郑榕溪！

这个世界能不能再混乱些？

前几天，郑榕溪还抱着孔忘川的大腿不撒手喊着人家忘川哥企图当人家的女友，现在这么快就转移目标和温总在一起了？

她知道孔忘川和温总是好哥们吗？

还是说，她故意的？

格调雅致的日料店。

暖黄的筒光灯投射，打造出了一个暧昧的空间。

大堂堂食的客人中，约会用餐的小情侣不少。

池茹眼见着温鸣携着郑榕溪进了一个私密性极好的和室，便急得不得了。

猫在角落里，她风风火火地给孔忘川打电话："你究竟什么时候到啊？你再不到，你兄弟的贞操恐怕就要不保了！"

手机另一头的男人回得简明扼要："你瞎操什么心？兴许他乐得贞操不保呢？"

"没想到你是这样的孔忘川。"池茹唏嘘不已，"按照你自己跟我分析的，郑榕溪的人品明显就有问题啊，你居然就这么任由温总被她的外表给骗了？"

"那只能说明他识人不清。"

"就问你一句话，你到底来不来？"

"来。"男人的声音无奈至极，"堵车，大概还有五分钟到。"

早这样不就完了？非得跟她扯一堆有的没的。池茹腹诽了一番，果断挂了电话。

等到她一抬头，就见到服务生笑意盈盈地站在她面前："小姐，请问您需要点什么？"

一份菜单就这么递了过来。

扑闪着水汪汪的眼，池茹不要脸地卖萌卖惨："小姐姐，我在等我男朋友。他每次约会都迟到，我可不可以等他来之后再点餐呀？"

经济拮据，她还欠着孔忘川八万七千六百五十八块呢。

这个抠门男人简直就是一毛不拔。如果她点了餐，待会儿他没有绅士风度地让她结账，那她岂不是亏大了？坚决不能点餐！

服务生见她一脸犯难的样子，非常爽快地答应了，还不忘安慰道：“下班高峰期，你男朋友兴许被堵在路上了。多一点体谅，千万别因为这个吵架哦。”

“嗯嗯，谢谢小姐姐！”奉上大大的笑脸，池茹将小萌物的角色发挥到了极致。

这一幕，悉数被斜对面座位上的一个人看在了眼中。女人浅酌着一杯日式清酒，眸光略有些深意。

许是斜对面的视线太过于热切，池茹抬眸望去。

一刹那，她的呼吸为之一凝。

那个此刻正饶有兴致地望向她的女人，竟然是章澄！

这未免也太巧了些吧？

一头短发干净清爽，章澄娇小的身子穿搭得宜，精致的妆容格外具有美感。当下大多数直男都以“黑长直”为美，她却以一头短发及得体的妆容而美得格外出挑。

池茹被章澄的视线看得浑身不自在。

那样饱含深意的眸光，似猎人捕获到了猎物，兴致盎然，她没来由地起了鸡皮疙瘩。

偏偏对方压根儿不知道收敛，甚至还拿起一个空杯倒了大半杯清酒，朝着她走了过来。

站定在她桌前，她将酒杯搁在池茹面前：“那天在警局的时候便觉得你这人挺有意思的。今天再见，果然是挺对我的口味。”

也不待池茹回答，她又重新回了自己原来的桌子。

这般来去自如的模样，就仿佛见到了多年好友走上前打个招呼，再请对方喝杯酒。

池茹被她这样的态度弄得心惊肉跳。

那天在警局，她分明是为了避免日后被认出，特意化的丧尸妆。结果这女人，竟然就这么轻而易举地将她给认了出来！

这一瞬，池茹越发相信了孔忘川的话。

章澄是连环杀人案的凶手，已经板上钉钉。

等等！

她有重大的杀人嫌疑，虽说因证据不足而没被扣押，但按理说会受到警方二十四小时监视。怎么她今天会一个人来这儿用餐？警察呢？

她扫了一眼，果然在角落里瞧见了两个状似随意地用餐，眼神却时不时瞄向章澄的男人。

池茹暗暗松了一口气。

起码有警察在场，就不怕章澄乱来了。

五分钟的时间很快过去。

不得不说，孔忘川还真是够准时的。

一见到他来了，池茹倒是不忙着将他领到温鸣那边的和室，而是跟他咬起了耳朵，示意他看斜对面的章澄。

“你都不知道我刚刚有多害怕！她那双眼睛是火眼金睛吗，居然一下子就认出我来了，居然还特意走到我这边请我喝酒！你看看我手臂，到现在鸡皮疙瘩都还没消下去呢。”

顺着她的视线，孔忘川自然也瞧见了章澄。

对方落落大方地朝着他们的方向举了举手上的杯子，随即仰脖饮尽，那姿态，别提多潇洒了。这样的心态，哪像是连续三起杀人案的嫌犯？

男人的眸蹙了蹙，无视章澄的动作。

“在警方还没找到她杀人的确凿证据前，我会负责接送你上下班。你上班时间就待在公司里哪儿也别去，给那些程序员买东西的话就让人跑腿代购或者直接手机点单，明白了吗？”

男人如此郑重其事地嘱咐着她，霎时令池茹有些心跳加速。

她朝他眨了眨眼："你这是担心我会出事？天啊，孔忘川，你居然要亲自接送我上下班，这样的待遇简直是让我受宠若惊！"

别人家的女朋友，由男朋友负责接送上下班完全是理所当然。轮到她这个女朋友，由男朋友接送上下班完全是天方夜谭。

可现在，她居然从他嘴里头听到了属于女朋友福利的话。

池茹表示，她可能还在做梦没有醒。

两人针对她的安全问题交流了一番,直到她被他给念叨得耳朵要起茧子了，她才不耐烦地打断他："好了，好了，我都记住了。我一定按照你说的做，行了吧，男朋友？"

"嗯。"

这个时候，服务生拿着菜单走了过来："先生小姐，点单吗？"正是刚刚因着池茹的卖萌而离开的小姐姐。

如果自己点单，孔忘川绝对做得出让她自己买单的举动来。

所以这种时候，池茹觉得自己还是适合当一只安静的鹌鹑，把主动权让给他。

男人一下子就洞穿了她心里的小九九，率先扔下一句："你来点吧。"

池茹摇头，"乖巧女友"坐姿："不用了啦，男朋友喜欢吃什么，我当女朋友的就也喜欢吃什么，你来点就好了啦。"

孔忘川继续扔出一句："我买单。"

这一句，无疑是吹响冲锋的号角。

原本还扭捏着唯男朋友马首是瞻的女人，当即一把夺过了服务生手中的菜单，唰唰唰豪迈地报起了菜名。那动作之快语速之疾、点餐之多，让一旁的服务生看得目瞪口呆，甚至都来不及拿速写板输入备注。

等到服务生离开，池茹还不忘笑嘻嘻地说：“男朋友，你女朋友够体贴吧？给你点了许多你爱吃的东西呢。”

孔忘川：“……”呵呵！

“我估摸着温总和郑榕溪在和室里头你侬我侬打得火热，绝对没那么快用完晚餐的。所以咱们先吃咱们的，等吃完了再闯进去，到时候你对温总动之以情晓之以理，劝他回头是岸别沉迷于美色。”

为了吃的她倒是豁得出去，仿佛刚刚火急火燎催他来的人压根儿就不是她似的。

孔忘川刚要开口说些什么，冷不防瞧见她一开始就示意过他的和室门被拉开。

郑榕溪怒气冲冲地从里头走了出来，那高跟鞋敲击在地面上，仿佛也带着一股子火气。

紧随着她出来的是温鸣。

一米八五的男人，三百六十度无死角的帅气逼人。他追在郑榕溪身后：“榕溪，你听我解释！”

看到这一幕，池茹第一反应便在脑中脑补出一场感人肺腑的狗血大戏。

接下去郑榕溪是不是该说“我不听我不听我不听”了呢？

坐在公共区域用餐的客人极多，安安静静的用餐氛围因温鸣和郑榕溪的出现被打乱，所有人的目光朝他们两人望去。

郑榕溪眼见温鸣追了上来，她索性脚步一顿停了下来。

“你不是听了那个女人的鬼话觉得我是个拜金女吗？好，那你去和她交往得了！这是你送我的戒指，我现在就还你！”

这一瞬的她，化身为视金钱如粪土的正义美少女，直接就将手上那枚璀璨夺目的钻戒毫不留恋地摘了下来。空气中弧光涌动，所有人瞧见的便是它以抛物线的形态朝着温鸣那边飞坠。

池茹的视线，却是一眨不眨地盯着郑榕溪的左手。

刚刚被她摘下了钻戒的位置，那儿似有什么牵引着池茹，一步步拉扯着池茹陷入难以挣脱的漩涡之中。

池茹不由自主地站起身来，孔忘川不解地也一起站起身来，紧随着她。

“怎么了？”

男人略显关切的声音在她的头顶响起，池茹心神一凛，紧紧地拽住了他的衬衫。那力度，似要将他的衬衫下摆从他的西裤中抽出。

郑榕溪的左手食指上，赫然有一粒红色的痣，鲜艳夺目，似能嗜血。

这粒痣，何其眼熟。

在罗都商场洗手间的案件中，那名凶手钳制住死者的左手食指上，就有着这么一粒色彩鲜明的痣。

身为最大嫌疑人的章澄左手食指上没有这粒红痣，反倒是和案子八竿子打不着的郑榕溪有这样一粒红痣。

怎么会这么奇怪？

更奇怪的是，郑榕溪的身高以及长发的特征，与孔忘川及武淮远做的凶手侧写根本就不一致，也与爱银大厦楼梯间的监控视频中那个拎着银色工具箱的女人严重不符。

—— 第十一章 ——

虚假的成人礼 11

郑榕溪对着温鸣说下那番话并扔了他送给她的戒指之后便打算离开了。

不料，刚走了几步便瞧见了孔忘川。

一刹那，她脸上的表情精彩纷呈。

“忘川哥，我……我和温鸣没什么的。他一直在追求我，不过我都没有同意的。”她语气急切地对孔忘川解释起来，眼底蕴含着一丝期盼。

期盼着什么？他的回心转意？

池茹目光死死地盯着她的手，却是下意识挽着身旁的男人退后了两步。

孔忘川眸光微动，略有些疑惑地望向池茹。

这女人不对劲。

很不对劲。

之前还巴不得看到郑榕溪对他死缠烂打，她好顺势哭个惨提个分手顺带夺回自己的嫁妆。可现在，她竟拉着他退避？

“警告你，别靠近啊。我家孔忘川已经有未婚妻了，他是不会出轨的。”

池茹语带警告，脸上自然是没有吃醋这类小表情的，可她的眸中，闪现着一丝惊惧与彷徨。

在餐厅其他人的眼中，池茹这一行为不过是正牌女友在防范小三时让人知难而退的举动罢了。可在孔忘川眼中，他察觉到了她的不对劲。

对于郑榕溪，她似乎突然之间从看好戏的状态，转变为了畏惧的状态。

“我和忘川哥说话，你插什么嘴？”郑榕溪有些不满地看着总是黏在孔忘川身旁的池茹，往她的方向靠近了几分。

岂料下一秒，池茹便情绪激动地挽着孔忘川的手臂又后退了好几步：“你……你别过来啊。”似乎都要害怕得哭出来了。

再没有半分犹豫，孔忘川将她一把搂在自己怀中，以身高优势居高临下地对上了郑榕溪的眼：“想必那天的话我已经说得很清楚了，你是希望我去拿把刀来砍掉你下一秒便要搭上我的手，还是希望我现在就报警？”

这两个，郑榕溪都不想见到。

她恨恨地瞪了两人一眼，似要将那股子憋屈也给一并发泄出来。

然而，当眼角余光瞧见斜对面看好戏的章澄时，她的眼中瞬间翻涌起了一股惊天的骇浪。

“啊”地大叫一声，嗓音尖锐。

她脸上的血色以肉眼可见的速度褪去，脚步一阵踉跄，竟是慌不择路地逃离了这儿。

见她突然夺路而逃，温鸣也顾不得和孔忘川他们打招呼，长腿一迈便追了出去。

斜对桌，章澄一边好整以暇地看着好戏，一边夹起一块芝士鳗鱼手握寿司，红唇一张，便细嚼慢咽起来。

池茹脑中翻涌起伏，随着郑榕溪犹如瞧见鬼魅一般夺路而逃的举动，她仿佛醍醐灌顶一般。

郑榕溪一定认识章澄！

日料餐点陆续上桌，只不过经过了刚刚那一出，谁也没有心情继续在这儿用餐。

池茹和孔忘川一道离开。

夜色迷离，墨城的夜生活徐徐拉开帷幕。

车上，她的脑中还在一个劲盘旋着一堆有的没的。

洗手间的杀人入殓现场，凶犯并没有戴手套，她在预见中，看到了凶手左手食指上的红痣。

按摩房的杀人入殓现场，凶犯特意戴上了手套，她无法窥探凶手的食指红痣情况……

她正暗自懊恼中，却又灵光一闪。

当时警方找到了一份监控。

对，那份监控视频！只要找到那份监控视频就一切都清楚了！就能知道凶手左手食指上到底有没有那粒红痣了！

“孔忘川，你还记得第二起案子发生后，咱们跟随武队去看了监控视频吗？”

“嗯，怎么突然想起这个了？”

“那段监控画面中，凶犯一手提着工具箱，另一手在途经摄像头时故作停顿，做出撩发等一系列动作挑衅警方。她当时伸出的手是左手对不对？”

“嗯，左手。”

“有没有一粒红痣？一粒鲜艳似火的红痣！”她一把扯住了他的衬衫，犹如抓住了什么致命线索。

孔忘川被她的情绪感染，认真思索了片刻：“人体的特殊记号更容易让我们做出最正确的判断。当时我审视过监控中的人，除了头发，并没有发现特殊的人体记号。所以我可以很肯定，她身上并没有你说的类似红痣的显著性特点。”虽然不知道池茹为何会突然问起这个，但他还是一一答了，“如果你不放心，我可以再打个电话让武子确认下。”

等红灯的空当，孔忘川拨通电话，戴上蓝牙耳机。

也不废话，他直接便让武淮远再去查看一遍拷贝的监控。

得到了和他一样的结论之后，他才挂了电话。

一把摘掉耳机，他扫了眼副驾驶座的女人："你提的问题我现在都一一解答了，现在是不是该告诉我你为什么突然这么反常？"

"孔忘川，我觉得郑榕溪她可能认识章澄。"

郑榕溪左手食指上的那粒红痣和她预见到的简直一模一样。当然，她可以将它当成是凑巧。但刚刚，郑榕溪不知瞧见了什么就突然惊叫一声惊恐至极地跑开了。

如果她没有记错，郑榕溪分明就是眼角余光扫到了某个位置的人。

而那个位置。

当时正坐着章澄！

一个人为何会对另一个人害怕成那副样子？

"郑榕溪她刚刚是不小心看到了什么之后就惊呼着夺路而逃的。从我的角度来看，她瞧见的是章澄。我想，有没有可能，她曾经目击过章澄犯案？"

她不能直接说她预见到的凶手极有可能就是郑榕溪。因为仅凭着那一粒红色的痣，她连自己都无法说服自己。

更何况，警方所掌握到的证据里面并没有这粒痣。

所以，她只能努力引导孔忘川，由他出面，让警方去调查郑榕溪。

"这就是你刚刚在餐厅的时候一直反常的原因？"

她略显不自在地点了点头："差不多吧。"

"那为什么我当时从你的眼中瞧见了害怕？你在怕郑榕溪，为什么？"

她的眼神和肢体动作，都表现出了她对郑榕溪的抵触与畏惧。

池茹万万没想到孔忘川的眼神这么"毒"，一眼就看穿了她的真实情绪。

她打着哈哈：“没啊，我干吗要害怕她啊，你说是吧？她可是胆敢和我抢男人的女人，我差点都想要撸起袖子和她大打出手干上一架呢。”

“真的？”

女人赌咒发誓：“必须是真的啊！你可是我男朋友兼未婚夫呢，总不能便宜了别的女人。”

听她这么说，孔忘川一点点放下了心里的疑虑。

他再次给武淮远打了个电话。

“老孔你又有新发现了？”这一次，武淮远接听的速度极快，一接通便问了这么一句。

刚刚他让武淮远又查看一遍监控，武淮远直觉他又掌握了新的线索。

“就在刚刚，我们的池茹同志非常有头脑地展开了一系列分析。经她推测，郑榕溪极有可能看到过章澄行凶。”

孔忘川将餐厅里郑榕溪的异样详细说了下。从郑榕溪的面部表情到她的肢体语言，巨细无遗。

这一瞬，池茹才后知后觉地发现，她杞人忧天了。

人家孔忘川何许人也？拥有敏锐的观察力和分析力的他，肯定比她考虑得更深更远，早就将郑榕溪的一系列反常看在了眼中并且有了他自己的推断。

此刻，听着他每说一句话便特意强调一遍她的功劳，池茹只觉得脸上火辣辣作痛。

等孔忘川结束通话，她觍着脸追问了一句：“武队派人去抓郑榕溪了？”

“‘抓’这个字眼不能胡乱用。既然警方现在是针对于你这个目击者提供的线索对她进行了合理的怀疑，那便是按照合法程序请她回局里协助调查。”

“对对对，是协助调查不是抓。呵呵，那什么，我就是个法盲，用词不当，感谢科普哈。”

男人目视着前方路况，开着车不疾不徐地右转。

“从第一起案子发生起，你就对此表现出了非比寻常的兴趣。现在又格外认真地投入分析找寻线索。池茹，我一直在等着你对我坦白。”

男人的声音磁性沉哑，循循善诱。

有那么一瞬，池茹有想向他好好交代发生在自己身上的事，让他帮忙分析分析的冲动。

可最终，她还是选择了放弃。

他们两个的关系虽然是男女朋友不假，但他们的感情可不是男女朋友的感情。如果她说了，他直接将她带去什么实验室进行小白鼠研究怎么办？她可不想沦为小白鼠被活体解剖……

“坦白什么？有什么好坦白的？孔忘川你几个意思啊？我就不能关心民生大事百姓疾苦一下吗？还不准我关心了？”

语毕，她便傲娇地将脑袋转向一边，降下车窗假意去看外头的风景。

路灯斑驳的光影投射到她脸上，给她蒙上了一层虚幻的色彩。

孔忘川眸色加深，到底还是什么都没有再说。

第二天，池茹去公司的时候，有意打听了一下温鸣的情况。

约会约了那么久，追了那么久，结果昨晚还被郑榕溪当众拒绝，想必温总一定觉得脸面无光吧。

李姐作为八卦小分队的重要一员，第一时间向她反馈了消息。

“温总让秘书取消了未来一周内的约会行程，看来他的追求之路不顺啊。”

池茹吐槽：“你说温总怎么就看上她了呢？你都不知道这个郑榕溪有多可恶，她之前还倒追我家孔忘川来着。在公寓门口抱着我家孔忘川的大腿不撒手，还恶心巴拉地说让孔忘川甩了我让她上位。”

“天哪，这么劲爆！那孔总当时怎么回应的？”

“他当然是严词拒绝啊，那个刚正不阿不近女色的样子啊，对我可忠诚着呢……”

两个女人的八卦小分队明显将八卦的方向给偏离了。

温鸣来到公司的时候，听到的便是她们正热情洋溢地讨论着郑榕溪是如何不知廉耻地倒贴孔忘川的。

他神色一僵，随即又淡然得仿佛郑榕溪的事情与他无关一般。

还是李姐最先瞧见了他，轻咳了一声给池茹警醒示意。

后者会意过来，却并没有噤声，反倒是转过身来与温鸣面对面，正大光明地八卦：“温总，你不会真喜欢郑榕溪吧？”

温鸣并没有立刻作答，而是无奈道：“你随我来办公室。”

作为公司的大老板，他的办公室占地面积最广，采光也最集中。两面都是落地窗构造，使得室内的光线敞亮。他走过去，开了一侧的窗，霎时，窗帘随风舞动。

“坐吧。”

他指了指会客区域的沙发。

这个时候，池茹反倒有些不自在起来了：“温总，不需要这么郑重吧？”怎么突然觉得有种促膝长谈的隆重仪式感？

温鸣打电话让秘书泡了两杯柠檬水进来，这才一道坐了下来。

“忘川有和你说过我和榕溪之间的事吗？”

她眨了一下格外纯洁无辜的双眼，摇头。

“说起来挺俗气的。高一那会儿，我去忘川家做客。那会儿叔叔阿姨都还在世，我瞧见了叔叔阿姨和郑家一家人的合影。照片上的郑榕溪笑得很甜很美，我就一头热地陷进去了。”

听到这儿，池茹夸张地发表看法：“果真啊，这是个看脸的时代。”不过转念一想，如果这件事放到现在，肯定又大为不同了。

当年的美女没有各种夸张的修图软件进行修饰，可谓纯天然。也难怪温总会动心了。

“后来我特意随着叔叔阿姨去了一趟郑家，对郑父郑母提出希望与榕溪进行以结婚为前提的交往。不过对方反对了，他们不希望因为早恋影响到女儿的学业，我甚至都没亲眼见到榕溪一面便铩羽而归了。”

“也是，天下父母心，可以理解。”池茹点头，“不过温总你还真是个行动派啊，不过就是瞧见了张照片就去见家长了，勇气可嘉。”

等等！

电光石火间，池茹想起了一件事。

温总随着孔忘川父母去过郑家见过家长，提出以结婚为前提的交往。

而郑榕溪，也不止一次地口口声声说孔忘川说过会娶她。

难不成……郑榕溪是直接将随着孔父孔母去郑家的温总当成了孔忘川？

那误会还真是够大的。

她小心翼翼地开口：“温总，有一句话我不知当讲不当讲。”

“小池你有什么就说什么。看在忘川的面子上我绝对不会扣你工资的。”

扣工资。

听着那三字，池茹怎么觉得挺像警告的？

她现在可是负产阶级，得负责赚钱养家还孔忘川这个资本家的钱呢。这工资，经不住扣啊！

踟蹰了一会儿，她最终还是选择了开口：“温总，你追郑榕溪的时候，有没有和她刻意提起过当年上门求交往的事情？”

“嗯，提过。她当时就被我的诚意所感动，特意将当年我留在郑家的戒指找了出来，后来当着我的面戴上。虽然不是戴在中指或无名指上，但她肯为我戴上，就足够让我有信心继续追她了。”

此刻的池茹，心里一方面将郑榕溪给骂得狗血淋头，另一方面又觉得温鸣头顶被“绿”成草原了都不自知，实在是太傻了。

那天，沈茜芊喊她去咖啡厅捉奸，她便瞧见了郑榕溪左手上戴着的那枚闪耀至极的钻戒。也就是说，那会儿郑榕溪就已经和温总开诚布公地谈过，得知说过会娶她的人是温总。至于孔忘川，压根儿没有去过她家也没说过会娶她这类鬼话。

而郑榕溪却还在之后的见面中屡屡提及……

心机女！

果然是心机啊！

一边对孔忘川死缠烂打，另一边又故意吊着温鸣，享受着他带给她的物质上的享受。

义愤填膺，池茹实在是憋不住了，于是将她总结出来的一股脑儿都说了，还不忘对温鸣苦口婆心：“温总，天涯何处无芳草，千万别单恋这朵恶毒白莲了。你值得更好的，真的！”

她原以为温鸣听到之后绝对会对郑榕溪在背地里搞的小动作各种震惊。

结果，他却云淡风轻道：“嗯，我已经放弃了。好看皮囊千万，贵在人品。其实我会追她追这么久，也是因为当年的执念吧。”

哎？

亏得她还以为他要当深情男非卿不娶呢，结果这么容易就放弃了？这么看得开？

恰在此时，池茹的手机响了起来。

看了一眼来电显示的“沈欠扁”三字，她便头疼。

温鸣一不小心扫到了屏幕上的来电显示，眸光微动。

“温总，那我先去忙了哈。”

从办公室出来，池茹这才接听电话：“沈大小姐，这又是哪阵风把您给刮来了？”她可还记得面壁思过一个小时的仇呢！

“不用这样吧，池茹，还为了上次我出卖你的事情生气呢？那件事可全都是你的错，栽赃污蔑孔忘川出轨。你爸妈都打听到我这边来了，我当然不能让两位老人担心啊，不得已才乖乖上交了拍下的视频。”

池茹回以她两字：“呵呵！”

“咱们池茹同志大人不记小人过，别跟我一般计较啊。要不我告诉你一个劲爆的消息，作为交换，咱们过往恩怨一笔勾销？”

“就你，还能有什么劲爆的消息？肯定是又去欺负哪个小‘白富美’去了吧？或者是泡到了纯情小帅哥之后对他始乱终弃了？”

“这一次不一样。我可是化身为正义天使，难得做一次好事呢！”

“啥？好事？你？”

“看不起人是吧？就你现在的老板，叫温鸣是吧？还有上次咱们一起在咖啡厅见到的那个郑榕溪，你还记得吧？他被那女人骗钱骗心还不自知，我可是做了件大好事，将那女人同时游走于各路男人间的一堆烂情史都给调查得清清楚楚，特意将资料寄给了他。”

池茹：“……”

她突然有点明白为什么昨晚在日料店，郑榕溪反应那么大直接将手上的钻戒摘了来表明自己的富贵不能淫。

敢情昨晚其实是两人在摊牌，郑榕溪口中的“那个女人”，就是沈茜芊？

不过温总都特意追出去了，应该还是对她有旧情的吧。放弃？又怎么会这么容易呢。

“对了，再跟你分享个好消息。我决定追你老板了，吃惯了小鲜肉突然想换换口味。你要不要当个特务向我随时汇报他的行踪？有赏金的哟。”

“什么？”池茹的手机差点一个不稳直接就摔下去了，“沈欠扁你也太缺德了吧！居然打算将魔爪伸向温总！我拒绝同流合污！”就她？每次得手了就对男人始乱终弃，池茹是非常看不惯她这种做法的。

“本来还打算给你封个十万二十万的红包让你还欠孔忘川的那一屁股债的，既然你这么坚持……”

池茹不假思索，义正词严道：“成交！”

两人互通有无了一番，池茹将自己掌握到的一些温鸣的行踪给报了过去。正警告她别玩太过时，脑中倏地便闪过一个画面。

她又预见到案发现场了！

而她这一次的预见中，郑榕溪……死了！

— 第十二章 —

虚假的成人礼 12

画面中，池茹可以清楚地瞧见郑榕溪倒在地上，眼神惊恐，彻底失去了生命体征。下一秒，一双戴着黑色手套的手将她的尸体放在了某个石头状的物体上。紧接着，那戴着手套的手在旁边打开的箱子里取了什么东西出来，开始在郑榕溪的脸上涂涂抹抹起来。

周围静谧森冷，夜色笼罩。唯独那月光精准无误地投射到了郑榕溪的脸上，那双死不瞑目的眼大睁，仿若要看尽最后一丝人世的希望。

扑通!

扑通!

扑通!

池茹的心跳得飞快，整颗心似要跃出胸膛。一股毛骨悚然的感觉，就这么油然而生。

预见到这种画面不是第一次了，有了前两次的经验，她本该很淡定才对。

可前两次预见到的死者她压根儿就不认识，这一次的死者却是在生活中与她有过交集的。

这种预见到自己身边认识的人被人谋杀的画面，实在是太过于惊悚及可怕了。

“池茹，你没死的话倒是吱一声啊。怎么突然没声音了？”

手机另一头，原本正和她聊着的沈茜芊察觉到不对劲，嚷嚷出声。

池茹心头慌乱："我……我有点事先挂了。"

不给她反应的机会，池茹火速掐了电话。

随即，她调出孔忘川的号码，不假思索地拨号。

碰到这种事，她所能想到的人，第一反应便是他。

在等待电话接通的过程中，她大脑中一片空白，甚至都不知道该如何组织语言来告诉他。是直接对他和盘托出自己看见的，还是极近隐晦地提醒他郑榕溪很快就要出事……

等到终于通了，在对方连续唤了她好几声之后，她才回过神来。

她脸色憋得发红，隔着电波犹犹豫豫："我……我就是想问问，郑榕溪她还在警局吗？"

孔忘川轻笑了一声："看来你对这一系列案子表现出来的兴趣不是一星半点儿啊。"

"我就是稍稍关心了点而已。"池茹被他看穿已经不是一天两天了，她也很无奈。这个假男友洞察力太敏锐了，似乎总能让她的小心思无所遁形。

"昨天武子他们就将人给请到了局子里进行突击问询，她支支吾吾、语焉不详，从她明显不正常的态度来看，她确实是有所隐瞒的。但目前警方还撬不开她的嘴，没有任何突破性进展。"

"所以就这样让她离开警局了？不再多审问下？"

"如果你这边愿意提供更多的信息，倒是可以让她在警局待个四十八小时。"他徐徐说着，诱使她往自己铺好的路上走。

"我愿意！我知道第一名死者的死她极有可能就是真凶！她或许是被章澄胁迫，或许是两人合伙，或许……"

一个冲动之下，池茹将自己脑中徘徊不定的想法就这么脱口而出，等意识到自己说了些什么时，连忙噤声。

“哦？”男人唇畔流溢出来的这一个字，就这么通过电波传了过来。他尾音上扬，显然正等待着她的下文，然而，语气中却没有半分的怀疑成分。

池茹心一狠眼一闭：“我亲眼看到的！我现在就以目击者的身份去警局录口供做证！”

既然她不可能将自己预见的事实说出口，那她就只能做伪证了。

起码，她觉得她预见到的绝对是真实的。

“池茹，你知道做伪证的后果吧？”

心里紧绷着的一根弦伴随着男人不疾不徐的声音蓦地断裂，池茹耳畔“轰”的一声，整个人都浑身一僵。

在她惊愕得说不出话来时，孔忘川却又继续道：“当然，如果是另一种方式的伪证，那就另当别论了。”

市公安局门口。

池茹和孔忘川碰了头，两人一道去找武淮远。

“一个劲在那儿闹呢，说我们无权扣押她。对了，她还打电话给温鸣让他将她给弄出去，不过人家压根儿没来。”

提起郑榕溪，武淮远有些愁眉不展。

池茹有些不放心地追问：“她不承认认识那个章澄吗？”

因着池茹的关系，孔忘川才暂时答应接受“顾问”一职协助调查这几起命案。是以，武淮远对池茹格外高看，有问必答。

“是啊，她咬死了不承认。不过我们在给她看章澄的照片时，她的瞳孔紧缩眼神慌乱，明显就是认识章澄，且极度畏惧她。”

“对了，我们重新调查罗都商场的监控之后有了新的发现。可以证实郑榕溪当时也在商场内，而且在案发当时出入过死者所在的女洗手间。”

这无疑是突破性的进展。

然而，这一进展还是被郑榕溪咬死了不开口的态度给扼杀在了原点。

如今他们只能和她一直僵持下去。

三人说话间，已经到了审讯室外头的观察室。通过镀膜单向透视镜面，可以看到在两名警察同志的监督下又重新被带到里头的郑榕溪。

在局子里待了一夜，又被连番审讯了好几次，郑榕溪脸上是显而易见的疲劳之态。原本精致的妆容已经花了，粉也掉得差不多了，似乎是哭过，一边的假睫毛掉了，眼角周围还有晕染出来的黑色。

凝神观察了里头的郑榕溪良久后，一直没开口的孔忘川严肃道："你现在就进去，对她说已经出现了人证，看到她在罗都商场洗手间对死者行凶。"

此言一出，池茹和武淮远齐齐一怔。

"谁？真的有人看到她行凶了？不对啊，她和咱们锁定的罪犯的特征严重不符啊，如果她真是凶手的话，咱们之前锁定了章澄岂不是弄错方向了？"

被孔忘川的话给弄得严重怀疑自己的侦查方向，武淮远差点就要揪掉一撮头发了。

池茹有些羞愧地弱弱举手："那个……所谓的人证是我。"

武淮远大惊失色："你真看到她杀人了？"

这个嘛……

池茹眨巴着眼求助地望向孔忘川。

男人深沉的眸灿若星辰，将她的小表情收纳入内。孔忘川轻咳了一声，解释道："你可以直接对郑榕溪说，亲眼看到她杀人的就是池茹。不过这件事只有我们几个人知道，你审讯期间有关于这一点的监控必须得掐掉。"

"闹了半天，敢情你是想利用这一点来诈她啊。"

警方审讯时，有时候会故意诱供。

只不过，这在法律上属于非法取证，有时候言语不当可能会被人抓住漏洞进行控诉。

如今情况特殊，连续死了好几人的案件迟迟难破，已经造成了严重的社会影响，他也只能姑且一试。

“我担心这一点恐怕行不通，她既然不是真的凶手，那她应该也就不怕所谓的人证会指证她。”

“不，她会怕的。”

孔忘川的声音格外沉稳镇定，仿若一切皆已入了他的局。

“因为这个人证，是池茹。”

“啊？”

为什么这个人证是池茹，郑榕溪就一定会招呢？

怀揣着这个疑惑，武淮远进了审讯室。

池茹和孔忘川静静地观察着里头的动静。

短短十分钟时间，他们见证了里头郑榕溪的难以置信、歇斯底里、怨毒咒骂，以及最终的坦白从宽。

她说，她确实是在罗都商场的洗手间见过章澄尾随着那名死者进了同一个厕所隔间。

虽然她当时挺疑惑的，但也没有多管闲事。后来，她便进了她们隔壁的隔间打算上厕所。

后来，她的手机不小心掉在了地上，她弯腰去捡。也就是在那时候，她从挡板底下倏地瞧见了对面隔间地面上的一摊血，以及两双鞋。她太过于震惊、太过于害怕，以至于一直紧咬着自己的手没有发出任何声音，甚至都忘了赶紧逃离密闭的厕所隔间。

然而让她永生难忘的是，她瑟缩着身子打算当个什么都不知道的透明人，却突地听到了从头顶上方传来的一丝响动。等她抬头去看时，便与章澄的视线对了个正着。

那是种什么感觉？

好端端的厕所隔间，明明隔断了每一个厕位。结果她抬头的那一瞬，就瞧见了一个人俨然是站在隔壁的马桶上往这边张望，彼时章澄的手臂撑在木板上探过了脑袋，朝她露出了一个阴森的笑容。

她直接就吓蒙了，也不知什么时候才清醒过来的，最后踌跚着身子离开了那个恐怖的地方。

“老孔你还真是神了，她居然还真的什么都交代了！”

案件有了新的进展，武淮远迅速指挥警员去逮捕章澄。这一次有了郑榕溪这个人证，绝对不能再让章澄逍遥法外。

孔忘川不置可否地点了点头，面色凝重。

“你怎么就认定跟郑榕溪说小嫂子目击了她行凶，她就一定会将章澄给供出来啊？”对于这一点，武淮远其实还是没弄懂。

姑且这样认为，郑榕溪是因为怕章澄报复才一直死守着这个秘密，不将她目击章澄行凶的事情说出来。她这一行为算是知情不报包庇真凶，不过他们没有证据也不能将她怎么着。

她既然没有行凶，那么听到出现了新的人证指证她行凶，她确实是该歇斯底里怒骂一通，指责这个所谓的人证胡说八道。但她完全可以坚持自己原先的说辞，拒绝将自己所知道的一切全盘托出。

孔忘川清冷的声音溢出薄唇：“理论上而言，池茹是她的情敌，且两人有过正面冲突。在她的潜意识里，池茹作为人证站出来说目睹了她杀人，她会有恐慌心理。即使她自认为自己不是真凶，但她也知道和她有嫌隙的池茹不会让她好过。以最大的恶意揣测过后，她便会开始衡量是否将章澄给供出来。若不供出来，章澄逍遥法外，而她则有可能因为池茹的指证而成为替罪羊。若供出来，章澄极有可能在警方的逮捕下逃脱，事后对她打击报复。两者取其一，她选择了大多数人都会选择的一条路——供出章澄，将自己给摘出去，推翻池茹的伪证。对了，她是不是还提了句要让自己的律师对池茹提出控诉？”

“呃，对对对。看来她对小嫂子怨念很深了。”武淮远转而面向池茹时，斩钉截铁地说，“小嫂子你放心，你没有录口供录证词，所以不存在你做伪证的说法。如果她真的追究起来顶多就是我审讯的方式不当，不过单单是‘给假口供包庇连环杀人案的真凶’这一点，她就自顾不暇了。”

得了这一保证，池茹才松了一口气。

孔忘川之前所说的另一种方式的做伪证，原来便是如此。

望向孔忘川时，她眼中不自觉地多了几分崇拜色彩。

这男人还真是牛啊，轻轻松松便解决了她烦恼不已的问题。

“你这是什么眼神？”

冷不丁便是男人质问的声音传来，清冽醇厚。

池茹瞬间便化身迷妹：“当然是崇拜仰慕的眼神了！”

男人毫不犹豫地吐槽：“信了你的邪。”

池茹：“……”不信拉倒！

武淮远瞧着他们这副样子，不免语带羡慕：“你们小两口还真是恩爱啊。”

“我和他不熟。”

“我和她不熟。”

整齐一致的回答，出自两人。

武淮远讪讪地笑了笑，送两人出去。

“老孔，这次多亏了你，才成功撬开了郑榕溪的嘴。有了她的证词，章澄被判绝对是没跑了。”

孔忘川似乎正在思索着什么，沉稳的步伐略显缓慢。

那低垂的眸深沉，仿若星辰点缀其中。

走廊内，回荡着几人不疾不徐的脚步声。

良久，孔忘川抬眸：“武子，兴许事情并没有那么简单。”

虽然事情朝着自己预想的方向发展了，但他总觉得似乎太顺利了。而且郑榕溪的证词有个地方对不上。

武淮远刚要追问，手机铃声就响了起来。

他走到一旁接听。

等再回来，他的面色已经格外凝重。

还是孔忘川了解他：“是不是出事了？”

“嗯，章澄不见了。”武淮远声音略有些激动与暴躁，“我们的人二十四小时盯着她，结果刚刚去抓捕的时候居然扑了个空。我还得跟上级汇报，先不送你们了。”说完，便急匆匆地走了。

“等等！”孔忘川蓦地出声阻止。

“怎么了？”顿下步子，武淮远的脸上难掩疲惫与急躁。

两个男人走到一边小声说了些什么。

池茹并没有心思听，她的心伴随着武淮远刚刚的话一沉。

章澄不见了，郑榕溪供诉了之后待会儿就能离开市局了。

那是不是意味着，她之前预见到郑榕溪死亡的画面依旧还是会发生？

她努力回想着自己预见到的画面。

画面中郑榕溪的死亡时间是晚上，难道是今晚？

她扫了一眼手机时间，现在是中午十二点。

“走吧，先去用午餐。”

池茹正出神，孔忘川已经率先走出去好几米了。

她忙跟了上去：“章澄逃了，你居然还有心思去吃饭？”

“我为什么要没心思吃饭？抓捕犯人是公安的职责，他们比我更专业，轮不到我来瞎担心。”

“……”莫名觉得好有道理。

两人去的是一家独具风味的深海炖锅餐厅。

店内环境清幽，吊灯垂坠，将每一桌都点缀出一个昏黄的小天地。单单从氛围上而言，格外适合情侣约会。

池茹心底的小鹿倏地乱撞了一下。

虽然她和孔忘川是男女朋友，但这还是他第一次主动带她来这种别具氛围的地方用餐。

她偷偷瞄了他一眼，又偷偷瞄了他一眼。

不得不说，这位商场上的精英人物习惯了大手一挥的签单模式，此刻手机扫码点单时居然没有半分违和，显得格外接地气。

“这么盯着我看，难不成这一顿你想请我？”他挑了挑眉，停下点单的动作。

“你忍心让一个欠了你巨额钱债的女朋友再次背负上一笔巨款？”池茹可怜巴巴地说道。

笑话！她可没有多余的闲钱来请他吃饭！他还真是好意思让身为女友的她请客。

“谈不上巨款，这家店人均消费很低，一餐饭下来撑死也就小几百。这么点钱应该入不了你一个短短一小时就花费将近九万的人的眼。”

池茹：“……”他还真是够心心念念他的八万七千六百五十八块！

算了，难得吝啬孔请客吃饭，她忍！

炖锅上桌。

他点的是牛排炖锅，又加了一系列配菜，点了扎饮料。

池茹先狗腿地给他满上了一杯西瓜汁：“亲爱的‘男票’，来来来，先喝一杯解解渴。”

“嗯。”孔忘川睨了她一眼，极为受用地喝了一口。

炖菜冒着热气，散发着诱人的香味。

两人开始动筷。

“对于郑榕溪交代的事情，你有什么看法啊？”她试探道。

按照郑榕溪交代的，她在第一起案发时因为太过于害怕所以一直躲在厕所隔间里。这跟池茹预见到的完全就不符啊！池茹明明预见到了钳制住死者下颌的那只左手食指上的红痣。

不，郑榕溪绝对是撒谎了！

“她的证词有个地方对不上。”

见她一直对这几起案子比较上心，孔忘川倒也没有故意瞒着她。

“真的？你也发现了她有问题是不是？”池茹激动了。

只不过她发现有问题，是因为她预见过那个死亡场景。而孔忘川察觉出有异，是出自他的判断。

敏锐地察觉到她话里的“也”字，孔忘川并没有追问什么，而是直接道：“她说她先是看到一摊血吓坏了，一抬头便瞧见了隔壁厕所隔间探出来个脑袋。一般而言，惊慌失措的第一反应是什么？”

池茹就着他的问题回道：“睁大双眸？”

“那与这一反应同步的举动是什么？”

“逃跑？”

孔忘川忍住越过炖锅冒着的热气往她的脑门上敲上一筷子的冲动，直接丢出正确答案：“惊叫出声。”

四字一出，池茹愣了愣。

对啊，无论是郑榕溪在上厕所时瞧见了从隔壁流过来的血，还是抬起头时冷不丁瞧见了探过脑袋趴在厕所隔间挡板上的章澄时，她的第一反应，都应该是惊叫出声。

这才是一个正常被吓住的女人会有的反应。

“若郑榕溪当时惊叫出声了，那绝对会引起洗手间里其他人的注意，也会让人第一时间发现有人被谋杀，甚至还能将凶手堵个正着。然而事实上，并没有。现场没有任何的惊呼声，死者的尸体也是在凶手为她化好妆容并从容离开命案现场之后才被发现的。”

孔忘川有条不紊地陈述着事实，清冽的嗓音染着醇厚的气息。

郑榕溪的证词和现场的情况对不上。

她在说谎。

那么，她为什么说谎呢？

之前他们误以为她是因为怕被章澄打击报复，所以没有供出章澄。可从刚刚那个疑点出发，一切似乎又有了新的方向。

“或许她根本就不是因为怕被章澄打击报复而一直没有说出目击了杀人现场。而是因为……她是共犯，抑或是主谋。”

孔忘川的这番话，无疑便是碾破了池茹脑中那张束缚了她思维的大网。他的推断，恰与她预见到的画面不谋而合。

对啊，如果郑榕溪是共犯，那么一切便都说得通了。

她预见到的那个左手食指上有一粒红痣的人，绝对是郑榕溪无疑了。正因为她是共犯，所以她才会负责给死者做死后的妆容收殓工作。

那按照自己预见到的画面，今晚郑榕溪不会真的出事吧？

但是，她出事的地点究竟是在哪里？

前两次的预见，她可以很清楚地预见到死者分别被发现死于商场洗手间和按摩房，地点标志比较鲜明。

可这一次的预见，因为夜晚太黑，她根本就瞧不清楚案发现场。

唯一可以确定的是，那地方似乎是漆黑森冷的，还有一块竖着的大石头，石碑？

池茹也没避讳对面坐着孔忘川，有些不放心地拨了个号码。

电话一接通，她便开门见山地问道："阿昌小哥哥，你们那边监控的游戏有没有什么异常？"

夜，静谧。

婺城城南郊区的墓地，树影婆娑，风声簌簌，听着竟多了一丝毛骨悚然。

郑父郑母的墓碑前，郑榕溪静静地看着墓碑上的照片。

辗转了五个多小时的车程，她一路从墨城回到婺城，又打车来到这座陵园，偷偷摸摸地进来。

郑榕溪的身材高挑，一身黑色的连衣裙在夜色中显得格外阴森而沉寂。她那双空洞麻木的眼就这般望着自己父母的照片，嘴角扯出了一个凉薄的弧度。

也不知过了多久，身后传来一阵缓慢却坚定的脚步声。

手电筒的光晃晃悠悠地朝着这边射了过来，一道嘲弄的声音响起："你亲自设计的车祸将人给弄没了，这会儿倒是假惺惺来人家的坟前装好女儿了？"

闻言，郑榕溪转过身去，红着一张脸怒骂道："你胡说八道些什么？我父母是车祸死的！是他们没福气在这个世上多享享福！"

章澄的手上拎着一个银色的手提式密码箱，不用多想便知道是她惯用的入殓所需品。

她语气嘲讽："哦？我怎么记得是因为你妈老来又怀上了，你不甘心自己的独宠以及未来的家业被分走所以才对他们两人下了狠手？哦，不，严格意义上而言，你是直接杀了三个人呢。"

"不！你别血口喷人！他们是我父母，我怎么会害他们！"郑榕溪的瞳孔猛地收缩了一下，身侧的手也随之紧握了起来。

她想到了那天她父母将一份妊娠单摊在她面前和她说她即将有一个弟弟或

妹妹时的激动神色，她当时只有满满的抵触，她痛恨自己的宠爱被分走，她痛恨自己的一切被分走，她更痛恨自己的父母每天在嘴边念叨着的那个还没出世的孩子。

嫉妒、恼恨、担忧、害怕……各种情绪在她脑中交织，让她一度崩溃。

那一天，她知道她父母要去城郊一处偏远的庙里拜拜，她知道，她的机会来了。

她提前改了车上的导航路线，在一处盘山公路的转口处显示了无障碍通行。一个转弯不及时，他们就冲下了山崖。

如她所料，警方只排查了这起车祸是否人为，压根儿就没发现导航仪的不对劲。不过，车子早已稀巴烂，即使查了，肯定也查不到导航仪的问题。

然而，她讨厌任何的不完美！

当时去医院停尸间认尸，瞧见两人头破血流面目模糊时，她便有着将他们浑身上下好好捯饬一下让两人风风光光走的念头。

后来，她也确实这么做了。

只不过她不是请的入殓师，而是她亲自打理。

自从父母去世，那个家便支离破碎了，她整夜整夜地做着噩梦。直到有一日突然瞧见了放在家里的那枚钻戒，她才萌生了去墨城投奔孔忘川的念头。没想到，在此之前会遇到章澄。

当时在洗手间瞧见那摊血时，她并没有害怕，甚至隐隐有些兴奋。当瞧见从厕所隔间另一头探过脑袋的章澄时，她也并没有惊慌失措地大喊出声，反而朝她笑了笑。

“‘让我帮你处理尸体’——这是你当时见到我的第一眼时无声地对我说的话吧？明明知道我杀了人，结果不仅不害怕，反而还双唇开开合合无声地说了这么几个字出来。”章澄步步紧逼。

郑榕溪下意识地退后了一步：“事情都已经过去了。”

“你当时出了你那边的隔间钻到我这边，非常固执地接手了我还没开始的入殓工作，你脸上那兴奋的表情我可是至今难忘呢。当时我就觉得你这小姑娘还真是够胆大呢，就认准了我不愿意节外生枝将你一块儿给解决了？”

直到章澄一步步走近，郑榕溪才瞧见她手上戴着的黑色手套。

她心头惊惧，声音也跟着颤抖了起来：“我……我当时就是一时冲动。”

章澄却懒得理会她的辩驳，兀自说道：“那一次还真是挺失败的，自己的作品就因为横空出现的你被破坏了。我想啊，若是有朝一日我想要终结这一切，你必须是我的最后一个目标。我一定要亲自给你收殓尸体，抚过你脸上的每一处凹凸，用画笔描绘出最美丽的妆容，然后替你换上整洁的衣裙——来弥补被你打乱的计划。”

郑榕溪眼底含泪，叫得歇斯底里：“你……你别过来啊！我当时是帮你！是帮你啊！”

“你的这一帮忙，直接就剥夺了我的快感呢！”

将手提式密码箱放置在地上，章澄依旧不疾不徐地朝她靠近。

这一次，郑榕溪瞧得越发清楚了。她瞧见对方那戴着黑色手套的手上似有银光闪现。

她当即就想到了连续三名死者先吸入致人眩晕的药物，后被一刀割破颈动脉的事情……

她想要不顾一切地逃跑，身体却被恐惧给支配得泄了力气。

没有带照明用具，她只能就着那晦暗的月色往前跌跌撞撞而去，心里却已经后悔了一千遍一万遍，为什么从警局出来之后因为内心的不安而千里迢迢地赶来陵园这边呢？而且这个章澄居然还有本事寻了过来……

“砰”的一声。

郑榕溪一个不慎摔倒在地，若非她反应迅速，差点就要一路摔下石阶。

这边的陵园本就建在山上，虽然用水泥铺了一条石阶小道，但无奈天太黑她压根儿看不清路。

之前上山时好歹用了手机的手电筒功能照明，这会儿是逃命，她甚至都没时间掏出手机。

“别……别杀我，你别杀我，我保证不会出卖你。在法庭上我绝对翻供，到时候我就说我当时是被警察严刑拷打才会说在案发现场看到你行凶。你信我，我绝对不会供出你……”

这一跤跌得不轻，郑榕溪想要爬起来，发现根本就是徒劳——膝盖痛得厉害，一摸黏糊糊的，应该是流血了。想要站起来，脚踝却传来了一阵钻心的疼痛。

听着郑榕溪那苦苦哀求的话，章澄就犹如看着一只苟延残喘的蝼蚁。

她就这般居高临下地一步步走近，启唇，声音残忍且玩味：“可我不愿意和你做这笔交易呢。”

她将手电筒的光对准地上女人的脸。那上面，全是因为濒临死亡而崩溃流下的鼻涕和眼泪。还真是够没出息的呢，和当初兴奋地帮她处理尸体的女人简直判若两人。

原本是打算先用药将人给弄晕，只不过现在瞧郑榕溪根本就动不了了，她索性将一块喷了药物的帕子给扔了。她一手拿着手电筒，一手拿着一把尖锐的水果刀站定在郑榕溪面前。

强烈的求生欲让郑榕溪的大脑飞快转动，她努力和章澄谈条件：“不，你想啊，现在警方已经知道你连续杀了三个人了。你想要脱罪就难了！只要你不杀我，我就可以翻供让你不被抓的！”

“我是杀了三个人不假，你身上不也是背着三条人命？你背负人命只是为了你的一己私欲，我背负人命可是为了我的信念和理想，即使我被抓被判处死刑，那也是一件值得被纪念的事呢。”

章澄的脸上闪过一丝狂热，眸色灿烂犹如追随着伟大的信仰。话说完，她便已经将水果刀朝着郑榕溪的脖子抹了过去。

“嘭——”

倏地，寂寥的夜空被鸣枪声霸占，这一声犹如轰雷，炸得章澄僵住了手上的动作。

“警察，前面的人放下武器！”

— 第十三章 —

虚假的成人礼 13

池茹到底还是没有猜透郑榕溪被害的地点是哪儿，就想从《入殓师的成人礼》这款游戏被篡改的游戏场景中来得出答案。

然而这一次，章澄虽然依旧是在杀人前给出了提示，但给得极其晚。

特殊网络犯罪调查科的警员在游戏公司连续蹲点许久都没有任何收获，今晚一有收获便赶紧开始追踪非法登录游戏篡改场景之人的详细地址，再结合被篡改的游戏场景是墓地，便将目标锁定在了婺城城西的墓地。

然而，婺城距离墨城大概有四五个小时的车程，赶过去实施抓捕及救援根本就来不及。若是让婺城公安协助，还得走程序，也不知道来不来得及。

所有人心头都压着一股子沉闷的气，丧丧的。

可就在这时，传来了一个振奋人心的消息——罪犯落网了！

“武队，抓到了！”

听着前方参与抓捕的王韬传来的消息，整个刑侦大队都兴奋极了。

能不兴奋吗？

这一次，不仅仅拿下了章澄这个社会毒瘤，还意外获知了郑榕溪的杀人事实。

池茹是在当天晚上得知这一消息的。

孔忘川好歹也算是市里领导特聘的顾问，武淮远在抓到章澄之后便第一时间打电话过来告知了此事。

“孔指导员，老孔，孔总啊，还好你高瞻远瞩，在我们的人跟丢了章澄之后让我派人跟着郑榕溪！这不，完全就跟你料想的丝毫不差，章澄打算对郑榕溪杀人灭口呢！不过郑榕溪也不是什么好鸟，她还真的和你猜的一样帮着这个章澄处理过尸体。对了，她父母车祸那起案子根本就不是意外，是她动的手脚！”

这一次，孔忘川倒也格外给池茹面子。见她眼巴巴地瞧着他，甚至还将电视声音调低了就为了听他的谈话，他索性便将手机外放了声音。

武淮远的嗓门本就大，如今又是外放的声音，池茹当然是听了个一清二楚。

听这武队的意思，郑榕溪应该没有被章澄杀死。

她预见到的场景，因警方的及时出现没有发生。

白天在市公安局的时候，武淮远因为队里的人跟丢了章澄而急躁地要去打报告，孔忘川忙叫住他和他走到一旁说话。看来那会儿孔忘川就已经和他分析了一番，让他直接从郑榕溪这边顺藤摸瓜。

这不，派人跟着郑榕溪，总算是找到了章澄，也顺利救下了人。

得知郑父郑母的车祸是出自郑榕溪之手，孔忘川倒也没有多少意外。父母尸骨未寒，她便来找他这个从未谋面的人，那时候他便觉得她亲情淡薄。没想到，她竟做下了这种事。

“她父母的那起案子毕竟发生在婺城，你还是和那边的警方联系一下吧。”

“这个你放心，那边的警方和我们这边的人已经会合，正在将人押回来的路上。不过这次章澄搞出来的动静比较大，社会影响恶劣，这起连环杀人案肯定要先审的。郑榕溪害她父母那案子怎么着也得排后头了。”

等到孔忘川和武淮远聊完电话，池茹又佯装刚刚一直都在认真看电视的模样将声音给调高了音量，随即又伸了个懒腰打了个哈欠：“都这么晚了，我先去睡了。”

“池茹，你就没有什么想说的？”

她身子一僵，略显僵硬地张了张嘴：“哎？哦！我懂！我懂！多亏了咱们家孔忘川同志深谋远虑、观察入微、高瞻远瞩、运筹帷幄才能破了这么一起大案，咱们孔同志就是了不起！必须得夸奖表彰啊！”不就是给他戴高帽吗？她擅长啊！

孔忘川抽了抽嘴角，头疼地挥挥手打发她去睡觉了。

得，看来她是不愿老实说话了。随她吧，就她那性子，总有藏不住话自己忍不住想说的时候。

两天后。

特殊网络犯罪调查科驻扎在游戏公司的两名警员已经撤走了，公司内也总算是从人心惶惶的状态恢复到了和谐状态。

温鸣将大家召集起来开了一个重要会议。

“接到上头指示，咱们这款《入殓师的成人礼》对社会造成了一定的不利影响，所以需要对游戏人设和剧情方面重新进行一番整改。如今配合警方拿下了案犯，游戏不得不重新下线。但上头也承诺了，只要整改完成经过了审核，便可以重新上线，也能得到一些政策上的扶持。”

经历了这么一遭，这款游戏如果还能重新上线，已经算是不幸中的万幸了，起码大家的劳动成果没有因为社会的一两颗毒瘤而被埋没。

这样的消息，无疑是极为鼓舞士气的。

只不过，玩家的心态他们也不能控制。毕竟像这次这个变态凶手一样利用他们的游戏来杀人的，少之又少。

会上，各位游戏主创元勋纷纷提出自己的想法和建议，由策划这边负责记录，先集思广益一番，有新想法随时补充，大家随时开小会进行讨论做出调整。

池茹在旁边静静地听着，突然想起了孔忘川之前的话。

"入殓师这一行，常年和尸体打交道，在职业排行中承受的压力是普通职工的3.5倍。因此，男性入殓师居多。就连《入殓师的成人礼》这款游戏的设定中，入殓师也必须是在角色是男性的情况下才能进行该游戏。这一行，对于女性而言或多或少有着不公正性。所以，基于以上证据，以及凶手在每次犯案时都会切换游戏死亡场景，我有理由做出判断，这应该是一位具有较高女性自我意识的高知识分子犯下的案子。死后入殓的目的，可能与职场中高压职业男女录取的公正性相关。不，或许更应该说，是与世人对于女性从事职业的态度有关。"

审讯犯人是警方的职责，章澄为何策划了这一系列案件，池茹并没有去特意问过武淮远和孔忘川，所以还真是一点儿不知晓。

可孔忘川的这一番话，令她久久难忘。

如果有可能，她希望能改变这一现状。

池茹在众人纷纷提出宝贵意见时，也适时地开口："我有个建议。"

毕竟她只是程序员鼓励师，算不上该游戏的开发核心人员，一般而言，她虽然参与会议，但也仅限于旁听。

温鸣随意道："咱们实行言论自由，只要对公司好的建议都可以提。小池你别太拘束，有什么就说。"

既然温鸣都这样说了，池茹自然也就不避讳了。

她说道："我们能否调整一下游戏的性别设定，允许女性玩家也参与到这款游戏中来？"

立刻便有人回应："我们并没有限制游戏玩家的性别。"

她皱眉："虽然没有限制玩家性别，但限制了游戏角色的性别必须为男性。"

"毕竟是入殓师嘛，这种活男性更具承受能力。"

"事实上，男性玩家无论是在心理承受方面还是逻辑思维方面，都比女性占有更大的优势，比较适合玩这款游戏。"

“对啊，当今入殓师行业中，女入殓师本身就是少之又少。咱们是做了一些数据调查才限制了游戏角色性别的，但女玩家如果想玩我们也是非常欢迎，只不过得玩男号。”

听着众人的话，池茹不知怎的，突然便对身为女性的自己产生了一丝悲悯。

她环顾了一圈，只觉得她有些不认识这群小伙伴了。

“那你们有没有想过，你们一开始就将角色限制为男性，一定程度上是对女性的歧视呢？”

此言一出，会议室内霎时便陷入了死一般的沉寂。

大家的瞳孔骤然收缩了一下，继而面面相觑，最终重新将视线落在池茹身上。

因着旁听的缘故，池茹的位置坐得并不显眼。

然而此刻，她却突兀地成了场中所有人的焦点。

她对着众人，真挚地阐述着自己的看法：“我觉得我们不应该让自己太过于局限性，理所当然地认为哪些人不适合玩这款游戏。现在不是旧时代，咱们讲究的是人人平等，术业有专攻。我可以理解大家是专为男性玩家设计的这款游戏，但能否也给予女性玩家以及女性角色同等的待遇呢？‘限制角色性别’这一点，我希望能够改善。而且我觉得，一旦改善，我们也可以多安排一些提高女性技能的剧情，甚至可以在游戏中让男入殓师和女入殓师进行 PK 赛。”

每一字每一句，掷地有声，回荡在会议室内，竟格外发人深省。

“好，小池的想法很好，我同意。”在大家都还在沉思时，温鸣已经率先拍板定案。

随即，他又叮嘱游戏策划在着手增加女性入殓师角色的同时，创作新的游戏剧情和场景。

身为数据分析师的雷泽安总觉得有些不妥：“温总，要不我们先在网上发

表一项玩家调查，让玩家针对该款游戏提出一些他们的想法和建议？”

之前毕竟是他在对这款游戏做数据分析，一系列数据调查都是他统计出来又投入游戏设计与完善的。如今连最基本的游戏角色性别都被否定了，他总觉得脸面无光。他觉得，他还是可以再拯救一下自己的脸面的。

温鸣倒也十分给这位老骨干面子：“好，由新媒体那边发布调查，你这边可以汇总一下数据。”

事情就这么敲定下来了。

一周之后，玩家调查结果也出炉了。

因《入殓师的成人礼》一上线便排名靠前，后来因涉及了命案而遭遇了下线，重新上线，再次下线。

所以，这款游戏的关注度早就超出了一般游戏。

而它的受众群体，也因这些因素潜移默化地产生了变化。

公司的官方微博、公众号和贴吧一发出这样的调查，便涌入了大量积极提供意见的人。

而其中，有关于游戏角色性别的问题，所占比重竟高达85%。

由此可见，这款游戏所吸引的已经不仅仅只是男性玩家，吸引的女性玩家更是不在少数，其中还不乏许多想要玩女性角色的男性玩家。

雷泽安很快便汇报了调查结果，开会讨论之后，策划又马不停蹄地对新的设定和剧情进行反复推敲打磨。

官方也很快公布了几条采纳的建议，得到了游戏玩家的极大好评。整个《入殓师的成人礼》游戏团队开始了紧锣密鼓的游戏改良制作，争取在一个月内重新上线。

其间，池茹作为程序员鼓励师，再次化身为和煦春风，为工程师们带去了拼搏的动力，努力让他们劳逸结合的同时还保持着精神上的饱满热情。

五月底，《入殓师的成人礼》经过重重审核，得到政府相关部门的认可，终于在重重挫折之后再次上线。一上线，就荣登各游戏类榜单第一的宝座。

周四晚上，项目团队的人员准备举行庆功会。

李姐安排了一家极有氛围的韩式烧烤店，下午四点便开始吆喝着人赶紧处理完手头工作去赶场子。

池茹正在收拾东西，突然接到了武淮远的电话。

“小嫂子，你明天能请半天假出来一趟吗？”

她不假思索道：“当然可以，是有什么事吗？”

“是这样的，那个章澄你也知道，她犯下了这么多起性质恶劣的案子，在未开庭前暂时被关押在看守所，今天那边的人联系我说她想见你一面。”

“见我？她干吗要见我？”

池茹是万万没想到，自己居然会被一个犯罪嫌疑人给惦记上了。

“这个，我也不太清楚……”武淮远也有些为难，“小嫂子如果可以的话，能不能去见见她？目前为止，我们已经掌握了充分的人证、物证，但她一直都没有认罪交代详细作案过程。这一次传出话来，说只要你肯去见她，她就交代一切。”

池茹脑中翻涌。

她想起了自己见章澄时特意化的丧尸妆，她想起了章澄在日料店对她说的那一句——“那天在警局的时候便觉得你这人挺有意思的。今天再见，果然是挺对我的口味。”

是因为自己的这一举动对了她的口味，所以她才想要见自己一面？

“好，我明天和你一道去。”

池茹答应了下来。

因为这件事，庆功会上，池茹的情绪并不怎么高涨。在大家去KTV续摊时，她找了个理由先回家了。

原本是想着早点回家和孔忘川探讨一下，结果回了云仓公馆，面对着空荡荡的公寓才想起孔忘川前几天就去北京洽谈项目了。

瞬间，池茹便觉得无比哀怨。

果然啊，她交的是一个假男友，出门在外好几天都不知道打个电话回来，像别人家的男女朋友一样煲电话粥？不存在的！

心里想着事儿睡不着觉，池茹在床上翻来覆去地“烙煎饼”。第二天醒来时，成功地将自己整成了一双熊猫眼。

紧急敷了一下眼，又化妆遮了遮，这才觉得能出门见人了。

池茹打车直接去了城郊的看守所。

正逢早高峰，路上有些拥堵，一个多小时之后，她才顺利地和武淮远会合。

严格意义上而言，章澄作为未决犯是不容许探监的。

武淮远显然早就打过了招呼，两人出示了一下证件便顺利地进了里头，稍稍等待了片刻就被领进了一个房间。

不久，戴着手铐的章澄便被带了来。

她穿着简单的 T 恤，外头套着一件看守所配备的橙色马甲。依旧是一头利落的短发，脸上虽然疲惫，却在见到池茹时焕发出一抹光彩。

只不过在瞧见池茹旁边的武淮远时，章澄还是不客气地说道：“武队长，按照我们事先说好的，我必须和池小姐单独聊，你是不是回避下？”

“谁能保证你不会做出些什么伤人的事来？想聊什么就当着我的面，要不然就什么都别聊。”

“武队长还真是看得起我。我都这副样子了，能对池小姐做出什么伤害？”她甩了甩戴着的手铐，又指了指将她带过来的看守所干警。

池茹见两人谁也不愿意退一步，不得不朝武淮远使了个安心的眼色：“武队，我没事的。”

“那好，我就在外头。一有什么问题你就大声喊我。”

“好。”

等到武淮远出去，室内便只剩下三人。

那名押着章澄过来的干警依旧尽责地站在不远处，目不斜视，身姿笔挺。

隔着一张桌子，池茹和章澄对视而坐。

虽然她刚刚和武淮远说的时候大义凛然表现得格外淡定，可这会儿，和章澄面对面地坐着，她还是感觉到无比不自在。

坐在她面前的，是连续杀了三人甚至差点就杀了四人的重大案犯啊。

说不紧张，那是骗人的。

可她也明白一个道理——与其自己瞎琢磨，不如先发制人。

池茹直视着章澄：“我和你应该没什么交情吧？你说你非得见我一面才肯交代犯罪细节，现在我人在这儿了，你想说什么就说吧。”

其实说真的，人证、物证都有了，章澄的交代与否不是那么重要了。若真的论起来，她如果主动坦白交代了，说不定还能为她自己争取一点轻判的可能。但这样性质恶劣的案件，被判死刑的几率极高，也难怪她现在一副死猪不怕开水烫的样子了。

章澄嘴角勾了勾：“说话做事够爽快，我喜欢。我想见你一面，就是想对你说一声谢谢。”

“哎？”谢她？

池茹有些难以置信。

“别这副表情，我确实是该谢你的。”章澄说道，“平时我们都有被允许观看电视，前天晚上我看到访谈节目时才知道《入殓师的成人礼》重新上线了。这一次游戏设定中出现了女性入殓师，甚至还有一些男入殓师和女入殓师的 PK 赛。你们公司那位温总在访谈中提及会做出这些改变，和你的大力建议是有很大关系的。”

“所以，你想要见我，是因为这个？”池茹错愕脸。

归根究底，她竟真的是为了这款游戏。

见她默认，池茹心中蓦地涌起一股巨大的悲凉，哂笑道：“你会杀人，是因为这款游戏的设定和剧情不符合你的心意？就因为这款游戏该死地不能让女性成为入殓师？”

“消除对女性的歧视，让世人明白任何行业任何职业，都得实行公平公正，这有错吗？”

“当然有错！大错特错！就为了证明这个，你一个念了十几年书的人就去杀人，去给被你亲手杀害的人收敛尸体？你以为你自己一步步成了合格的入殓师，一步步用你的行动抵触这款游戏抵触这个世界的不公平，实际上你不过就是一个跳梁小丑，企图用你的杀戮来塑造一个你所想象的世界！入殓师的成人礼吗？呵！放在你身上，虚假至极！你用你自以为是的成人礼方式，毁掉的是三条鲜活的生命和三个幸福的家庭，带来的是民众的恐慌和舆论对你的口诛笔伐！”

有些人，总以为自己是救世主，想要改变这个世界。

所以他们不惜用极端的方式，来证明自己是对的，来达到自己想要达到的目的。

池茹内心的悲凉无以复加，是为了那些被残忍杀害的鲜活生命，更是为了那些自以为是的极端分子！

她倏地站起身来。刹那，椅子被推开时与地面发出刺耳的摩擦声。

“没什么其他的事我就先走了，希望以后永远不见。”

不待章澄回应，她便往门口走去，脚步急切。

身后却传来章澄反问的声音："你是天之骄女，你从小就不缺母爱吧？你可能从未体会过重男轻女的滋味吧？而你应该也没同我一般体会过在职场中被排挤的痛苦吧？能力越大，反倒越是成了别人的眼中钉。在一系列竞争者中，明明我的业绩比对方还要做得突出，最后升职的却总是男性。我愤而离职，致力于改变男女间的不公正待遇，可谁真的理会过我？你觉得我为什么要杀那几人，而且杀的还都是女人？"

池茹并没有开口，她确实是不理解。

章澄明明致力于男女平等，致力于男女职场的公正性，可为何，杀的不是男性，反倒是与她一样的女性？

章澄不无讽刺地解释："人生最可悲的是，连身为女人的女人，都要歧视女人。她们都是女人，却在公开场合发表歧视女人的言论，你觉得，我能不肃清一下这股不正之风吗？"

池茹难以置信。

竟是……因为这个。

"我很欣赏你，所以我愿意告诉你一句实话。《入殓师的成人礼》这款游戏，我确实是不满于它的游戏背景和设定，不过，我一开始的杀人计划中，并没有打算将这款游戏搅和进来。不过有人给了我这么一个建议，提供了这个最能让我达到目的的方案。"

池茹一惊，转过身重新面向她："是谁？"

"我不可能说的。"章澄转而又换了个话题，"不知道警方有没有跟你提起过，我为什么会那么快就被锁定为犯罪嫌疑人。"

池茹倏地抬眸。

这一眼，她瞧见章澄的眼中飞快地闪过了一丝解脱般的神色，转瞬湮灭。

"我曾特意在摄像头前徘徊，我也曾在戴假发时特意选用接发片。"

这一句，犹如醍醐灌顶。

“若凶手真的是高知识分子，那她戴假发时怎么会犯下用接发片这种低级错误？”

当初池茹和孔忘川一直想不通凶手为何要用这么容易被人瞧出破绽的接发片形式，而不是直接用网帽兜住真发再戴假发以避免被发现的风险。

原来，章澄竟是为了故意给警方留下线索。

这是否足以证明，她内心也未必全然认同她自己的做法？

—— 第十四章 ——

罪证确凿的嫌疑人 1

池茹原本以为自己再接触到章澄的消息，是在她被带上法庭审判时。

没想到，她没有等来她被绳之以法的消息，而是等来了她在看守所自杀的消息。

而自杀的时间，正是在她去探监之后的当晚。

毕竟章澄的死是在和池茹交谈之后，所以武淮远还是抽时间将池茹和孔忘川一道约了出来提及了此事。

此时孔忘川刚风尘仆仆地从北京回来，一下飞机，他便从墨城机场直奔云仓公馆附近的咖啡厅。

这里环境清幽，因附近办公楼不少，所以有不少白领金领前来光顾。

孔忘川的行李箱已经让助理直接带回去了，此刻他单手插兜，另一只手只拿着一个公文包，显得格外轻松。

有侍者迎上来，他只一眼便瞧见了在靠角落的卡座上坐着的池茹和武淮远，于是迈步直接朝着两人走去。

池茹一抬眸，便瞧见了走到跟前的男人。

她默默偷瞄了几眼。

其间，两人没有通过一个电话没有发过一条信息。

就好似他们只是两个萍水相逢的陌生人。

当男女朋友能当成他们这样的，她真是觉得绝无仅有了。

所以说啊，她成天闹分手完全就是明智的选择。

心里吐槽归吐槽，她还是动作麻溜儿地将屁股往里头一挪，将外头的位置让给他。

孔忘川睨了一眼她这狗腿的举动，嘴角勾了勾："表现不错嘛。"

池茹额上滑下黑线："谢谢谬赞。"搞得她好像多稀罕他夸她似的，她这是出于礼貌才给他让座的好吗！

坐在沙发上，男人无视她的白眼，松了松自己的领带，招手给自己点了一杯咖啡。

"老孔，你那项目谈成了？"武淮远只将两人的小互动当作是情趣，笑着吃了一嘴"狗粮"。

"嗯，这一次主打的是智能交通方面，投资方比较看好，没有故意卡着。"

孔忘川简单地说了下这次的北京行，倏地话锋一转："你电话里火急火燎的，说是章澄自杀了？"

"对，应该是用餐的时候偷藏了筷子，晚上的时候用削尖的筷子捅了自己的脖子。"

一听这话，池茹颤了颤身子。

这得对自己多狠啊才能下得了手。

"在她睡的床上找到了一张纸，上头写了两句很奇怪的话。那张纸已经被物证科的人收走了，不过我这边用手机拍了下来，你们可以看看。"

武淮远打开手机相册，将自己那张保存下来的照片翻找出来，随即便将手机放在了桌子上，方便他们两人查看。

池茹刚要凑过脑袋去看，手机就被孔忘川给拿走了。

男人表情平静地拿着手机，目光极为自然地投在屏幕上。

她瞧见他如此，瞬间就来气了。

不过想到人家是大佬，她还没还完债，只好当没出息的鹌鹑。

继续往他那边凑过脑袋，池茹这才瞧清楚了屏幕上的文字。

“深渊游戏不适合你，别太沉迷。希望你能勘破一切，逃过死劫。”

这是章澄临死前留下的？

“笔记鉴定过了？确定是出自于她本人？”

“对，鉴定专家那边已经确认过了。而且她当天晚上自杀前还向看守所工作人员借了纸笔。”

“如果确定是她所写，那这张纸上所写的‘你’，会是指的谁？深渊游戏又是指的什么？”男人的眉宇紧蹙，指腹有一下没一下地敲击着桌面。

侍者端着咖啡过来，见这一桌三人都是愁云惨淡的样子，有些丈二和尚摸不着头脑地离开了。

武淮远说道：“小嫂子那天上午去看过她，这个‘你’有没有可能指的是小嫂子？”

两个男人的视线一致望向池茹。

被两双锐利的探究眼睛给审视着，池茹感到浑身不自在。

“你们别这么看着我。我压根儿不知道什么深渊游戏，我和这个章澄也不熟。如果人家是写给我的，那我白天去探监的时候她干吗不直接对着我说？你们说是吧？”

这么一说，也确实是有些道理。

两个大男人齐齐收回落在她脸上的视线。

池茹：“……”还真是够实在的！

“你说这章澄死就死吧，还故弄玄虚地搞出来一个‘你’，让咱们想得头疼。这个‘你’是指的她的同谋？幕后指使者？都不应该才对啊。她是独立犯案，且自我意识极强，不可能受人指使。若非第一起案子一个不慎，莫名其妙被郑榕溪给插了一脚，不然她的整个犯罪将堪称完美。这样的人怎么会在死前故意留下这样的字条来警醒一个根本就不存在的人？”

“既然想不透，那索性就顺其自然吧。”孔忘川将手机递还给他，“这几起案子引发的社会影响太大，既然上头已经让你止步于此，你就暂且停下脚步，别再去折腾了。”

“老孔，这可不像你啊。你以前教导新人的时候可是鼓励他们发扬探索精神，窥破每一个疑点，力求做到在自己的人生履历中没有任何的遗憾。”

“有时候太过于追求完美，反倒会画蛇添足。”

“说得在理。”

正事谈完了，武淮远也没多待，喝完了自己那杯咖啡就走人了。

池茹瞧着他那风风火火的架势，忍不住唏嘘，当人民警察不容易啊，得随时随地为人民服务，得时刻准备着将自己的每一分每一秒贡献出去，而这个每一分每一秒，明显包含了法定节假日！

如果是她，她铁定支撑不下去。

对于女人而言，没有可以自由支配的时间，就犹如缺了水的鱼，很快就要翻鱼肚白了。

她还是喜欢当她的米虫，起码活得不会太累。

用勺子扒拉起她刚刚点的甜品，尽情地享受着自己塑造的精致生活，池茹舒服地喟叹一声，这才是人生嘛！

“你胆子真是越来越肥了，就那样和一个心狠手辣的凶犯面对面地交谈，就不怕出点什么意外？”

耳畔冷不防响起孔忘川兴师问罪的声音。

池茹甚至都要以为自己幻听了。

她不确定地说道：“你在说我？你有没有搞错，不是我主动想要去探监，而是人家想要见我。你兄弟武淮远同志拜托我去见一面,我能不给这个面子吗?我这可是看在你的面子上。”漂亮话嘛，谁不会说?

“那你不会提前跟我打个商量?”

“那也得找得到你的人啊。谁家的男朋友一走那么久都没个电话的?”

池茹越往下说，才发现这话里话外的酸味太过于浓重了些，搞得好像自己在一心期盼着他出差时给她打电话似的。

她可不是深闺怨妇，而且她和他也压根儿就不是这种关系……

话戛然而止，她一本正经地胡说八道:“你别往自个儿脸上贴金啊，我的意思是，咱们作为同居室友，你这种一出差就闹人间蒸发的行为是不对的。毕竟同住一个屋檐下，你总得跟我这个室友好好交代下自己的动向、具体的日程安排以及工作进度吧?”

男人没说话，只不过盯着她的视线太过于凌厉，让她一阵发毛。

最终，她败下阵来:“算了算了，我吃饱了，回家去‘躺尸’。”如何做好一只合格的米虫?那当然是随时随地准备“躺尸”啊!自从被他压迫着当了这个程序员鼓励师之后，她可谓是忙得连轴转，都好久没有享受过米虫的待遇了，呜呼哀哉!

“一起。”

男人站起身来，两人一道离开。

结账时，他们才知道武淮远刚刚离开时已经结过了。

这儿距离云仓公馆不远，走路也就五分钟的路程。

路上，池茹撑着她的小碎花遮阳伞，姿态优雅如同骄傲的公主。

“就这么几步路，至于吗?”旁边的孔忘川皱眉念叨，视线落在她的伞上，似要将它给盯出一个窟窿来。

“吝啬孔，你这就不懂了。女人水嫩的皮肤如果不好好进行防晒保养，随时都会跨入黄脸婆的行列。一旦跨入这一行列，就只有被男人嫌弃的份了。所以从另一角度而言，女人珍爱肌肤，是为了令男人在欣赏她们的时候能被愉悦到，是给男人提供福利呢。”

“歪理一大堆。”说话间，孔忘川已经不客气地夺过了她手上的伞。

“你做什么啊？孔忘川，你幼不幼稚连伞都要和我抢！”

池茹不满地跳脚去抢，下一秒便发现自己的头顶被遮阳伞给罩着了，而伞底下，还多了一个男人。

她：“……”敢情这男人是被她的大道理说服，觉得他也该保养防晒了啊。

头顶的阳光高照，伞底下，男人和女人并肩而行，竟显得格外和谐。

走了一段路，男人蓦地说道：“如果再发生这种情况，一定要第一时间和我商量。”

“哎？”什么鬼？她怎么听不懂？

“看守所探监。”

池茹当真是服了他了。

这个话题不是已经翻篇了吗？他居然还这么念念不忘。

“那也得让我联系得上你啊。”她耸了耸肩。

“以后出差，我会和你保持电话畅通。”

池茹踩着高跟鞋的脚差点一崴。

什么？

这是什么意思？

以后他出差，会主动给她打电话的意思？

由《入殓师的成人礼》引发的一系列案件，并没有因为章澄的死而停止审判，反倒加快了司法进程。该还死者及其家属公道的，依旧会用法律的手段来给予。至于郑榕溪，也逃不脱法律的制裁。

六月的墨城开始进入了高温天，35℃的高温，让人恨不得一直足不出户享受空调带来的凉爽。

爱银大厦十九楼。

茶水间这边的休闲区设置有旋转吧台。

此刻，两个女人正在吧台这边咬耳朵。

“真看不出来啊，温鸣居然喜欢过郑榕溪这样的女人。你说他是不是眼瞎啊？哎，如果没有我为他收集的那一大堆资料，估计他这会儿还被这女人骗得死去活来不自知呢。”

顶着一头波浪卷长发，沈茜芊一身大牌混搭装，五颜六色得犹如她花心的性子。

池茹已经说不清被她“辣”了多少回眼睛了，默默地收回视线，附和：“对啊，知人知面不知心，好在温总及时抽身，要不然被人骗财骗身骗心实在是亏大了。”

“池大小姐啊，说好的向我随时汇报你上司的行程呢？咱们的追男人大业因为你的耽误可一直都没有展开呢。”

“你又不是不知道这一个月来我们项目团队都忙着游戏的重新上线，我整个人都是分身乏术，谁有工夫帮你窃取温总的行踪啊。”

“那十万二十万的红包还想不想要了？”

“要啊！当然要！你倒是先封个十万红包给我，让我还了孔忘川那个吝啬男人的债。”

很快，池茹的卡上便收到了十万的巨款。

她使劲亲吻了一下这组数字，随即又恋恋不舍地给孔忘川转了三万块钱过去，备注：还钱。

虽然她也很想直接将钱甩到孔忘川脸上，只不过他肯定要深究她这笔钱的来源。

所以保险起见，她还是分批次还吧。

心塞，实在是太心塞了！明明用的是自己的嫁妆，结果还要还钱，天底下有比她还凄惨的女朋友吗？

拿人钱财替人办事。

池茹忙将自己打听到的消息奉上：“我听秘书小姐姐说，温总今晚会参加个商业酒会哦。都是 ACG 行业的精英人物。”

“不早说！”听此，沈茜芊急急忙忙跳下椅子。

“你干吗去？不是说在这儿等温总来公司？”

“当然是将自己收拾得美美的，晚上直接堵上门去当你家温总的女伴啊。”沈茜芊抚了抚自己的黑色波浪鬈发，朝着她妩媚一笑，别具风情。

“沈欠扁同志啊，求手下留情，别辣手摧花。我们温总还是很纯情的。”

“纯情个屁！他追郑榕溪那会儿用的招数一看就是老司机了，追女人老手。”沈茜芊懒得理会她，“我先去做个 SPA，还得做头发。没多少时间了。你也真是的不早点告诉我。”她一边絮絮叨叨着，一边疾步如飞。

池茹：“……”温总我对不住你，给你招了一只如饥似渴的母狼。

正当她深刻忏悔着时，冷不丁脑海里闪过了一个画面。

那似乎是在江边别墅的游泳池边，浪漫的夜色下，弯月高悬，烛光晚餐正当时。女人突地口吐白沫倒地身亡。她的脚上明明穿着一双闪钻细高跟鞋，可她倒地的脚边，却歪倒了一双红色的高跟鞋和一双男士手工皮鞋。

池茹想要努力瞧清楚女人的脸，可她无论如何都办不到，只知道女人拥有一头张扬的枣红色波浪鬈发。

还真是够邪门的。

这是第一次，她看不清楚死者的面容。

这样的预见，她实在是无能为力，想要帮忙都无从帮起。

她不得不选择放弃。

这个时间点又要开始为程序员小哥哥们忙活起来了，池茹也就暂时将这事抛诸脑后了。

昨天“如花”女士已经放话，让她和孔忘川一起回池家用晚餐。

下班后，池茹在犹豫着要不要先打个电话给自己的这位男友，两人约好在她家附近会合再一起回池家，省得她一个人回去被她老爹老娘骂一通。

岂料她刚出了大厦，便见到了那辆熟悉的座驾。

虽然没有和电视剧里的男主角一样抱着束花倚靠在座驾旁等待着她的出现，不过孔忘川仅仅只是坐在车内，都让池茹激动得抖了抖自己的小身板。

喜大普奔啊，普天同庆啊，她终于享受了一回女朋友该有的待遇了！

踩着高跟鞋奔过去，池茹脸上的笑意似要荡漾开来。

她非常自觉地打开副驾驶座的车门，又非常麻利地坐了进去。

“孔忘川同志，难得你今天这么积极来接你的女朋友啊。”不能抹杀了他接人的热情，还是应该予以适当的口头表扬的。

驾驶座上的男人一身白衬衫和西裤，英俊帅气，优雅沉稳。单单看外表，完全符合老丈人和丈母娘眼中的好好女婿标准。

然而，池茹却在下一秒听到了他恶劣至极的话：“如果不来接你，估摸着你又要被池婶拿着鸡毛掸子打屁股了。这么大人了我都替你臊得慌。”

言外之意，他觉得她被打屁股丢了他的人，所以才来接她的？

池茹的脸一下子就气得鼓了起来：“那我还真的要谢谢你愿意和我同甘共苦替我害臊了！”

男人笑纳：“不客气。”

池茹：“……”

被他给噎得有点怀疑人生，池茹继续鼓着腮帮子生闷气。

不经意间，她闻到了一股花香。

她使劲嗅了嗅，确认自己的嗅觉没出现问题。

循着味道，她那犹如探照灯的小眼神一下子就捕捉到了被放置在后排的一束艳丽玫瑰。

这一发现令她瞬间就气不起来了。

闷骚的男人啊，表面上怼她怼得她生无可恋，暗地里却偷偷买了玫瑰打算送她呢。啧啧啧，闷骚智障男！虽然她觉得玫瑰太俗气自己更喜欢郁金香，不过既然是他的心意，她也就勉为其难收下啦。

正打方向盘将车拐出去的男人猛地感受到来自于副驾上女人的炽热视线，等到车子汇入车流，他才抽空睨了她一眼。

这不看不打紧，一看便委实吓了一跳。

谁能告诉他，这女人那关爱大龄智障儿童的眼神是怎么回事？

他训斥道："收起你那火热的小眼神。"

"好好好，我不看你不看你。"哟，这是害羞了？

池茹脸上笑眯眯，犹如"狼外婆"一般格外亲切可人。

她想起了今天给他转的钱："我说，那三万块钱你收到了吧？"

"你哪儿来那么多钱？"

"你别瞧不起人啊，三万块而已，我怎么就不能有这么点钱了？"

孔忘川想想她毕竟在温鸣公司待了有一阵子，可能是她的工资以及奖金，便也没当回事了。

"行，既然你有钱，那再接再厉，争取早日将欠我的钱还清了。"

"放心，这一天很快就会来到的。"

女人下意识傲娇地挺了挺自己的胸脯，脸上满是自信的神彩。

池家位于城东的临湖别墅区。

这里临近太湖，在自家别墅二楼，可以远眺太湖美景。傍晚的时候在滨湖小路上迎着落日散散步、吹吹风、听听水拍打堤岸的声音，格外惬意。

车子刚停在池家门口，池茹便瞧见了自家“如花”女士犹如拥有顺风耳一般听到动静走了出来。

陈汝华一身舒适的棉麻裙，外头罩着一件长款披肩外套。

她的脸上堆满了笑，冲着屋里吼了一嗓子：“老池你倒是加把劲赶紧将菜做好了，你闺女和女婿已经到了！”边吼边朝着已经下车的两人走来。

“如花女士，才几天没见，我觉得你又美了好几个度，简直比盛世美颜还盛世美颜呢。”

池茹边伸出手臂打算给个熊抱，边非常给力地奉承起来。陈汝华女士非常不客气道：“嘴跟抹了蜜似的，是不是又做了什么亏心事？”

“如花女士你怎么能这么想我呢？你亲闺女夸你还被你给说成了别有居心，你说说我该有多伤心啊。”

“装，你就给老娘装吧。”

不吃她这一套，陈汝华直接无视了她索要熊抱的动作，转而笑容满面地迎向走来的孔忘川：“忘川啊，你看看你，人来就行了，怎么还惦记着池婶喜欢玫瑰，特意送这么一大束过来呀？”浑身上下都充斥着丈母娘式的慈爱光芒。

池茹心里“咯噔”一下，有种不好的预感。

果然，一转身，她便瞧见了孔忘川正将一束鲜艳欲滴的玫瑰递到“如花”女士的手上。

亏得她刚刚还以为他这个闷骚男是打算送她的呢。

还真是够扎心的。

“池婶您人比花娇，我当然记得送您玫瑰来衬托您的美貌。”

这男人哄起女人来，还真是有一套。只不过，这个被哄的对象不包括她。

扎心 +1。

将花送到陈汝华手上之后，孔忘川并没有随着她一道进去，而是又开了车后备厢，将送给二老的礼物给拿了出来。

这下子，陈汝华女士脸上的笑是越来越大了。

池茹的脸色却是越来越黑，山雨欲来。

心机，这男人实在是太有心机了！

再这样下去，她老爹老娘眼里只会看到他，哪还能看到他们的亲生闺女？

想到这里，她忙去接孔忘川左手上的礼盒："如花女士，这是我和忘川一起去给你们买的礼物。这酒老池同志最爱喝了，他是不是今儿个又亲自下厨忙活了，我给他拿进去。"

池茹屁颠颠地提着用礼盒装的酒进去了。

身后，陈汝华女士不给面子地拆台："就你那点破家当，能买得起这酒？还不是花的咱们忘川的钱。"

咱们忘川……

还真是够亲疏有别的！到底谁才是她亲生的啊！

还有，这个孔忘川平日里抠门得要死，怎么来她家时就变得这么大方了？又是送花又是送各种礼物。不科学，这实在是太不科学了！

不过这一切都可以囊括为一个铁一般的事实——这个男人是心机男！

饭桌上，自然是少不了其乐融融，宾主尽欢。

唯独池茹，凄凄惨惨戚戚地被几人排斥在外。

她觉得好心塞。

在老池同志和"如花"女士与孔忘川聊得热火朝天时，她默默地扒完饭，默默地下桌，默默地溜上楼。

回到自己的房间，她这才觉得舒畅了些。

回到自己家却享受不到身为小公主的待遇，她感到十分憋屈！属于她的待遇都被孔忘川这个心机男给抢走了，她恨啊！

将自己摔到偌大的床上，她摸索到床头柜上的无线遥控器，按下开关。

很快，伴随着全自动窗帘徐徐往两边拉开，太湖的夜景悉数涌入她的眼中。

夜色茫茫的湖面上被各色 LED 灯点缀，照出了一个色彩斑斓的世界。

她就这般躺在床上，侧着脸尽情远眺着美丽的夜景。

只不过，越看这夜景便越觉得有些……诡异。

反应过来后，她感到毛骨悚然，整个人惊得从床上飞快地坐了起来。

— 第十五章 —
罪证确凿的嫌疑人 2

这个熟悉的夜景，她怎么当时就没想起来呢！

白天的时候，她预见的那个枣红色波浪鬈发女人被害，当时她不仅预见到了游泳池，还预见到了这是一个临江的别墅，瞧见了江上的夜景。

那景色，除了角度不同，其余的和她现在正看的简直如出一辙啊！就连太湖的浅滩处搭建的小型灯光秀台子，都一模一样。

有没有可能,她当时预见到的临江别墅,其实是临湖别墅？临的正是太湖？

毕竟，这夜景太过于相似了……

这边别墅区的占地面积比较广，因着工程设计上的缘故，每家庭院的占地面积并不一致，里头的构造自然也不同。

就好比她家，她老爹老娘有点小迷信，认为财遇水则淹。淹，自然也就代表着没了。所以，她家的庭院就只是单纯地弄成了花园，并没有建私人泳池。

但其他人家，建私人泳池的不在少数。

所以，夜景、泳池，都对上了。

可能案发现场，真的是在城东这边的别墅区。

就是不知道案发时间……

按照她之前的预见规律，极有可能便是今晚。

今晚！

一推测出这个结论，她整个人越发不好了。

都说人有多大的能力便担多大的责。她就只是一个普普通通的人，也只想当一只米虫。可偏偏她莫名其妙就拥有了预见案发现场的能力。她想要置之不理，可她体内的良知不容许她就这么放任一条生命被害……

池茹火急火燎地冲下楼，也不管饭桌上自己的父母正和孔忘川谈笑风生，她上前拉着孔忘川就走。

“老池同志、如花女士，我先借你们的宝贝未来女婿几分钟。”

池柏年见她这副风风火火的样子，放下筷子训斥：“你这孩子每次都这么冒失，有什么事等忘川吃完饭再说。”

陈汝华女士差点就要去掏沙发那边的鸡毛掸子了：“皮痒了是不是？吃顿饭都要搞得不安生。”

孔忘川被池茹扯着手臂往外走，感受到她浑身的紧绷，他回首朝着二老道歉道：“池叔、池婶，你们先慢用。池茹应该是想要让我陪她去看夜景，小女儿家的心思就这样。”

一听这话，陈汝华女士又继续眉开眼笑了：“对的，对的，你们小两口就该多约约会，漫步夜色下，拉拉小手、说说亲密话，再亲亲小嘴往小树林里那么一钻……”

“如花”女士没再往下说了。

她这会儿是真心希望滨湖小路那边建造一个小树林，这样才能方便小两口把持不住之后就地作案不是？

最终还是老池同志拉了她一把，让她表现得不要太明显了。

唉，有这么一个闺女，他们也不省心啊。

都交往这么久了，这小两口虽然同住一个屋檐下，但目前为止还是各睡各的房间。他们每次去云仓公馆那边突击检查，瞧着那两个房间两张床都恨不得将其中一间房给锁了。

池茹对于她老娘的司马昭之心实在是无语，每次都搞得她要上赶着倒贴孔忘川似的，她也是要脸的好不？

没心思理论，她扯着孔忘川的手臂一口气将人拉到了外头。

夜色撩人，晚风轻拂，散去了白日里的燥热。

这边，别墅与别墅之间相隔比较近，她带着孔忘川穿行在道上，准备一栋栋地观察过去。

她努力将脑海中预见到的夜景的位置，和这边的位置进行匹配。确定着角度，搜索着她想要寻找的那栋别墅。

见她没头苍蝇似的拉着他这儿走走那儿转转，孔忘川到底还是没忍住：“你这么带着我乱转是想要做什么？”

她能说实话吗？

肯定不能啊！

池茹一本正经地解释：“忘川同志啊，我这不是顺应老池同志和如花女士的意思，和你来个浪漫的月下漫步吗？”

“信了你的邪。”

“别不信啊，我是非常积极地想要修复咱们之间的关系的。毕竟当不成热恋中的男女朋友，当个交心的小伙伴也是不错的，你说是吧？再者，咱们可是一起经历过连环杀人案的人啊，那得是多铁的革命情谊啊，你以后就别老是故意针对我了。”

“我故意针对你？”男人挑了挑眉，俊脸黑了黑。

“对我抠门，对我老爹老娘那么大方，这不是针对我是什么？”

“我父母去世后，池叔、池婶一直将我当亲儿子一样看待，我孝敬他们是应该的。至于你——”孔忘川语声一顿，拉长了尾音，“你年纪轻轻的有手有脚，难不成还需要我来孝敬你？”

池茹真的很想呵呵他一脸。

看来他是永远都不会知道给女朋友买东西送礼物那叫“宠”，而不是叫“孝敬”。孝敬？她敢打包票，照他这想法，他绝对一辈子都娶不到老婆。

在心里对他的“注孤生”表示了一下无限的同情，池茹才发现他的嘴角隐隐上扬着。

她这才发现自己这是被他给揶揄了。

人家压根儿就是故意那么说的。

“废话那么多，赶紧动起来，咱们得尊重老池同志和如花女士，好好散步约会。”

男人人高马大，就这么站在原地不走了。

池茹没办法，只能推着他的背。

结果，当然是推不动啊。

最终，她无奈地牵起人家的大手要流氓：“大兄弟，求求你赶紧挪挪脚步吧。”人命关天啊！

她一个人的话，即使找到了正确的别墅位置，也不敢真的闯进去阻止，毕竟她只是一个弱女子。而若无法窥见别墅内的详情，就报警的话，人家警方到了要是没什么发现，她可就成了报假警的恶劣分子了。

所以，她必须得带着他。

好歹身边有个曾经在公安机关混过的男人，能多多少少带给她一些安全感，关键时刻兴许还能给她出谋划策一下。

属于男人的大掌掌心钻入了一只女人的手，肌肤细腻光洁，传来丝丝灼热的温度。

孔忘川神色一僵，颇有些不自在地想要甩掉她的手。

无奈她这一次用的劲不小，他根本就甩不掉。

那软绵绵的手，不知为何竟跟带着电似的，他与她接触的部位，竟酥麻得没了知觉。

一个晃神，孔忘川就被池茹牵着手随着她的步伐往前走去了。

不，严格来说，是走走跑跑。

也不知道这女人究竟是怎么了，一会儿停在这家的别墅前，看看里头，又看看不远处的湖景。摇了摇头之后，她又继续牵着他的手跑到另一家别墅前。如此循环往复，也不嫌累得慌。

月色下，女人身上是利落的衬衫和包臀裙，将她前凸后翘的身材完美地展现了出来。唯独她的脚上，许是因之前下楼急忘了换鞋，还穿着一双居家拖鞋。伴随着她的跑动，拖鞋发出啪嗒啪嗒的声音。

一路上，她就这么乐此不疲地牵着他的手奔到这一头，又奔向另一头……

终于，她在一栋别墅前观察了一阵之后，彻底停了下来。

“孔忘川同志啊，你说咱们有没有什么办法在不惊动主人的前提下进到里头偷偷瞄上几眼啊？”她说这话时，语气中带着跃跃欲试，又隐隐有一丝担忧与恐惧。

还真是够矛盾的。

他望向眼前的别墅大门，眸子眯了眯，随即不动声色道：“私闯民宅，犯法。”

“谁说我私闯了？我又没打算破门而入。我只是想着偷瞄一下别墅内的游泳池。”

“你怎么知道里头有泳池？”

“废话，我好歹也在这片住了那么多年，该摸清的门门道道我还是很清楚的。这里还没开盘就卖给一个华侨了。这华侨挺神秘的，神龙见首不见尾，远在伦敦面都没露，全程由别人帮着他折腾产权，一看就是为了投资才买的。这两年，他又转手将这别墅卖给了一个生意人。不过至今为止我都没见过老房主和新任房主。”池茹催促，“我说你到底有没有法子溜进去啊。”

在她催促的当下，孔忘川已经站定在别墅的铁门前。他右臂一抬，便在密码锁上输入一串数字。

铁门就这样慢慢地自动打开了。

“瞧不出来啊，孔忘川，你居然还有这一手好本领！连别人家的密码锁都能一次破解。”她以后绝对绝对要将自己的银行卡密码、手机密码、社交账号密码等各类密码设置得复杂一些，绝对不能让他有破解的机会。身边有这样的高手实在是太危险了，都没隐私可言了！

沿着门内的大道进去便是别墅主楼，道路两旁栽满了绿植。地上的筒灯和投射灯打造出了一个夜色迷离的环境。

两人一路畅通无阻。池茹有些不放心地东瞄瞄西看看，生怕突然窜出个身上沾着血的魁梧男人。

越想越怕，她由原本牵着孔忘川的手换成了抱紧他的手臂，身体也忍不住往他那边依偎，两人靠得越来越近。

孔忘川好不容易熬过了大掌中属于女人的软滑细腻触感，没承想下一秒手臂便触到了什么软绵绵的东西。

等到他垂眸去看时，瞬间脸庞便有些充血。

他……他的手臂，竟被女人胸前的柔软紧紧地挤压着！

虽然两人是男女朋友关系，但两人都心知肚明，这段关系是假的，他们之间根本就没有属于男女之间的感情。

所以他和池茹虽然早就在池父池母殷切的期盼及安排下同居了，但压根儿就没有做出过任何逾矩的事情来。

此刻，过于贴近的距离，孔忘川可以清晰地闻到来自于身旁女人身上的馨香，可以深切地感受到她胸前的波涛汹涌，可以真切地体会到她零距离贴着他走路时的体温。

如果是平时，他还真觉得池茹绝对是故意的。

可现在……他有些不确定起来。

“咳咳，你的手……”他轻咳两声，提醒她松手。

女人不满道：“不就是抱一下你胳膊，至于这么小气嘛。”她将他的手臂抱得更紧了。

孔忘川：“……”

对于他突如其来的旖旎心思，池茹浑然不觉，现在的她整颗心都在关注别墅周围的动静上。

如果她预见到的是真的，那她越往前走，便越接近案发现场。

她不敢想象待会儿瞧见那一幕时的场景。

别墅里一片黑暗，似乎是没人居住。

两人蹑手蹑脚，起码在池茹的感觉中，确实是小心翼翼到了极致。他们最终到达了别墅后头的游泳池。

那里虽然有灯光，不过显然只是物业统一安装的灯具，昏暗得很。

此刻，游泳那边，并没有她预见中的烛光晚餐，也没有枣红色波浪鬈发女人口吐白沫倒在地上，更加没有什么红色高跟鞋和男士手工皮鞋。

甚至，泳池里都空空如也，压根儿就没有水。

瞧见这些，池茹长长地舒了口气，如释重负。

没有发生命案就好。

她又在某个位置望了一眼远处的湖景，透过围墙栏杆，那星星点点的灯光秀的角度，果然和自己预见到的一模一样。

所以说，未来的某一天，她所预见的画面还是会发生吗？

原本的如释重负又不期然变成了心情沉重。

池茹想要揪一下孔忘川的衣袖，却发现身旁的男人不知何时竟不见了。

“孔忘川，你别往那边走了，咱们回去吧。”瞧见他正往别墅门那边走，她吓了一跳。

然而，她还是喊晚了一步。

他已经抬臂输入了一组密码。

她实在是没脸看了。这男人是破解密码破解上瘾了是吧？

“叮——”

伴随着一道密码正确的提醒声，别墅门开了。孔忘川回过身朝跟过来的池茹道：“既然来都来了，不如进里头参观一下吧。”

这么一副邀请姿态是什么鬼？不就是破解了个密码，真将自己当成了这儿的业主了？

孔忘川步入玄关，自来熟地打开了两排开关。瞬间，别墅内灯火通明。

“你疯了！刚刚谁义正词严地对我说私闯民宅算犯法来着？才短短一小会儿你就啪啪啪自打嘴巴了？”

池茹忙跟着跑了进去。

拖鞋发出啪嗒啪嗒的声音，她才意识到这声音太明显了。害怕惊动别人，她忙将拖鞋一脱，赤着脚走了进去。

并不似自己家老爹老娘那般将家里头装饰得金碧辉煌，这栋别墅内部装修布置的是地中海风格，很有风情特色。

她瞬间便觉得这宅子里的每一个物件都格外讨喜。

这么好的房子，房主还真是浪费啊，居然都不搬进来住。

这些生意人眼里永远都只有投资，估计又是一位等着房子升值再将它转手卖掉的主。

她正埋汰着这些个生意人钻进钱眼里了呢，便瞧见孔忘川竟然直接坐在了人家的沙发上，甚至还优哉游哉地拿遥控开了电视。

她赶紧跑了过去："孔忘川同志啊，你疯了是不是？咱们偷偷溜进来就算了，你居然还趁着主人不在家闯进人家家里来享受了。亏你还是公安机关出来的人呢，知道什么叫作不拿人民一针一线吗？"

她摆着架势讲理的时候，那叫一个理直气壮。

孔忘川见她唾沫星子往外蹦，朝她指了指旁边的沙发："站着说太累了，你坐那边边歇边说教吧。"

"哦。"下意识跟着他的思路走，池茹走到另一侧的沙发坐了下来。

等到坐下之后，她又觉得不对劲了："你说这沙发怎么一点灰都没有啊？按理说都没人住，居然还买这么多家具过来，而且也不知道用防尘布遮一遮……"

"每周都请家政人员上门来打扫了。"

"哎，你怎么知道？"

空气突然安静了下来。

池茹的大脑再迟钝，也感受到了这个男人的不对劲。

他的性子她也算是多多少少有些了解的，不可能真的为了她去做出破解人家家宅密码这种事儿。而且他又不是专门做这一行的，怎么可能连续两次都被他破解了？这密码如果真的那么容易破解，这儿早就被盗贼光顾了。

再者，他一路进来时格外熟悉，刚刚还说什么参观参观……

综上所述，她有理由做出猜想——

"这别墅是你的？你就是那个从华侨手上买下这栋别墅的生意人？"

孔忘川似笑非笑地注视着她："看来脑子还不算太笨。"

轰！

池茹如遭雷击。

居然还真的是他的别墅。

“你怎么将别墅买这儿了？关键是你不声不响就买这儿了，你又不住，多浪费啊！该不会真的是搞投资吧？那你也太瞎了。一开始不买，等涨价的时候才从人家手里头买进，这中间亏的可不是一星半点儿。”

女人喋喋不休着，脸上是满满的不赞同。

孔忘川不得不耐心解释：“这房子是两年前我们刚在一起的时候买下的。我看中的不是它的商业价值，而是它距离池叔、池婶近。池叔、池婶一心巴望着我们在一起后好成婚生子，肯定不愿意你远嫁。买下这栋别墅也算是当婚房了，是为了让他们安心。”

池茹惊愕地睁大了双眼：“你你你……你居然还真的打算和我结婚啊？”

“原本我确实是没有这个打算，不过两年前你发生了那个意外，我和池叔、池婶都生怕你挺不过来。他们将你托付给我，我不可能不应下。”

两年前……

是她此生的噩梦，是她希望一辈子都被封存的记忆。

她犹记得那个下雨天，她被人用刀子威胁上了一辆车。之后醒来，她便躺在了手术台上。

她被剖开的肚子，她被割裂的脑袋。

她与死神零距离的接触。

可奇怪的是，警方赶到时，她脑袋上的伤口已经被处理过了，而腹部也做了简单的缝合止血。

而她，竟奇迹般地活了下来。

至于那个绑架她甚至扬言她没有机会将他送上死亡绞刑架的男人，却不知所终。

那个案子，以她获救终结，成了悬案。

而她的肚子上，从此有了一道明显的疤痕作为纪念。害怕再想起这一切，她后来又做了个小型手术将那道疤给祛了。

等等！

她突然有个离奇古怪的念头。

她莫名其妙拥有了预见案发现场的能力，会不会跟她曾经与死神零距离接触有关？那些鬼怪电影不就是说主人公在车祸中捡回一条命，一只眼睛突然就能看到鬼了吗？她会不会和这个是异曲同工？

不能想，不该想，池茹赶紧使劲摇了摇头驱散脑海中乱七八糟的念头。

不过，知道了孔忘川是这栋别墅的主人之后，她又有了新的不安了。

她预见到的在这栋别墅游泳池边的死者，会和孔忘川有关吗？她忍不住又仔细回忆了一遍预见到的画面，且自动代入了孔忘川这一线索。

代入这一线索之后，她发现她竟然觉得死者的鞋子有些眼熟。

死者脚上穿的那双闪钻的细高跟鞋是近几年流行的赴约必备秒杀男神款，她的鞋柜里就有一双。说起这个，她怎么觉得那双歪倒在尸体旁的红色高跟鞋也有些眼熟？好像……和她的那一双也挺像的？那双男士手工皮鞋，似乎也挺眼熟，该不会是孔忘川的吧？

她觉得……她要疯了。

死者口吐白沫，明显是中毒。

不过她预见到的画面中有烛光晚餐，也就是说，死者食物中毒的可能性很大，也许未必是死了，可能还有救？

她“脑洞”大开，又想到了一种可能性。

“孔忘川同志啊，你说你以后会和我结婚，那你在向我求婚的时候会不会特意在这别墅的泳池边弄个浪漫的烛光晚餐啊？”

那个倒霉的中毒女人，该不会是她自己吧？

那她也太冤了吧！

“求婚？”孔忘川蹙紧了眉，显然是没有考虑过这种事儿。

“对啊，对啊。”池茹期盼脸，希望他赶紧否认她刚刚说的。他求婚的时候绝对不会在泳池边举行什么烛光晚餐。拜托了，阿门。

“你之前不是一直闹着要分手拿回嫁妆吗？这会儿怎么突然问起求婚的事情了？”

池茹想要掀桌。

这男人记性用不用得着这么好，关键时刻想到了这些。

她撇了撇唇：“那你记得到时候千万别向我求婚。我肯定不会嫁给你。”这下行了吧？总能避免中毒事件了吧？说完，她便赤着脚走向玄关，重新穿上自己那双拖鞋，啪嗒啪嗒跑了。

身后，男人的眸光暗了暗，望着她逃也似的背影，若有所思。

池茹一路跑回了自己家。

陈汝华女士见她一个人回来，便絮絮叨叨起来：“忘川呢？你把我们忘川一个人丢在外头了？池茹，你到底会不会谈恋爱啊？这么大个人了成天不让人省心。”

“他这么大个活人，丢不了。”池茹对她老娘实在是没辙，赶紧噔噔噔奔上了楼。

她和孔忘川之间根本就没有爱情。

当初她老爹发迹，却被几个地痞流氓盯上了差点闹出人命。亏得当时身为公安的孔父相救，她老爹才平安归来。只不过孔父却因为救她老爹而被人在背上划了一口子，所幸并没有大碍。

她老爹是个实在人，有恩必报。

后来孔父孔母双双因公殉职，她老爹便将孔忘川当成自己的亲儿子一样疼着，对他各种嘘寒问暖关怀备至，时不时将人接到家里做客。

在池家，孔忘川的地位俨然凌驾在她这个亲生闺女之上。

再后来……

她老爹老娘就将主意打到了他们两个人身上,非常积极地撮合他们在一起。结果，他们两个就被两个大人赶鸭子上架，勉为其难地成了男女朋友。

搞得跟封建旧社会嫁娶的时候听父母之命一样，想想都觉得不可思议。

今晚不回云仓公馆那边去睡，池茹去了浴室给自己放洗澡水。

站定在镜子前，她开始卸妆。

镜子里的女人，卸掉妆容之后依旧元气满满，柔嫩水润的肌肤极有弹性。

这样的她，这几年下来孔忘川居然都没有爱上，简直是他的一大损失。

洗完脸，她解下束发带，柔顺的发丝瞬间披散而下。

池茹的脑中突然闪过预见到的那名中毒女人，以及她那一头枣红色波浪鬈发。

她瞅了眼自己的“黑长直”，觉得自己完全是瞎担心了。

她烫波浪卷倒是有可能，但她根本就不爱枣红色，怎么可能将头发给染成枣红色嘛！所以她预见到的那个人，应该不可能是自己。

想通了这一点，她心情瞬间就愉悦了起来。

连带着整个世界都美好起来了。

上天还是厚待她的。

第十六章

罪证确凿的嫌疑人 3

第二天一早，池茹是被沈茜芊的轰炸电话给吵醒的。

难得周六睡个懒觉，结果还不安生。

她迷迷糊糊地睁开眼，没好气地按下接听键：“你最好是有十万火急的事情找我，要不然永久列入黑名单！”

手机另一头，沈茜芊的声音显得格外激动：“池大小姐，你大早上的火气这么重，是不是欲求不满啊？你家孔忘川没满足你？”

“滚犊子！再废话我挂了！”

“别挂啊，我有好消息告诉你呢！”

“什么好消息？”

“昨儿个晚上我不是陪温鸣去参加酒会了嘛，我……”

“什么？你真陪温总参加酒会了？以他女伴的身份？沈欠扁你也太牛了吧，温总居然同意了？”

“这不是重点。”

“这都不是重点，那什么是重点？”

“重点是，昨晚的酒会之后，我把温鸣给‘睡’了。我的猎艳名单中又多了一个新成员。池茹，我对不住你，我控制不住辣手摧花了，摧残的还是你的顶头上司。”

池茹无语了。

她一直都知道沈欠扁这人吧，是个“老司机”，无论什么男人在她手下不超过两轮就得拜倒在她的石榴裙下。但她没想到，她居然连温鸣都给搞定了。

那可是温鸣啊！

还没走出郑榕溪那段情伤的温鸣啊！

沈欠扁果然是个人才啊，这才一晚上就将人拐到床上去了。

“沈欠扁啊，你记得一定要对我们温总负责啊。”池茹苦口婆心地相劝。

电波另一头，沈茜芊欲哭无泪：“你就不能想我点好吗？就认准了我会穿上裙子不认人？”

“你不就是这样的人吗？”

“……”

某人显然是被她理所当然的语气给刺激了，放下狠话：“那你就等着吧，我这一次不仅穿上裙子还认人，而且还要当你的老板娘，等着你跪舔膜拜。”

池茹小心肝颤了颤：“沈欠扁，你来真的啊？”

老板娘？

想象着自己未来某一天可能要喊人家老板娘，池茹不淡定了。

不行，她得找机会赶紧辞职！

星级酒店。

浴室内，沈茜芊躺在布满花瓣的浴缸内，全身心放松的同时，享受着水流冲击下的豪华按摩。

结束和池茹的通话，她慢悠悠地从浴缸中起身。

白皙莹润的肌肤暴露在空气中，她赤足踩在浴缸边的地毯上。修长纤细的双腿、挺翘的臀部、傲人的双峰，都展现着她无与伦比的实力。

直接将浴巾裹在身上，她在镜子中审视了一番自己。

瞧着自己那双如丝的眉眼，她勾唇一笑，迈动着妖娆的步子自信满满地走出浴室。

然而下一秒，她的脸色便僵住了。

床上的男人呢？

人呢？

她不过就是早上醒来泡个澡的工夫，他竟然不负责任地偷溜了？

怒火中烧，沈茜芊脸色涨红，杀气腾腾地重新回到浴室拿到自己的手机，然后飞快地拨了一个号码。

“您所拨打的用户已关机，请稍后再拨。”

听着这提示音，她有理由相信，她被人家给拉黑了。

前脚她还犹豫着要不要在辣手摧花之后对人家负责呢，毕竟她可不想真的被束缚住，她可是浪迹人生的人。她一向的目标都是“小鲜肉”，没想到这一次尝试了一下“老腊肉”，结果反而被“老腊肉”给不屑了。

简直是太掉面子了。

无论如何，她都必须扳回一城。

偷溜是吧？行啊，那她当然得好好对他负这个责了。

一阵急促的铃声，打破了清晨的安宁。

“太太，您的电话。”

花园里，穿着旗袍的优雅贵妇正在亲力亲为地修剪花枝，冷不丁听得一声喊。

她将工具递给身后的管家，又慢条斯理地摘下白色手套，这才不疾不徐地走回了正屋。

“有什么事？”她拿过搁在一旁的听筒，开口说了一声。

“太太，您之前让我调查的人有眉目了，我还查到他新交了个女友。但毕竟过了二十多年，保险起见我得再确认一下，等我过段时间确认无误之后将资料收齐就带过去找您。”

闻言，面容精致的女人一怔，随即便剧烈咳嗽起来。血压在这一刻徒然飙升，她只觉得大脑眩晕呼吸困难。

找了这么久，终于找到了吗？

楼上的卧室。

男人默不作声地听着听筒里传来的对话，暗暗捏紧了拳头。

良久，当他听到听筒中传来的剧烈咳嗽声时，才忍不住疾步下楼：“妈，您这身体怎么总不见好？是不是又忘记吃王医生给您配的药了？”

这个周末，池茹和孔忘川都待在池家。

每一次回家，池茹都享受不到一丁点儿小公主的待遇。

身为池家的闺女，她在这个家里完全就是老池同志和陈汝华女士嫌弃的对象。

二老基本上是说上三句话就要对她嫌弃一番，然而他们面对着孔忘川时，那叫如春风般和煦且温暖。差别待遇实在是太明显，所以池茹有时候甚至都抗拒回家。

傍晚的时候，池柏年和孔忘川一起去太湖边钓鱼。

他们这片暂时还未对垂钓有所管制，每天晚间倒是有不少垂钓爱好者出没，大家也混了个脸熟。

池茹虽然不愿意和孔忘川一起行动，不过耐不住她对钓鱼充满了热情，所以也跟着一道提着个桶拿着鱼饵、鱼竿奔过去了。

走几步路就到了。

夕阳西下，这里已经聚集了七八名坐在小马扎上的垂钓爱好者了，而且基本都是一些上了年纪的人。

他们这三人，便显得惹眼了些。

“老池啊，带你闺女和女婿来钓鱼啊？”

陈大爷是池柏年的多年钓友，一见他带着两个小年轻过来，便说了这么一嘴。

太湖这边自从被开发起，周边房价便噌噌噌猛涨。开发商圈地造房，独栋别墅、联排别墅、花园洋房、小高层、高层……短短几年时间，太湖这边的住宅群就密集了起来。

陈大爷一家住在附近还没被开发的村上，而他的孙子孙媳妇，则住在太湖这边的高层建筑内。据说是两年前花了两百万买的婚房，装修了一番之后一直都没住，小两口也是在最近领证办了婚宴之后才住进去的。

一听到陈大爷的招呼声，池柏年立马乐呵起来：“可不是嘛！小两口恩爱着呢，我女婿一说要来陪我钓鱼，我闺女就舍不得，马上就屁颠颠地帮忙提东西一起跟了来。”

池茹：“……”老爹，您闺女的心理阴影面积此刻已经快遮盖半边天了。

陈大爷笑得见牙不见眼：“好好好，年轻人黏糊劲儿足才好嘛。哪像我那孙子和孙媳妇，才刚结婚一个月就要闹离婚。”

几乎是在陈大爷话声落地的下一秒，池茹的脑中闪现了一个不可思议的场景。

那是一个起居室，男人和女人正在激烈地争吵。男人的手上拿着两个红色的小本本，使劲拉着女人去民政局办离婚。女人不愿意跟着男人走，在男人的强拽之下脑袋一不小心就磕破在了尖锐的金属棱角上。霎时，血流如注，女人的手无力地垂落，男人慌乱地蹲下身来看她的情况，哆哆嗦嗦地掏出手机打急救电话……

池茹从男人的手机屏幕上，清楚地瞧见了日期和时间。

赫然便是明天下午两点！

怎么会这样？

她前几次预见到案发现场，死者都是她有过一面之缘或者几面之缘的人。怎么这一次，她竟然预见到了她压根儿没见过的人？

“池茹，你傻愣着做什么呢？”

池柏年的声音让池茹乍然一惊，这才回过神来。

她抹了把额上的虚汗。

刚刚预见到的事情太过于逼真，逼真得让她犹如身临其境。尤其是最后手机屏幕上显示的日期和时间，让她恨不得立刻赶过去阻止。

她看了一眼已经舒舒服服坐在折叠椅上的老池同志。

“老爹，你喊我做什么？”

“不是说陪我和忘川一起钓鱼吗？你倒是主动点，手脚麻利地帮着忘川在鱼钩上挂好鱼饵啊。”

池茹往旁边一扫，便见到了正忙活着的孔忘川。

所谓的鱼饵，并不是买来的那种带着香味的鱼饲料，而是货真价实的蚯蚓。

这还是今天孔忘川特意在别墅花园里和老池同志一起挖出来的。

两个大男人就为了这些蚯蚓，忙得那叫一个热火朝天。

都是在商场上打拼的人，结果在家却这么不拘小节和人家蚯蚓杠上了。若是说出去，谁信啊？

此刻，看着戴着手套的孔忘川利落地将扭动的蚯蚓用鱼钩穿透，池茹是无论如何都没法向他那边挪动步子开口提帮忙的。

她可不想碰这玩意儿！

好在孔忘川还算有点良心，没有像老池同志那样催她帮忙，而是一个人简单利落地搞定了两根鱼竿。

一根递向了正跷着二郎腿坐在折叠椅上的池柏年，另一根，则递给了池茹。

随后，他摘下手套，略显洁癖地用矿泉水冲洗了一下。

属于男人的手指分外修长，作为一个手控，池茹不得不承认，他的手挺入她的眼的。

但是……

再好看的手，都不能抹杀他恶劣的性子！

所以，她绝对得和他分手。她必须拿回嫁妆，重新成为“白富美”，走上人生巅峰！

从落日余晖到夜幕降临，周围垂钓的人陆陆续续地散了。

池茹懊恼地瞧着自己唯一的收获——一条小鲳鱼。

再看老爹和孔忘川合力垂钓之下的收获——三条大白鲢，还有好些她叫不出名儿的鱼。还有龙虾！没错，因着是浅滩的缘故，这儿的龙虾也不少。

他们那边两个桶，一个大半桶都是鱼，另一个则是小半桶的龙虾！

没有对比就没有伤害。

仰望头顶黑漆漆的天，池茹顿时觉得人生实在是太过于残酷。

“老池不错啊，今天钓了这么多。”陈大爷也准备收拾东西走人，过来一看，忍不住感慨道。

池柏年非常谦虚：“唉，我今天运气不行，才钓上来一条，其余的都是我们家忘川钓的。”

“这女婿实在是不错，能干！”

听着人家这么实诚的夸奖，池柏年更是乐得眼睛眯成了一条缝：“嘿嘿，那可不嘛！我挑中的女婿绝对是一等一的。”

池茹：“……”喂喂喂，你是不是忘了你闺女也在旁边杵着？能顺道夸下你闺女吗？

三个人收拾东西，池茹钓的那唯一的一条鱼，自然是被汇到了另外一个桶里。

孔忘川将空桶和两根折叠鱼竿扔给她，他自己则一手提着鱼桶和虾桶，另一手拎着折叠椅。至于池柏年，则一身轻松，神清气爽。

弯月悬空，滨河小道沿路路灯暖白，筒灯投射出五彩的光线。

陈大爷和他们是同一个方向，四个人有说有笑地走着。

其间，孔忘川自然又收获了陈大爷一连串的夸赞。

池茹颇有种局外人的萧瑟之感。

果然啊，女儿是泼出去的水。老池同志这心偏得都到太平洋去了。

百无聊赖，她去扫了眼陈大爷的桶，随即激动道：“大爷您才是行家啊，这桶里都是宝贝呢！”努力刷存在感嘛，她当然会！

陈大爷老当益壮，单手拿着鱼竿和桶，倒也不显吃力。

听得她的夸赞，陈大爷那叫一个乐呵：“大爷钓了一下午了，比你们时间长了点儿。所以论行家啊，肯定是你老公才是行家啊。”

什么？

她老公？

池茹被噎住了，自己到底在什么时候已经不知不觉上升到了已婚妇女的行列了？她还是青春无敌美少女好嘛！

她偷觑了一眼孔忘川。

这男人手上拎着那么沉的两个桶竟然还一脸轻松，听到陈大爷的话竟然也没有反驳，反倒是嘴角略有上扬。

呃，这位同志还真是不要脸啊。听到人家表扬他不仅照单全收，还偷偷乐得没边儿了。

身为社会主义建设的接班人，池茹是坚决要杜绝这种事情的。

刚要开口说话，她便听得前头一道声音响起——

“爷爷。”

喊声来自一个平头小青年。

夜色下，他小跑着过来，担忧地说：“都这个点儿了您还不回家，我妈他们都担心您呢。”

说话间，小青年已经非常自然地接手了陈大爷手中的钓竿和桶。

“哎呀，家里又不缺那一口吃的，怎么总喜欢来这儿钓鱼呢？您毕竟上了年纪，如果在水边发生点儿什么事那可怎么办？”

责备的语气，却是掩饰不住的关心。

陈大爷被他说教着，低着头犹如做错事的孩子：“我就是图个乐呵。”

祖孙俩辞别三人，平头小青年又不放心地搀着自个儿爷爷，相携着离去。

池茹却是整个人都呆怔当场。

她望着那平头小青年的背影，有些蒙。

他……他不就是她预见到的那个要和妻子离婚，却失手害了自己妻子的男人吗？

不假思索，她喉咙里的话冲破而出：“等一下！”

前头的两人不明所以，停下了脚步。

陈大爷疑惑，笑得慈眉善目：“小女娃，怎么了？是不是舍不得我这把老骨头了？”

池茹将手上的东西往地上一扔，快跑几步来到两人跟前。

她的视线逡巡在平头小青年的身上：“你明天是不是要带你老婆去民政局扯证离婚？”

虽然这么问不太礼貌，不过毕竟事关人命，她还是问了出来。

“什么？离婚？”陈大爷一下子就急了，“小斌你要和小芬离婚？谁准你离婚的？咱们老陈家只有丧偶没有离异！”

只有丧偶没有离异，这话无端触碰到了池茹的心弦。

她没想到，一位老大爷，竟然对婚姻观念这么强烈。

当今社会，生活节奏越来越快，大家的思想也越来越放得开了。结婚后觉得不合适就离婚的家庭不在少数。“只有丧偶没有离异”，那是对爱情的坚守，可有时候被过度解读，也被理解成了“感情破裂之后，一方以生命来威胁另一方提出的离婚”。

陈大爷这话，明显就是对这个孙媳妇比较满意，不愿意小两口离了。

被称为小斌的男人被老人的一嗓门给吼得脑仁疼，他张了张口想要说什么，最终僵硬了片刻，只是敷衍道：“您老就别瞎操心了，我和小芬好好地过日子，没想着离婚。”

对上池茹的眼时，他没好气道：“这位美女，你不知道就别瞎说，平白让我爷爷担心。”说完似乎是怕她再深问，忙携着自己爷爷走了。

池茹呆呆地瞧着这一幕，突然间有点憋屈。

她明明是好心问那么一嘴，想着有没有法子可以避免明天惨事的发生，结果没帮成忙，还被人家给扣上一顶“多管闲事瞎说话”的大帽子。

她冤不冤啊！

“这嘴上都可以挂个油壶了，至于吗？”池柏年走了过来，手上还拿着刚刚被池茹给一把丢在地上的桶和鱼竿，“你老大不小了，别人家的八卦背地里说说就成了，居然还当着面去问，人家小伙子没打你一顿算不错了。”

池茹接过东西：“老池同志你根本就不懂！”

“我有什么不懂的？你不就是八卦心思重吗？想着……”

“我有这么幼稚吗？”池茹当真是欲哭无泪，觉得和自己老爹实在是没话聊，于是拿着东西快走几步抛下了他们这两个男人。

身后，自始至终都没有说话的孔忘川双眸微动，注视着池茹的背影若有所思。

周一早上，两人是直接从池宅这边去公司的。

孔忘川开着车，瞧着女人脸上不对劲的神色：“心里藏着事肯定不太好受，需不需要一个忠实的聆听者？”

这个男人还真是火眼金睛，她稍微有一点不对劲就被他给逮住了。

池茹努力装作若无其事：“我能藏着什么事儿，我好得很。”

“那就好。”

她不愿意说，孔忘川也没有再多问。

以她的性子能憋住，还真是奇迹。

车子到达爱银大厦，池茹便挥手和孔忘川告别。第一次享受到男朋友的送上班服务，她忍不住有一点小满足，就连笼罩着的阴霾也被她强势驱散了几分。

一到公司，李姐便将她给招了过去。

“小池啊，那位叫沈茜芊的女士是你朋友吧？我记得上周她来咱们公司，你们在休息区那边聊着天。”

和沈茜芊这种玩弄人感情的女魔头是朋友？

池茹还真的是不愿意承认。

她硬着头皮口不应心地点点头：“李姐，是不是她折腾出什么幺蛾子了？”除了这个，她实在是想不出其他的了。

李姐压低声音道：“她刚刚过来说是找咱们温总的，还自称是咱们老板娘，那个气势哟，搞得这事情已经板上钉钉了似的。我和秘书都没拦住，就被她钻温总办公室去了。这不，她还在里头呢。”

对于沈欠扁的没脸没皮，池茹简直是甘拜下风。

她抚了抚额：“温总也在办公室？”

“没呢，温总昨天就带着几个人飞美国去谈项目了。咱们那款《入殓师的成人礼》一波三折好不容易才重新上线，政府方面也承诺会给予一定程度的支持。国家早先就有新政策出来，鼓励中国游戏走出国门。温总便借着这次机会，由政府方面牵头，去纽约谈这个项目了，争取能对他们输出这款职业技能类游戏。”

李姐在公司里资历最老，什么消息都能够第一时间知道。

池茹对此也早就不稀奇了。

一听到这个消息，池茹不免对温鸣这雷厉风行的经商手段佩服起来。温总不愧是温总啊，一得到扶持的机会就赶紧行动了，这效率和胆识，杠杠的。

“李姐，那我先去温总办公室看看。”

“行，你去吧。好好劝劝那位沈小姐，让她赶紧离开吧。咱们温总肯定不喜欢……”李姐欲言又止，拉长的尾音最终化为几个字，“她这种特立独行的女人。”

特立独行？

很快，池茹就来到了温鸣的办公室前。秘书 Candy 正拧着眉，眸光若有似无地望向办公室门的位置，美艳的脸上有着一抹阴霾。

“秘书小姐姐，你怎么了？”习惯了程序员鼓励师的岗位，这种时候，池茹下意识地就开始充当知心顾问了。

Candy 也没掩饰自己的情绪：“有人又来公司缠我们温总了。如果是其她任何一个女人，我也就不会替温总觉得委屈了。偏偏这个女人是沈茜芊，圈子里出了名的浪荡不羁，她凭什么觉得自己配得上我们温总？”

听着她的话，池茹深有同感地点了点头：“其实我也觉得她挺配不上的。”沈欠扁除非改了她那流连花丛的性子，要不然还真的挺配不上温鸣。

她忍不住多看了 Candy 几眼。

之前她一直没发现，原来这位秘书小姐姐对温鸣产生了除上司和下属之外的感情啊。

又和Candy同仇敌忾了一番，池茹才推开了温鸣办公室的门。

当瞧见大摇大摆坐在老总办公椅上的沈茜芊时，她才知道李姐口中的特立独行究竟指的什么。

女人顶着一头枣红色波浪鬈发，悠闲地靠在椅子上，褪去了高跟鞋的双脚就那么毫无形象可言地搁在办公桌上。她的手上拿着个iPad，此刻似乎正在看着什么，发出一声爆笑。

"沈欠扁，你还真是够执着的啊。你不向来都是'吃'完了之后穿上裙子走人的吗？怎么对温总居然这么与众不同？"

搁在桌上的腿露出大好春光，沈茜芊淡淡扫了她一眼："你又不是不知道我的脾气，向来都只有我甩男人的份怎么能容得了男人吃完了不认账？"

"所以你这是打算……"

"当然是找他负责啊，姑奶奶我难得打算对男人负责一回，必须得严格执行到底啊。我跟你说，就为了这事我都打算找他父母去商量婚事了。"

"哎？"池茹嘴巴大张，似能塞下两颗鸡蛋。

"不过温鸣这人一个人住，家里头也没长辈和他住一起。我找人特意查了下才发现他父亲早就过世了，他母亲似乎是玩弄了他父亲之后嫁给了别人和人家生儿育女去了。我这是想要找未来婆婆商量婚事都不行，唉，他们温家就没个能替我做主的人。"

不知怎的，听她说到"玩弄了他父亲之后嫁给了别人"的话之后，池茹下意识地想起了沈茜芊。

温母和沈茜芊可不就是一路人嘛。

也难怪温鸣对沈茜芊不感兴趣了。

"池茹，你说我要不要去找一下温鸣他妈？不过他好像和他妈关系很僵，从来都没去找过她，莫名好心疼他是什么鬼……”长吁短叹着，沈茜芊手臂一伸便去拿搁在桌上的杯子。结果因着她的脚搁在桌上的缘故，身体一个不稳，手臂探了个空，只徐徐碰到了杯沿。

悲催的事情就这样发生了。

杯子一歪，往桌角倒去。原本杯子中的浅咖色液体就这么顺着办公桌流淌开来。

这还不止。

伴随着一声清脆的声响，杯子最终掉落在了地上，碎裂，液体四溅。

池茹实在是看不下去了：“沈欠扁，你能不能行行好做点好事啊？趁着温总不在你就打算祸害他的办公室是吧？”

“我这是不小心嘛。”

“算了不跟你说了，你赶紧走人。瞧你这搞得什么乱七八糟的，坐没坐相喝咖啡没喝相。头发还莫名其妙染成个枣红色，以为时尚是吧，搞诱惑‘小鲜肉’时的那一套？咱们温总可是保守的人，绝对受不了你这么……”前卫。

池茹的话突然戛然而止。

她的视线再次落在沈茜芊的头发上。

枣红色。

波浪鬈发。

何其熟悉！

与此同时，她的脑袋一痛，之前预见到的画面再次不期然浮现在眼前。

夜色撩人，月光下，泳池边的女人倒在地上，口吐白沫。

女人有着一头波浪鬈发，张扬的枣红色，让人过目难忘。

画面中，女人那张模糊的脸随着时间一分一秒地流逝，一点点清晰起来。

沈茜芊！

池茹惊愕地望着办公室内正摆弄着自己那一头红毛的沈茜芊，心情倏地沉重起来。

因为这一次，她预见到的画面中，不仅瞧清楚了女人的脸，还清楚地看见女人的眼睛是翻着眼白的，嘴大张，而她的手还保持着僵硬地挠自己喉咙的动作。

这意味着，她中毒之后，甚至都没有等来救援，就已经死了！

池茹震惊地指着她的红毛："你……你为什么会突然把头发染成了这个颜色？"

"很时尚是吧？这发色是我两年前的最爱呢。最近总有一帮追求者给我发骚扰短信，说什么我把头发染成枣红色绝对是我的颜值巅峰。我觉得吧，他们吹捧的话还是挺有道理的。"

"什么追求者？"

"本小姐的追求者多了去，我哪里知道啊。肯定是他们不知道从哪里弄来我的联系方式，用这种方式向我示爱呗。"

— 第十七章 —

罪证确凿的嫌疑人 4

池柏年的公司自有职业经理人打理，所以他平时也不怎么去公司了。闲暇的时间一多，他就忙着体验自己年轻时没有来得及体验的乐趣。

早上自家闺女和准女婿一走，老池同志和陈汝华女士便开始忙活起来了。

两人订了下午一点多飞三亚的机票，这一次打算来个一月游。度假的海边别墅已经租好了，从助理发过来的视频和照片来看，别墅的布置很符合两人的喜好。

中午吃过饭，两人便吩咐司机直奔机场而去。

去机场的路上，池柏年接到了池茹的来电。

还没开口，便听得她的急促声："老爹，你如果还认我是你的闺女，那你现在就按照我说的去做。"

冷不丁听到自己闺女这么严肃的语气，池柏年差点就要问一声她是不是被什么脏东西给附体了。

"池茹啊，你是不是身体不舒服？要不老爹待会儿去找你？你这份程序员鼓励师的工作确实是累人，忘川也真是的，怎么能任由你在男人堆里钻呢。"

极为难得的，池柏年开始埋汰起了比亲闺女还疼的准女婿。

池茹正色道："老池同志，你严肃点，我跟你说认真的。你现在立刻去联系陈大爷，让他现在不管在哪里都立刻赶去他孙子的婚房！下午两点前必须赶到，要不然就会出人命！"

“闺女啊，你别吓老爹啊，你是不是出什么事了？老爹知道你们公司之前那个叫什么入殓师的游戏引起了好几起杀人案，你一个女孩子家家的肯定是受了刺激被吓到了。不过这种人命关天的事情你可不能乱说啊，是要承担法律责任的。我的好闺女啊，老爹可不想你被人家告上法庭啊。”

如果是平时，听到老池同志对她一口一个“好闺女”地喊着，池茹肯定要乐开了花。

可这会儿，她根本就乐不起来。

“老爹，我说认真的！今天下午两点，陈大爷的孙子极有可能会在争执过程中失手杀了自己的媳妇。”

电话的两端，刹那间一片寂静。

空气似乎都在此时凝滞了起来。

好半天，池柏年才缓了过来：“你为什么会这么猜想？”

“您就当我有特异功能吧，我能预知一些别人不知道的事情。老爹，你信我好吗，这是一条人命啊！”

到最后，池茹的声音已经因为情绪激动而有些崩溃。

再怎么胡闹，她都会有个度，不可能将人命关天的事情扯进去。

所以此刻，池柏年听到她濒临崩溃的声音，也顾不得向她多问了：“好，老爹会去通知陈大爷。至于你，等这件事过后，我需要你给我一个交代。”

池茹明白，他这是希望她好好向他解释这件事。

解释她怎么会预见到这种事情。

只可惜，连她自己都不知道……

结束和池茹的通话，池柏年吩咐道：“老何，掉头回去。”

陈汝华女士当即提出异议：“怎么突然回去了？老池同志，说好的三亚度假，你打算放老娘鸽子？”

“咱们机票改签，现在我得去做一件咱们闺女急着让我去做的事情。”

从电话拨出后，池茹便心神不宁。

中午只草草扒拉了几口饭，这会儿完全没有心思，她不断地看着电脑右下角的时间，既期盼着早点到两点，又期盼着永远都不要到那个时间点。

一点过了，没有任何的消息。

将近两点，她的心提到了嗓子眼，一个劲祈祷平安无事。

两点过了，她脸色急切。

三点过了，依旧没有任何消息。

一整个下午，她都浑浑噩噩的。

终于，等到四点多的时候，她等来了她老爹的电话。

“老爹，怎么样？”电话一通，她便迫不及待地发问。

“老陈的孙媳妇没出事，她肚子里的孩子也保住了。就是老陈……走了。”

老陈的儿子女儿白天都忙着，所以是他陪着老陈赶到小两口的婚房的。

一进门，他们就听到了里头的吵闹声。

新婚不久的小两口吵得格外激烈。小斌的手里头还拿着两个红本本，就这么扯着他的媳妇儿往外走。而那个叫小芬的媳妇儿却死活不愿意，拉拉扯扯间，情况有越演越烈的趋势。

他和老陈赶紧上前去劝阻。

小斌虽然平时对自个儿爷爷挺孝顺的，但人在气头上便收不住势，不耐烦老陈的劝阻，手一挥没个轻重便将老陈给推倒在地。

老陈这一摔可不轻，脑门磕地上了，当时就见了血。小芬受了刺激，倒在地上昏迷不醒。

两人一起被送进了医院。

小芬被检查出来有孕，因身体底子差以及遭受的压力，有流产征兆。

而老陈，则被送进手术室抢救了一个多小时，结果人还是没了。

池茹听完这些，只觉得心脏跳动得剧烈。

她万万没想到，竟会是这种结局。

她明明是想要尽她所能救人，结果却害得人丧命……

“老爹，我是不是做错了。”不是疑问句，而是陈述句。她的声音闷闷的，整个人也有气无力，颓丧得厉害。

如果她没有让自己老爹找陈大爷去劝小两口，那陈大爷就不会死。

是她间接导致了陈大爷的死亡。

“说什么傻话呢！如果不是你事先提醒了我带陈大爷去，那按照小斌他们争吵的架势，也绝对会出事。真如你所说的小芬出事，那就是一尸两命！”

这个时候，池柏年护犊子的性子一下子就体现出来了，他大嗓门一吼，完全是站在了自己闺女这一边。

池茹有些触动：“老爹，谢谢你。”

“对你自己老爹这么生分做什么？”池柏年有些不满，不过还是安抚道，“闺女，这不是你的错，你千万不要自责。老陈的几个孩子都在赶来的路上，我先陪着小斌待会儿。这孩子也是可怜，恐怕一辈子都要活在害了自个儿爷爷的愧疚中了。”

挂断电话，池柏年走向了那个从老陈被送进急救室就一直跪在地上的人。

刚刚老陈盖着白布推出急救室的时候，他便一路跪着追着，最终狼狈地歪在地上痛哭出声。有护士过来劝解，让他去办相应的手续，他也木讷地跪着，仿佛对外界没有了任何的感知。小芬则坐在一边的长椅上，整个人也呆呆的。

明明是新婚夫妻，明明这该是一个和和美美的家庭，可现在，差点分崩离析。

“小斌，老陈已经走了。你爷爷知道你这孩子对他孝顺，他肯定也不希望你这么难过的。”池柏年走过去，安抚地拍了拍他的肩，“咱们先起来。”

男人固执地跪在地上，脸上满是痛色，眼中的泪就这么不要钱似的往下流。

“池叔，是我害死了我爷爷啊！我是我们老陈家的罪人，我对不住疼养了我那么多年的爷爷！”

“池叔知道，你也不想的。你这孩子就是冲动了些，唉，听你爷爷说你们小两口之前明明挺恩爱的，好端端的，怎么就非得离婚呢？”

如果没有小斌闹着离婚，今天这事情可能也就不会发生了。

作为外人，池柏年自然没有那个立场说重话。

他也就是纯粹一感叹，没真的期待他回答出个所以然来。毕竟人家离婚是人家自己的家事，没必要特意将理由告诉他这个外人。

小斌哭得声嘶力竭：“这个媳妇儿我要不起也不敢要！她不干净，和别的男人上过床还录了视频。威胁我拿钱去换，要不然就将视频截下的照片发给我的家人，让他们寒心让他们丢人！还有她那肚子里的种，说不定也是别人的！”

此言一出，坐在长椅上小声抽噎的小汾难以置信地转过脸来。

年事已高的人极有可能睡一觉就去了，有些则摔一跤就去了，他们的生命太过于脆弱，脆弱到连新生儿都不如。

因着发生了陈大爷的事情，池茹的心情跌入了谷底。

不过老池同志因为这事没来得及追问她预见的事情，反倒还安慰起了她，令她倍感欣慰，总算是没觉得自己是捡来的了。

下了班回到云仓公馆，池茹难得见到孔忘川竟然比她还早到家。

这个大忙人的物联网企业势头红火，得到了政府的政策扶持。这一次的智能交通项目更是得到了北京那边投资方的大力支持，会先从北京作为试点进行开展。他现在忙得很，四处奔波，也许今天上午还在墨城，几个小时后就已经在北京了，再几个小时就可能在上海了。

创业期的男人，总是累得跟旋转陀螺似的。

闻到了半开放式厨房内传出来的诱人香味，池茹精神一震："孔忘川同志，你今天居然亲自下厨？这太阳也没打西边出来啊，难不成你是有什么好事？"

换好鞋，将手上的拎包往衣帽架上一挂，她已经一扫刚刚的颓丧，赶紧奔向了厨房。

一身衬衫长裤的男人身姿颀长，本该是商场精英的穿着，此刻却因着胸前围了个围裙而显得格外居家。

孔忘川正起锅将糖醋鱼上盘，闻言扫了她一眼："是池叔说你今天受了刺激需要安慰，让我好好慰问你一下。这鱼还是咱们昨天一起去钓的那条，池叔特意让人送过来的。"

"哇，我家老池同志居然这么关心我！朕甚欣慰啊！"

没想到这一次自家老爹居然这么上道，她简直就要喜极而泣了。

池茹眼睛直盯着那盘糖醋鱼，忍不住吞咽了一下口水。

等到板栗烧肉、糖醋鱼、干煸四季豆三道菜上桌，她已经迫不及待地给自己夹了一筷子鱼肚。

糖醋和鱼的结合，简直是天下美味啊！她幸福地眯了眯眼。

孔忘川将煲好的一盅冬瓜排骨汤端了过来，见她这猴急的样子，俊脸上闪现笑意："去拿汤勺，盛汤。"

"哦。"吐出鱼刺，池茹又屁颠屁颠去了厨房拿东西。

当然，她还不忘表现了一番，给两人都盛了饭，还体贴地为孔忘川舀了满满一碗汤。

"吝啬孔，你今天做这么多菜，不打算喝点酒吗？"

"平时应酬的时候喝太多了，在家不希望再虐待自己的胃了。"

"这你就不懂了，小酌怡情，你不能将喝酒当成一项任务，你得将它当成是一种享受，这样才能将自己的生活品质提高。”

过惯了白富美生活，如今沦为白矬穷的池茹给出合理的建议。

“听起来似乎是有几分道理。”

不知是不是池茹的错觉，她总觉得今晚的孔忘川对她的态度说不出的好。

看来她老爹没少在他耳边念叨要对她好点啊。

等等！

他老爹该不会将她能预见到某些事情的事告诉他了吧？

“那个，我家老池同志没对你说什么奇奇怪怪的话吧？”

“催着我们早点睡一张床算不算？”

“噗！”

一口汤喷出，幸好她反应快掉转了个方向，要不然可就毁了这一桌子的菜了。

孔忘川递过来一张纸巾，池茹不客气地用了。

擦拭了一下嘴角，她努力维持镇定：“那什么，这种话你就左耳进右耳出就好了哈。没有爱情的床上运动是不幸福的，咱们不能被老池同志和如花女士带歪，这样是对我们自己的不负责，你说是吧？”

孔忘川倒也没反驳：“嗯，必须对我们自己负责。”

这就对了嘛。

这男人今天果然格外讲道理啊。

两人用着餐，池茹想起了陈大爷的死，又想到了沈茜芊有可能会出事，她的心情便再次沉重了起来。

她蓦地问道：“孔忘川，你太湖那边的别墅密码是不是只有你自己知道？”

“怎么突然问起这个了？”疑惑归疑惑，孔忘川还是回道，“除了我，还有负责定期打扫的家政人员。”

“还有其他人知道吗？”

“没了。”

“那你能不能修改了那边的密码，同时也和家政公司那边解除合约？从现在开始除了你自己，不准任何人进那栋别墅。还有泳池那边，绝对不能蓄满水！”

只要从源头上杜绝，应该就不会发生那件中毒案了吧？

郑榕溪被及时赶到的警方所救，让她明白她预见到的事情是可以被改变的。

可陈大爷孙媳妇的死变成了陈大爷的死，也让她明白，有时候即使做出了努力，预见到的事情也未必可以改变。

所以，她必须全力以赴，改变那个即将发生的不利事件。

沈欠扁在为人处事上虽然真的挺欠扁的，但她真的不希望沈欠扁出事啊。

池茹说完，便睁着一双湿漉漉的眸渴求地望着孔忘川。

若是一般男人，恐怕心都要被她这样的眼神给融化了。

孔忘川却并没有当即应下，而是正了正神色：“你让我这么做，总得给我一个理由吧。”

理由。

提起这个，池茹被噎了。

她将自己能够遇见陈大爷孙媳妇出事的事情告诉自己老爹，那是迫于无奈。而且老爹毕竟是她亲爹，不会真的因为她这么说而将她当成什么洪水猛兽，也不会将她送去研究所搞什么小白鼠实验。

但孔忘川……

她能选择告诉他吗？

“我只能告诉你，那个地方会出事，会闹出人命。所以为了杜绝命案发生，你绝对绝对绝对不能再随随便便让人进出了。”

“你怎么就那么肯定那地儿会出人命？”

池茹的异样早已不是一天两天了。

她以前就是个十足十的米虫，根本就不会关心什么国家大事，也不会关心什么人命案。

可自从那件“成人礼”的连环杀人案开始，她便有些不同了。

孔忘川仍清楚地记得自己在客厅看到那则命案新闻时，正在厨房做意大利面的池茹一听到新闻声音便探出脑袋，神思不属、脸色煞白，她甚至还拐弯抹角地问他对这案子的看法。

之后那次在墨城国际水都，她又火急火燎地找人，说什么再不找的话那个人就要死了。

还有其他一些异样，虽然微小，却让他这个混迹过公安系统的人轻易就察觉出了不对劲。

池茹她，必定是有什么事瞒着他。

只不过，她很显然是不愿意说。

“哎呀，你就别问了，你就当我是女人的第六感，一般而言女人的第六感都是很准的。”

说完，她便放下碗筷噔噔噔跑回自己房间去了。

他看了一眼她吃得干干净净的空碗，又好笑又好气。

亏得他还以为她这是因为被他追根究底而撂饭碗闹脾气了，没想到人家压根儿没想过委屈自己的胃，而且还借着这次机会，成功躲避了洗碗。

他笑着扬声：“池茹你跑什么？别忘了今晚我做的饭，你得负责洗碗。”

卧室那边传来了女人的不满声：“你这个男友一点儿都不懂得怜香惜玉！我要分手！还我嫁妆！”

听到她中气十足的声音，他也就放心了。

等到用完晚餐洗完碗，孔忘川还是去书房给池柏年回了个电话。

“池叔您放心，池茹精神状态还好，看来她的自我调节能力不错。不过您之前跟我说她亲口对您说她能预见到一些事情，我试探了几次都没能让她对我开口。您这边能不能再想想法子问问她？我总觉得，这种事太过于蹊跷、诡异。”

第十八章

罪证确凿的嫌疑人 5

池柏年毕竟是陈大爷的多年钓友，两家又离得近，他自然得去参加陈大爷的丧礼。

盛夏时节，尸体不能久存，三天后，陈大爷就被安排火葬了。

连续三天的丧礼，就这么将这位七十五岁的老大爷给送离了人间。

池茹这周不仅得忙着公司内部程序员的鼓励工作，下了班又忙着和沈茜芊约饭。没办法，虽然她已经从源头上杜绝了那栋别墅会被其他人进去，但谁知道哪天她预见的事情就发生了呢？

所以，她必须得好好看着沈茜芊，不能让沈茜芊真的出了事。

周六上午，池茹总算是腾出时间回了一趟池宅。

只不过，她很显然再次成了被嫌弃的对象。

“不说一声就跑过来，你说你这不是给我们添麻烦吗？我和老池马上就要去机场了，没空给你张罗吃喝。家里的张姨我也给她放假了，你也不用想了。”因着参加老陈的丧礼，池柏年和陈汝华推迟了三亚的旅行，直到今天才准备出发。

池茹委屈地强调道：“如花女士，你闺女真不是过来蹭饭的！”

“不是过来蹭饭的那就赶紧走吧，等你老爹去楼上拿好漏拿的刮胡刀我们就要出发了。”陈汝华女士半点都不给自己闺女留情面，还不断摇头晃脑地念叨着，“这大周末的也不知道和忘川一起去约个会增进增进感情。就你们这男女朋友当得，我都替你急得慌啊。如果不是忘川他心性坚定，没准就被外头的美女给勾走了。你俩到现在还没睡一张床吧，照这样下去迟早要分……”

听着她絮絮叨叨的话，池茹脑仁疼。

这样的亲妈，谁要谁拿走吧。

为了躲避亲妈的魔音穿脑，池茹噔噔噔跑上楼去找她老爹。

老池同志正在洗手间臭美地剃胡子，淡淡的须后水味道充斥着鼻尖。

冷不丁见到镜子里出现了一个人，池柏年差点就要蹦起来。

“池茹，你这不省心的闺女啊！是想吓死你老爹是吧？”

装模作样地抚了抚自己的小心肝，池柏年又整理了一下自己额前的刘海，格外臭美地将自己的脸从上到下给捣腾了一番。

池茹看得目瞪口呆，差点就忘了她今天来的目的。

“老池同志，问你点事儿。”

“等等，在你问之前我得先问问你，你那天电话里跟我说可以预见一些事，究竟是怎么回事？”

在洗手间谈这个，池茹还真是有些不淡定。

“哎呀，我就是瞎说的，我就是预感到那天可能会出事，才忽悠你过去的。”池茹连忙岔开这个话题，直接说明自己的来意，“陈大爷那边，他……”

“已经火化了，骨灰也入土为安了。就是可惜了，身体那么健朗的一人，说没就没了。以后啊，钓鱼又少了一个伴了。”说到这儿，刚还对着镜子臭美的池柏年面色一凝，愁云惨淡了起来。

生老病死，尤其这“死”字，最是让人无奈。

“那他孙媳妇……”如果他孙子和孙媳妇依旧闹着离婚，那么她预见到的画面就有可能再次上演。毕竟有些事，避得了一时避不了一世。那么陈大爷为了阻止他们的争执而死，就完全没有了任何意义，反倒是最可悲最可笑的存在了。

“这事情有点说来话长。”

他和陈汝华女士着急出门，实在是没时间多说。

池茹当即化身为乖巧贴心的“小棉袄”：“我送你们去机场。”

在去机场的路上，池家的司机在驾驶座上目不斜视，陈汝华女士坐在副驾，至于后座，则被亲切交谈的父女俩给霸占了。

“这话啊还是得从小斌和小芬这小两口为什么要离婚说起。”池柏年一想起这事就义愤填膺，“小芬是干销售的，平日里打交道的人不少，应酬也多，她结婚没几天就被人在酒后给强了。”

强了？

池茹的大脑接收到这两个字时，只觉得如遭雷击。

“那遭天杀的不仅将人给强了，甚至还录了视频寄给小斌，威胁他给钱。小斌想要大事化小就真的给了钱，没想到这反倒喂大了那人的胃口，被他一再勒索。”

“必须得报警啊！他怎么这么糊涂！拿钱根本就堵不住的啊，只会增大那人的贪心！”池茹面色激动，差点就要跳脚了。

陈汝华早几天听到这事时也是和池茹一样的反应。

此刻再听到，原本因为即将远赴三亚度假的愉悦也被冲淡了几分。

真是造孽啊！

“如果只是单纯的勒索也就罢了，可偏偏小芬当时醉得糊涂，在录制的视频里没有反抗的迹象，小斌就以为她是自愿的，背着他找了男人还联合那个男人来勒索他。他原本只想着安安生生和她过日子，给了钱就当这事没发生过。没想到后来又被要求给一笔他根本就承受不起的巨款，所以他才破罐子破摔一定要和小芬离婚。”

池茹愤愤不平道：“小芬也是受害者啊，他怎么就这么不分青红皂白呢！”

“他不是不分青红皂白，他是压根儿就没将被勒索威胁的事情和小芬透露过。小芬也就从不知道这个事情，更加不知道自己曾被人强了，她甚至还以为自己是醉酒后被他给接走开了房……”

听到这儿，池茹已经没了听下去的欲望。

阴错阳差，造成小芬不幸造成陈大爷死亡造成老陈家哀伤的罪魁祸首，不是小斌，而是那个强奸犯啊！而他们那么轻易便被人有机可乘，不过是因为夫妻间缺乏最起码的沟通。

“小斌这孩子也是实诚，老陈骨灰入土之后就背着所有人去警局自首了。现在，那个强了小芬的人也已经被警方抓捕归案了。”

无论如何，是小斌那一推导致了他爷爷的死亡。他过不去心里那道坎，在他爷爷火化之后便背着家里人去了警局自首。

对于小斌的自首做法，从法理上而言，是对的。

他确实是做错了。

从情理上而言，又有着诸多无奈。

一直被自己误会的妻子刚刚检查出孕育了两人的小生命，他却要去为那个本可以避免的过错买单。

爱银大厦。

新的一周，池茹到了公司才被万能的李姐告知温总终于从纽约回来了。而且据李姐说，公司司机去机场接温总一行人时见到大家一个个都春风满面，显然是这次的游戏对外输出项目谈成了！

此前，国内确实是有好几款热销的游戏走出国门输出到了国外，各种版本的游戏也引发了国外游戏爱好者的热议。

而这一次，事情真真切切发生在了他们公司身上，简直太振奋人心了。

果不其然，上午就召开了会议。这一次的会议在大会议室进行，三个游戏项目团队的人全部出席，池茹和李姐也出席了。

会上，温鸣激情澎湃地讲述了这一次纽约之旅带来的收获，对《入殓师的成人礼》项目团队的人员给予了肯定以及激励，对另外两个项目团队的人员进行了鼓励以及督促，又着手让李姐负责招聘外文人才。

“过段时间美国那边会有项目考察团过来专门跟进这款游戏，我们这边翻译必须尽快到位，让他迅速熟悉这款游戏。招聘的人最好是游戏爱好者，这样有利于迅速融入这款游戏，达到最精准的翻译效果，和考察团沟通起来才不会有问题。”

“好，我待会儿就去拟一份招聘信息发布出去。”

李姐毕竟是老人了，在公司创建初期便开始身兼数职，她办事温鸣自然也放心。

有了之前的判断，池茹这一次仔细观察了一番站在温鸣身后随时对他耳语汇报情况并递上相关文件的 Candy。她发现，这位秘书小姐姐还真的是对温总有不一样的情愫啊。

瞧瞧她那看着温总时满眼的粉红泡泡。

哎哟喂，温总原来招惹的桃花还真不少啊。

会议开完，便有人提议：“温总，难得这次美国行这么顺利，咱们今晚是不是该好好庆祝下？”

“没问题，你们有什么好的地点推荐，可以先去李姐那边报备。”温鸣豪爽地说，俊脸扬起一抹平和的笑，“为了彰显咱们公司的归属感，我宣布这一次的聚餐可以带家属。”

此言一出，会议室内一部分人齐呼万岁。

而另一部分人则不乐意了：“求温总收回成命，单身狗不想被喂狗粮。”

“生活不易，为何还要被如此伤害。”

"要不我还是把我表弟带来吧，他也算是我家属吧？"

没办法，游戏公司程序员居多，而其中，单身程序员更多。

会议结束，大家各自回了工作岗位。

池茹却突然接到内线电话："小池，你进一下我办公室。"

"好。"

一进温鸣办公室的门，瞧见正坐在大班椅上的男人，池茹便一阵心虚。那天她可是亲眼见到沈欠扁吊儿郎当地坐在他那个位置上，双腿架在桌上不说，还摔碎了人家的咖啡杯将人家的办公桌搞得一塌糊涂，她要不要跟温总打个小报告？

"小池，你和沈茜芊很熟吧？"

在池茹天人交战期间，温鸣却已经开门见山了。

"不熟，绝对不熟啊，我怎么可能会和她熟嘛。"笑话，沈欠扁在这个圈子里是出了名的小鲜肉收割机，没事还要碾压一下底层那些刚爬起来的白富美，可谓是这个圈子里美女们的公敌。

她怎么能跟这类人熟呢？必须得不熟啊！

温鸣似乎没料到会听到她这么回答，愣了愣："我听李姐说你和她走得挺近的，最近每天下班还特意约她一起吃饭，都这么形影不离了居然还算不熟？"

池茹被噎了一下。

她约沈欠扁是不假，不过她这不是担心人家沈欠扁会像她预见到的那样中毒出事吗？她这不是防患于未然所以才找借口将人给约出来嘛，没想到还能让温总如此误会。

她觉得她必须得好好解释这个误会。

"温总，我发誓，我绝对和沈欠扁不熟。她的各种作风做派都不是我欣赏的，我作为圈子里的一分子，绝对会和她保持距离划分清楚界限，坚决不能和这样的蠹虫为伍。"

每一字每一句，都说得格外情真意切。生怕他不信，她甚至还伸出了手做指天发誓状。

温鸣被她给逗乐了。

他不过就是随口问问，她居然就这么上纲上线急着和沈茜芊那女人划清界限。

这两个女人的关系，还真是挺让人捉摸不透的。

“既然你和她不熟，那你帮我给她带句话吧。我和她是真的没可能，让她不要再来我公司和住所纠缠我了。”

没想到这一次沈欠扁踢到铁板凳了，终于有她搞不定的男人了啊。

池茹兴奋地想要摩拳擦掌，眼中绽放出幸灾乐祸的光芒。不过她很快便将那丝小激动给按压下了，不解道：“为什么我和她不熟，你反倒要将传话的任务交给我？”

温鸣一本正经道：“可能是我内心深处希望经由这次传话，你俩之间变得熟起来吧。”

池茹：“……”温总，你的冷笑话一点儿都不好笑。

“对了，今晚的聚餐可以带家属，你要不要通知忘川一起？”

“还是别了，他现在忙得到处飞，正积极努力向上地为国家事业以及他自己的事业版图贡献出他满满的热情呢。”

“事业再重要也不及陪女朋友重要，我这就打电话帮你好好说说他。”

池茹的嘴简直要张成“〇”形了，他们前一刻不是还在谈论沈茜芊的问题吗？怎么这会儿就谈到了她和孔忘川的问题？

直到走出温鸣的办公室，池茹还有些云里雾里的。

踩着高跟，脚上轻飘飘的，她一路摸去了茶水间。

正将咖啡豆倒入碾磨机的时候，她的眼前白光一闪。倏地，她再次瞧见了那一幕。

这一次，她看见的画面呈现了立体感。

那种感觉，就好比是在观看 3D 影视，她可以格外清晰地感受到沈茜芊从中毒到倒下以及她抠脖子的过程，她甚至还能够身临其境般感受到沈茜芊最后在绝望之下眼白外凸，格外瘆人。

直击死亡过程，触目惊心。

正当她以为伴随着女人的死一切都结束了时，诡异的事情发生了。

在画面上方，竟犹如鬼魅般呈现了一行数字。

不，确切地说，是日期。

或者说，是沈茜芊的死亡时间。

这在以往，池茹根本就没预见过，完全便颠覆了她以往的预见情况。

不，她预见过!

她预见到小斌和他媳妇争执致其死亡的现场时，她从他拿手机打 120 时窥见到了当时的时间!

所以说，她现在预见的能力在一点点增强吗？可以预见到确切的案发时间?

这一发现，令池茹深感难以置信的同时却惊喜不已。

起码知道了案发的确切时间，她便能做更多的准备来努力让沈茜芊避开死亡了。

等等，她刚刚看到的日期是……

6 月 17 日 19:57 !

正好是今晚!

怎么会这样?

她飞快地给孔忘川打电话。

后者接通的速度倒是极快，甚至还极为主动地说道：“我今晚有空，可以充当你的家属陪你参加晚上的聚餐。”

池茹默了默，他倒是惦记着刚刚温鸣打电话跟他提及的聚餐的事儿。

“这个事情咱们先放一边，孔忘川同志，组织上有一个很严肃的问题需要问你。”

女人火急火燎，故意板着面孔的声音传来。

正在批复策划方案的孔忘川动作一顿：“你问。”

不知怎的，身体竟因为她的这句话而有些紧绷。

池茹也不拐弯抹角：“孔忘川，你那别墅各个大门的密码改了吗？那家政公司的人还有过去打扫吗？”

一听是这事，孔忘川心知可能跟她之前瞎掰过的什么女人的第六感有关。

他不疾不徐道：“密码已经改了，家政人员也没再过去打扫了。”

“你确定除了你之外没人能够再进去吗？”

“在密码不被破解的情况下，我确定。”

池茹：“……”就不能给她一个准信安抚一下她急速跳动的小心脏吗？

下午两点的时候，李姐便在微信群里通知了大家聚餐的地点——墨城大酒店。

“鉴于大家一致提议要好好让温总出出血，所以结合大家的意见我这边选择了人均1000元的墨城大酒店。今晚要带家属的赶紧去通知各自的家属，我已经预订了豪包，人数有变动的话记得及时告诉我一声。”

李姐的微信消息一经发出，微信群立马就炸了。

大家都开始无心工作，一个劲地八卦起来。

当然，讨论最多的就是那些单身狗。

“能让温总收回成命吗？”

“单身汪本就是国家一级保护动物了，你们还要来如此伤害，我要报警！”

“不行，我要一个人吃两人的量，化悲愤为食欲。”

“严重警告：那些带家属的自觉点，餐桌上别眉来眼去动手动脚喂来喂去！”

“为了早点脱单不再受到伤害，苦兮兮的我得抱紧胖胖的自己开始减肥。”

……

一个聚餐聚出个单身问题，还真是史上最伤心最忧愁最拉仇恨值的聚餐。

虽然池茹算是有男朋友的人了，可也忍不住跟着大家伤心了一把。

没办法，孔忘川这个男友跟假男友似的，不体贴不温柔不宠女友，有跟没有一个样，她想要的是能对她嘘寒问暖宠着她惯着她的男友啊！

不过，既然温鸣已经帮着她请了孔忘川，孔忘川在刚刚的来电中也说会和她一起出席，她也就不能置喙了。

唉，拉上孔忘川这个名义上的家属撑场面，总比她一个光杆司令和其他单身狗一样被塞狗粮强吧？

当务之急，她得赶紧联系沈欠扁。

打电话给沈茜芊，这女人也不知在忙什么一直不接。

等到她连续拨打了三遍，电话才被慢腾腾地接起。

“池大小姐，你今天该不会又要约我一起吃饭了吧？”

“哎，你料事如神啊。”池茹笑眯眯的。这段时间她为了防止沈茜芊发生意外，几乎每天晚上都要约她小聚，也难怪沈欠扁会这么猜想了。

“我告诉你，咱俩熟归熟，但你老这么约我可不行。我听说了，温鸣谈完项目已经回国了，我今晚的时间可是留着找他算账的。”

“我没说拦着你不让你找他算账啊。”

“我跟你说，温鸣这男人绝对对我有意思，绝对是对我使的欲擒故纵这一招。我什么大风大浪没见过？还真以为我看不出来啊。穿上裤子趁着我泡澡就走人，不对我负责，可不就是想要反过来让我对他负责吗？这种‘老司机’真是会给自己加戏，不过这戏份编得还不算太离谱，在我可接受范围之内。”

“咳咳咳……”池茹被她这番自信满满的话给说得咳嗽出声。

她是不是该将上午温总让她传达的话告诉她？

算了，还是等过了今晚再说。

什么事都没有平安度过今晚来得重要。

“沈欠扁同志啊，我跟你说件事。我们公司全体人员今晚在墨城大酒店聚餐，温总也到场。你要不要作为温总的家属一起过来啊？”这种时候，必须得给她戴高帽啊！

一听这话，沈茜芊当即便嘿嘿一笑：“我过去不太合适吧？毕竟我和他纯粹就是睡过的关系，还没确定其他关系呢。”

“不，合适！非常合适！怎么就不合适了？你看我和孔忘川，都没发展成睡过的关系呢，就已经确定男女关系了。”

“不会吧，池茹，孔忘川他居然这么纯洁？你俩都同居这么久了竟然都没发生点什么？天哪，他到底是不是男人啊？”

一不小心将自己和孔忘川的隐私给泄露了出去，池茹连忙喊停：“打住！他今晚也会来，你如果感兴趣的话可以亲自去问他。”

“那还是算了，我对他挺犯怵的。人家曾经是公安局的，我在他眼里肯定渣到了极致，他一定恨不得将我给抓起来以儆效尤。”

“算你有自知之明。”

“……”

“今晚温总肯定和员工一家亲，你想要找去找他算账过二人世界那是不可能的，要不你索性也来墨城大酒店这边吧，无论你是找他算账还是以家属身份过来，好歹咱们这些员工都能给你做个见证不是？”

“说得挺有道理的。”沈茜芊沉思了片刻便同意了，“行，那我今天就打扮得美美的，赶过去艳压群芳，让你们公司员工知道有我这么一号老板娘的存在。”

老板娘？咳咳咳！她该不会真的要在聚餐时砸场子吧？

池茹想到那场面，不禁恶寒了一下，如果让温总知道是她怂恿沈茜芊过去的，会不会将她大卸八块啊？

可她也没办法啊！今晚是绝对得看住沈茜芊的，绝对不能让她出事，所以沈茜芊必须得在她眼皮子底下她才安心。

“沈欠扁同志啊，友情提醒一下，你今天如果以温总家属身份出席的话，你那头枣红色波浪卷是不是该换一下，重新做个造型？换个温婉大方贤良淑德型的，绝对会受员工爱戴哟。”

改变一下她预见沈茜芊死亡时的某些身体特征，会不会也能对扭转沈茜芊的死亡起一定的作用？

无论如何，她得努力尝试一把。

只不过，池茹的规劝很快便被无情地否决了。

沈茜芊轻嗤了一声：“别想骗我去换掉我钟爱的枣红色，哼！信不信分分钟跟你绝交？”

“……”她和她什么时候有交情了？她可和她不熟，非常不熟！

— 第十九章 —

罪证确凿的嫌疑人 6

因着聚餐，大家提前半小时下班，在李姐的安排下三五成群地开车前往目的地。

当然，还有一些男士非常体贴地去接自己的女友或者老婆了，看来是要将虐单身狗这件事进行到底了。

池茹原本是打算跟随大部队随便坐哪个人的车一道赶去酒店那边的，没想到日理万机的孔忘川对待这次的聚餐这么积极，直接开车过来接她了。

她当然不好意思单独跟着他走了，忙招呼几个人一起坐进车内。

公司里的职员比较多，有坐地铁坐公交车上下班的，有车子限行的。人多车少的情况下，不论是员工的车还是高管的车全都载满了人直奔目的地。李姐这边也已经让部分人打滴滴过去了,到时候回头再找各自领导签字找财务报销。

孔忘川的出现，无疑是缓解了一部分人多车少的压力。

池茹坐副驾，后座挤上了两男一女，是两位程序员小哥哥和一位新进公司不久的前台小姐姐。

这一瞬间, 她突然觉得吧, 如果程序员小哥哥们真的不想做一辈子单身狗,可以努力一下从公司内部找一个。内部消化省时省力，还能够随时随地来个眉目传情，多利国利民啊。

“系安全带都不会了？坐在车里也不老实，眼睛东张西望眼珠子乱转是在打什么鬼主意呢？”

男人的唠叨声传来，池茹还没反应过来，他便已经侧过身来。

随即，她便感受到属于他的气息围绕在她周身。

男人的俊脸近在咫尺，她甚至可以清晰地瞧见他脸上的毛孔，他凝思的神色，他那长长的睫毛，以及那性感的薄唇。再往下，便是他被衬衫包裹着的精壮身材了。

每一寸，都似量身打造。

视线重新往上，她就这么对着他的俊脸下意识地吞咽了一下口水。

孔忘川将她的举动悉数收入眼底，压低声音警告道：“车上还有人呢，收起你那猥琐的小表情。”说话间，长臂一伸将她那一侧的安全带斜绕过她，伴随着一声轻响，完美系上。

“你才猥琐，你全家都猥琐！”

池茹当即呛声。

冷不丁又意识到不对劲。

她朝后一看，后座那三双眼睛，全都瞪得大大的，保持着目瞪口呆的难以置信模样。

“呵呵，那什么，情趣，这是我们小情侣之间的情趣！”池茹硬着头皮，给出这一解释。

“我们懂，我们都懂。”

后座三人眸光灼灼，一脸的暧昧。

池茹觉得，今天之后，她在公司所有人眼中的形象肯定要一落千丈了，说不定都要在众口铄金之下沦为好色的女流氓了。

她的形象啊！

她哭唧唧地望向正专心开车的罪魁祸首——孔忘川。

男人侧脸的线条坚毅，轮廓分明，薄唇似有上扬的弧度，眼里闪过微不可察的笑意。

他绝对在笑话她，绝对的！

她继而愤愤地将视线投向他把着方向盘的手，只见男人的手指修长骨节分明，匀称有力，这是一双让大多数女人看了都要心跳加速的手。好吧，看在这双让她心动不已的手的分上，她决定不跟他一般计较！

墨城大酒店。

豪包内一共四大桌，坐了个满满当当。

既然孔忘川来了，温鸣自然是要介绍他的。

孔莱的老总，国内物联网行业的杰出企业家。

之前孔忘川就陪温鸣一起来过公司，之后他因《入殓师的成人礼》游戏涉及刑事案件专门代武淮远过来了一趟，再后来，大家都知晓他是池茹的男友，所以公司里的人对他这位大佬一点儿都不陌生。

席间，争相给他敬酒的不在少数。

温鸣笑说："明明我才是那个出钱的人，怎么反倒你成了众星拱月的大功臣，一个个都跑去敬你的酒了？"

他这么一说，公司里的员工哪能不买账，当然不能厚此薄彼，两个都轮番敬的同时，敬自家公司的这位老板当然敬得更为殷勤。

身为温鸣的秘书，Candy一方面得随时关注他酒杯的满浅情况，另一方面还得负责帮他挡酒，将美女秘书的职责发挥得淋漓尽致。

池茹瞧着这对上司和下属的组合，深深觉得还挺搭的。

待会儿沈欠扁过来，应该不会吃味闹事吧？

她暗暗祈祷了一番。

这一转头，便见到自己身旁的孔忘川已经被几拨敬酒敬得微醺，俊脸泛着微红。

还真是够受欢迎的。

池茹悄悄扯了扯唇。

好在他们公司男多女少，要不然单单这一餐饭他都不知道收到多少爱慕的目光了。

唉，惆怅啊。

有这么一个桃花满满的男朋友，实在是太不幸了。

女人吃几口菜就要瞄一眼旁边男人的脸，随即又长吁短叹一番。这样的动静，自然是被孔忘川给收入了眼中。

他往她碗里夹了她爱吃的笋丝，垂眸问她："小表情这么丰富，这是在上演深闺怨妇？"

"你才怨妇，你全家都怨妇！"

池茹愤愤瞥了他一眼，不客气地将他给她夹的菜全部吃了下去，又指挥道："我要吃鱼，还有秋葵、排骨。"

男人笑了笑，格外温柔宠溺地为她服务。

一桌子人瞧见两人如此和谐的亲密互动，纷纷表示被投喂了狗粮。

有了这一对作为表率，之前带家属来的人也不拘着了，小年轻正是热火朝天恩恩爱爱的时候，餐桌上投喂的戏码就这么如火如荼地展开了。

刹那间，四大桌的人，属于单身汪的哀号声遍野。

池茹还浑然不知正是她的打头阵引发了这一出虐狗大戏，她扫了一眼手机，19:18。

不知不觉间他们已经吃了将近一小时了。

只不过，沈欠扁怎么回事？不是说好了要过来吗？

她偷溜出了豪包跑出去给沈茜芊打电话。

"沈欠扁，你人呢？不以咱们温总的家属的身份闪亮登场了？不打算当着众人的面找温总算账了？"

一不小心按了扩音键，手机另一头沈茜芊轻快的声音就这么传荡开来：“我不过去啦，我刚收到温鸣的信息，这闷骚男人约我去城东太湖那边的别墅见面，说什么要给我一个交代和我来个浪漫的二人世界。你听听他这话说的，看来是打算对我负责了。哎呀，明明是我睡了他，结果还让他负责，搞得我都不好意思了。”

嘴上说着不好意思，可那语气中压根儿就没有不好意思的成分，甚至还隐隐有着一丝雀跃与激动，她倒要看看温鸣能给她什么惊喜。

正打算去洗手间的 Candy 就这么将沈茜芊的话听到了耳中。

她辨出沈茜芊的声音，心头一沉，几乎是想也不想便转身离开了。

池茹在听到沈茜芊说这番话时，脑中的一根弦瞬间断了。

若有似无的噪音传入耳膜，让她耳中“嗡嗡嗡”一片作响。

城东太湖那边的别墅。

是她预见的那栋别墅吗？孔忘川的那栋别墅？

不，绝对不行！

“沈欠扁，你绝对不能去那儿！”池茹拔高了声音，语气激烈。

“为什么？”拿着手机的沈茜芊莫名其妙。

为什么？她能告诉沈茜芊原因吗？说她预见到沈茜芊去了那儿之后会死？

不，绝对不能说。

“你刚刚说温总发信息给你让你过去那边。可温总正跟我们在一起，你会不会是弄错了？”

“不会啊，他说他也在赶去那儿的路上。”

池茹震惊得无以复加，几乎是第一时间，她重新打开了他们那个包间的门。

一打开，便是喧闹的场面。

她抬眸四处逡巡，试图找到温鸣，然而，扫了好几圈，人群中没有温鸣！

她忙去问孔忘川："温总呢？他人呢？"

"之前桌上众人'虐狗'的时候，他接了个电话就匆匆离开了，说是有点急事。看来你是一点都没注意到啊，光顾着吃去了吧！"孔忘川看了一眼腕际的手表，"大概已经离开十分钟了。"

池茹脸色有些白。

怎么会这样。

真的是温鸣约的沈茜芊去那儿？

她急急地对手机另一头的人道："沈欠扁，我不管你现在在哪儿，你听我说，绝对绝对绝对不能去那儿！要不然你会没命的！你听见没有！"

她的声音有些大，原本包厢内正在哄闹的众人因为她的这一声全都安静了下来。

她却浑然不觉，一直盯着早就被挂断的手机。

该死的！沈欠扁竟挂了！

她忙回拨过去。

然而，竟显示关机！

不好的预感诞生，攫取着她的每一寸呼吸。她看着手机屏幕上那 19:25 的数字，那丝不安化为一道道蜘蛛网，将她缠绕了个彻彻底底。

所有人都察觉到了她的异样，只不过有些不明所以。

孔忘川赶紧站起身安抚她："到底发生什么事了？"

"孔忘川，我们必须赶紧去你那栋湖景别墅，要不然沈欠扁会死的。"她揪紧了他的衣袖，眼神慌乱无措，却又有着她固有的坚持。

"好，我们立刻赶过去。"

没有再多问，孔忘川温柔道。

大掌握上她的手，无言地给予她安抚。

他们并没有发现，除了温鸣，包厢内还少了一个人。

这个点晚高峰现象已经稍微好转，车子风驰电掣，一路在车流中见缝插针般前行。

“没时间了，在 19:57 之前必须赶到你的别墅。还有不到二十五分钟，来不及了。”池茹一看这个时间，便知晓时间有些悬。

“你先给武子打个电话，发个地址给他。”孔忘川把着方向盘的手青筋微起，出口的话依旧有条不紊。

“对对对，报警，先报警。”她已经开始拨打武淮远的号码了，却后知后觉地问道，“那我这样算不算报假警啊？要不还是像上次那样，你用私人关系让他带着人去一趟？”

“你自己跟他说。”

池茹万万没想到，武淮远这么好说话。

她就说预感到沈茜芊会在孔忘川那栋别墅遇害，他也没追问她什么，就答应立刻带着自己这队的警员赶过去。

她将地址发了过去。

虽说警车出行其他车辆会避让，可以加快速度，但她还是担心来不及。

在她胡思乱想间，孔忘川已经驾驶车子进了彩虹快速通道。没有红绿灯的地下车道，减少了等待的时间，一下子便提速了不少。

池茹在心底暗暗祈祷沈茜芊没事，那女人那么欠扁，老天爷应该不会舍得让她轻易被收了的。

与此同时。

沈茜芊手机没电自动关机，偏偏她没有带苹果数据线导致手机充不了电。

她烦躁地将手机扔到了包里。

过了安保，司机将车开进了临湖别墅区，有些不确定地减缓了车速：“小姐，具体是哪一栋呀？”

她没好气道：“你问我我去问谁啊？具体地址在我手机上，你有本事变出个数据线给我充个电，我分分钟告诉你具体是哪一栋。”

一直用安卓手机的沈家司机默默闭了嘴。

当务之急是得去借个苹果数据线。

沈茜芊望着附近一栋栋间距不远的别墅，倏地想起了池茹父母家便住在这儿。她和池茹虽然没有深交，但她之前随自己父母来池家参加过宴会。

她当机立断：“往前开，先去池家！”

然而很快，沈茜芊便失望了。

谁能告诉她，为什么池父池母都是上了年纪的人了精力还这么充沛，这么晚了都不回家？家里头的阿姨居然也不在！

面对着铁将军把门的黑漆漆别墅，她颓丧道：“去别墅区南门那边。”兴许她比温鸣早到呢？只要她在路口等着他，总能和他碰头的。

再不济她到时候在路口等着温鸣，让司机去买数据线，双重准备。

这边的别墅区距离太湖也就直线距离八十米，可以很清楚地瞧见湖面的夜景。五光十色的灯光秀，很是吸引人的眼球。

车子开得并不快，她收回视线时，又下意识往另一侧的车窗外望了一眼。

这一望，她连连喊停：“停停停！赶紧停下！”

“小姐，怎么了？”司机不解。

“我让你停就停，哪儿来的这么多废话。”平日里耀武扬威惯了，沈茜芊的脾气不小。

她下车，走向那栋她刚刚稍稍一瞥的别墅门前。

她又仔细地查看了一下附近的景致。

鬼使神差地，她去铁门那边扫了眼门牌号。

脑子里乍然一醒，她当即便反应过来，温鸣之前发来的地址，好像就是这栋别墅。

这一发现，令她直呼自己好运。

她忙去按门铃。

司机也跟着一道下车："小姐，确定是这儿吗？会不会搞错了？"

"搞错了就搞错了，这年头难不成按个门铃都犯法了？"

沈茜芊对于自家司机的榆木脑袋有些无语，连按个门铃他都要叽叽歪歪一下，简直就是丢她的人啊！回头还是把他扔给她爹，这样的司机她可受用不起。

门铃被按了许久，却不见有人来开门。

她狐疑地蹙紧了眉，手试探性地去推了推门。

伴随着她的这一推，很快铁门就自动往两侧滑去。

哟呵，温鸣这闷骚男人看来准备得很充分嘛，不声不响就提前给她开了门。

"你留在这儿，不用进去了。"她对司机道。

"可是……"

"可是什么可是，我是去约会，你跟着凑什么热闹？"见他婆婆妈妈的，沈茜芊忙命令道，"你在车里等着，如果我十一点还没出来，那你就直接开车回去吧。"

如果她那个时间点还没出来，那铁定是和温鸣在共度春宵。

对于温鸣的体型和耐力，她是极为满意的。

所以，她丝毫不怀疑自己今夜会享受到某些特殊福利。

别墅内灯火通明，室内更是有浪漫的玫瑰和气球点缀，犹如准备狂欢。

哟，温鸣这男人突然开窍了？

沈茜芊隐隐闻到了食物的香味，是来自于厨房。

然而，一目了然的开放式厨房内，却并没有人。

她蹙了蹙眉，对着楼上喊了几声。

依旧没有得到回应。

犹如福至心灵，她一下走出了门，走向了别墅后头。

19:55。

当孔忘川的车子到达别墅门口，池茹见并没有任何警车出没，便知道事情恐怕要糟糕了。

视线聚焦在已经被打开的铁门上。

“不是说除了你没有其他人知道密码吗？”她烦躁地大喊。

“不排除被人破解的可能。”孔忘川也同样蹙紧了眉，方向盘一转，便直接将车开了进去。

沈茜芊的司机原本正在车内无聊地刷着手机，瞧见前方突然来了一辆车，略有疑惑地降下车窗，刚要开口说些什么，便见那辆车直接冲进了铁门大开的别墅。

“别墅后头，泳池！”池茹的声音都在颤抖。

她的手上，是从孔忘川手腕上摘下来的腕表。她就这么瞧着表盘上的时间一点点地流逝，另一只手则狠狠地揪紧了他衬衫的腰侧布料。

若非她还知道控制力道，恐怕孔忘川的下摆就要直接被她从西裤里给揪了出来。

明明秒针每一下都走得极为缓慢，她却觉得格外急促。

车子停了下来，前面是小道，过不去。

池茹将他的腕表扔还给他，飞快解下安全带。

下车，往前奔跑。

已经来过了一次，她对这儿的格局已经很清楚了。

风吹动着树叶，沙沙作响，鞋子总算是从松软的草地踩到了大理石地面。

原本干涸的泳池，此刻竟已经蓄积了水，澄澈清明。

池茹一眼便瞧见了泳池边的餐桌以及……

“沈茜芊！”

一声惊呼溢出唇畔，池茹紧张得心都要跳出嗓子眼了。

几秒后，女人难以置信地倒在地上，口吐白沫，手一个劲地抠着自己的喉咙，那撕心裂肺的疼痛让她整张脸都皱起。最终，她的手失去了力气，而她的眼也翻白了。

女人彻底没了呼吸。

第二十章

罪证确凿的嫌疑人 7

警车的呼啸声由远及近，在这寂静瘆人的暗夜中，增添了一抹给人新生的勇气。

眼前的这一幕太过于惊悚。

池茹从未想过，自己就这么亲眼目睹了一个人的死亡全过程。

孔忘川跟在她身后，揽着她的肩头往前一步步走向那已经死亡的人。两人并肩而立，属于男人的皮鞋与女人的高跟，就这般落在了尸体旁边。

地上女人的毒性发作得很快，不过短短几秒就没了声息，根本来不及进行抢救。此刻，她的面容扭曲，那张脸早已看不出原本的美艳，只余下被死亡扼杀的无措与痛苦。

这一瞬，池茹彻底明白了当初预见的这一幕的含义。

属于她的高跟鞋，以及一双男士皮鞋。

原来正是作为旁观者的她和孔忘川。

只不过奇怪的是，为什么她预见到的画面中只有鞋子，并没有他们的人。

“不，怎么会这样，怎么会这样……”另一旁，沈茜芊瘫软在地上，面色惊恐，满是后怕，眼神死死地盯着倒在地上已经没了气息的女人。

这个女人她并不陌生。

正是温鸣的秘书，Candy。

她好几次去找温鸣，都被Candy不客气地阻挠，只不过她从未将Candy

的阻挠放在心上。

可就在刚刚，她按照温鸣的信息寻到了这儿，一路来到泳池边。当瞧见这儿布置妥当的烛光晚餐时，那叫一个欣喜若狂。她深觉温鸣此人是个可塑之才，假以时日浪漫细胞定然能够被全面开发，而她也更加认定了温鸣是位“老司机”无疑。

只不过她到处都找不到温鸣，料想着他可能要跟她玩什么更深层次的游戏，所以也就没有多加理会，而是坐下来打算好好品尝他亲手烹饪的晚餐。

没想到的是，Candy 横空出现，竟然和她争执了起来，口口声声说她配不上温鸣。

在她大度地表示不和 Candy 一般计较，打算喝杯红酒压压惊时，Candy 竟然还动起手来和她抢。

“这个时候我突然就听到池茹一声大喊，惊得手上的高脚杯没拿稳，就被 Candy 给抢走了，她就像打了场胜仗似的挑衅地朝我笑了笑，然后就仰脖喝下了那杯红酒。这一喝，就喝出问题了，她……她当场就……”

在接受赶来的警察的盘问时，沈茜芊心有余悸地如实交代了一切。

“如果不是池茹那一声喊让我慢了半拍，当时喝下那杯红酒的人就是我啊！警察‘蜀黍’你们得相信我，我绝对没有下毒害人啊！这是有人存心害我啊，对，绝对是有人要害我！”

正值大好年华还未成家的武淮远被她喊的这一声“警察蜀黍”给惊得抖了抖身上的鸡皮疙瘩。

他安抚着她的情绪：“事实真相究竟怎样，我们会调查清楚的。”

此时，化验科的人经过初步判断已经有了结论。

红酒中含有氰化钾成分，入口便会成为索命的阎罗。

听此，向来要强的沈茜芊“哇”的一声哭了出来，直接就扑到了还在被孔忘川安抚情绪的池茹的身上。

“池茹，你是我的救星啊，你就是我的活菩萨，没有你躺在那儿的人就是我了啊！呜呜呜，我以后一定好生供养着你的长生牌位，再让我爸在山区建一所以你的名字命名的希望小学。”

长生牌位？

池茹额上滑下黑线：“沈欠扁，你说这番话的时候能考虑一下我的心理阴影面积吗？”

关键时刻，她那一喊虽然让沈茜芊成功地避开了死亡，却不想也直接造成了另一个人的死亡。

她正在被孔忘川给柔声安抚呢，结果便被沈茜芊给扑倒，还听到了沈茜芊这么一番“情真意切”的话，她顿时觉得哭笑不得。

“我不管，我以后一定要供着你的长生牌位。”

想到自己劫后余生，沈茜芊继续说着欠扁的话。

“沈小姐，您能继续回答我的问题吗？”简单地问了几个问题之后，她便跑了，能不能有点配合警方办案的操守啊？

武淮远头疼地走了过来。

“你想问什么就问，我又没不准你问。”沈茜芊继续熊抱着池茹，犹如树獭一样不撒手。

孔忘川瞧着这两个女人密不可分的样子，默默走向了一旁。

毕竟是死了人，闹出的动静不小，一下子便惊动了这儿的住户。别墅门口，拉起了警戒线，杜绝了好奇打量的目光。

至于他们几人，作为案发现场的目击证人，则被留在了别墅内谈话。

现场勘验的工作人员极为负责，不仅勘察了泳池周围，连别墅内也开始了地毯式搜索。

孔忘川站在一旁沉眸凝思。

刚刚他受到的震惊其实并不比池茹小。

只有他一人知晓的密码，居然被人破解了，还有别墅内被随意进出，厨房也被动过了，泳池也被人蓄满了水……

作为房主的他，自己的房子被人如此左右，他竟浑然不知……

“老孔，这问话我是进行不下去了，我再去勘察一遍现场，回头你们几个跟我去局子录一下口供吧。”三人同属于目击证人，该走的流程还是得走一下。

孔忘川看了一眼还赖在池茹身上的沈茜芊，点点头：“好，你先去忙吧。”

他脚步迈动，重新走回池茹身边，刚好听到沈茜芊抱怨的话。

“你说温鸣他有没有搞错啊，把我约到了这里自己却没出现，而且还害我差点没命！”

他当即蹙眉：“是温鸣把你约来这儿的？”

“对啊。”沈茜芊不满地哼了一声，“亏我还以为他要和我玩浪漫二人世界呢。”

事情有哪里不对劲。

孔忘川连忙掏出手机给温鸣拨了过去。

电话无人接听。

与此同时，泳池那边搜查的警员将刚刚从盘子和酒杯中拓下的指纹小心翼翼地保存了起来。

等到别墅那边的勘验工作进行得差不多了，武淮远这才将三人带回去协助调查。

说是带回去，其实人家压根儿就没上他的车。

孔忘川和池茹上了同一辆车，沈茜芊也钻了进去，还强烈要求池茹从副驾转移到后座，继续让她靠着。

沈家的司机不安地走了过来，结果才刚开口就被沈茜芊不耐烦地打发了。想想实在是没辙，司机又重新去和沈家老爷子通电话去了。

车子一路到了警局。

毕竟出了命案，武淮远的询问便详尽了很多，甚至还将三人单独询问了一番。

询问过程中，Candy的家属赶了来，尸体还在法医那边进行进一步死因鉴定，他们哭完了一通便直奔沈茜芊这边。

深更半夜，谁也没料到会来这么一出。

Candy的父母，就这般在警局里边哭边对沈茜芊咒骂，甚至大打出手。

好在警察这边拦得快，才没让沈茜芊受伤。

只不过，对方毕竟是死者家属，情绪激动谁都能理解，只能由处理惯了这类事情的警员负责疏导安抚家属情绪。

经过这么一遭，沈茜芊平日里张牙舞爪的一面荡然无存，顷刻间颓丧得犹如一个遭受了雨打风吹摧残的可怜少女。

她揪住了池茹的手："真的是我害死了她吗？我不想的，我根本就没想着害她，我也完全不知道那红酒有毒啊！是她非要来抢酒杯……"说到后头，整个人都快要接近崩溃了。

在上流圈中，提到沈茜芊这个人，无论是男人还是女人，基本都会对她恨得牙痒痒。男人被她甩过，女人被她嘲笑过，"沈茜芊"三个字，是圈子里诸人咬牙切齿的存在。

可现在，这个被大家忌惮的存在竟然变得如此脆弱，如此不堪一击……

池茹唏嘘，手轻拍在她背部安抚道："不要把别人的错归咎到自己身上，罪魁祸首不是你，而是那个设计这一切的凶手！"

两个女人抱成一团，竟有种抱团取暖的味道。

孔忘川静静地看着池茹。

这个女人，明明之前还一直自责她的出声叫唤虽然阻止了沈茜芊的死亡，却还是导致了另一个人的死亡。如今，她已经从那些情绪中走出，安慰起别人来了。

她的自我修复能力，确实是令他叹服。

默默收回想要覆上她肩头给予无声安抚的手，孔忘川将手紧握成拳。

究竟是谁，破解了他别墅的密码，如入无人之境般在别墅内自由出入，精心策划了这一场杀戮？

恰在此时，一直在埋头看监控的王韬惊道：“头儿，发现嫌疑车辆！”

警方已经连夜拿来了别墅区内部各个摄像监控的视频，孔忘川在别墅主屋内也安装了监控，原本想要提取视频，却发现监控被破坏了。所以目前所能依靠的，便只有别墅区内的这些监控了。

大部分警力派了出去，所以看监控的也就只有两人。

此刻听得王韬的话，武淮远疾步走了过去。

孔忘川也紧随着走了过去。

正抱团取暖的池茹和沈茜芊毕竟不属于办案人员，两人被问完话之后原本就该回去了，只不过出了 Candy 父母半夜三更来闹的事情，两人也被耽误着没有离开。

此刻，两个女人互相对视一眼，格外一致地朝着那几个正在对着电脑的男人挪动脚步。

“今晚 19 点 40 分 17 秒的时候，有一辆路虎进入别墅区，直接刷卡进入，车上司机的脸成功地避开了摄像头。其间，该车又经过了好几个摄像头，最终在 42 分 48 秒的时候停在了别墅门口。随即车上下来一个男人，径自输入了别墅密码。在 19 点 50 分的时候，他离开了别墅。也就是在他前脚离开后，沈小姐的车子便停在了这栋别墅前，随即沈小姐下车进入了别墅。在沈小姐进入别墅之后，死者 Candy 打的出租车也在 19 点 53 分时停在别墅门口，她匆匆进入了别墅。19 点 55 分时，孔先生的车开入了别墅。”

根据监控视频的进度，王韬进行着解说。

事情发生的时间顺序，在监控面前一目了然。

说到这儿，所有人都明白——那个轻轻松松输入别墅密码进出了别墅的男人，极有可能便是整起案件的策划者。

只不过他头上戴着帽子，脸部完美避过了摄像头，根本就看不见具体轮廓。

池茹却是一眼就认出了这个男人的穿着打扮，以及他的那辆车。

“这个男人看起来很像温总。”她肯定道，“他今晚上参加聚餐时，穿的就是这一身。”

此时，沈茜芊也激动道：“那辆车温鸣也有一辆！”

孔忘川蹙眉：“车牌号能再清晰些吗？”

王韬一番操作，遗憾地摇了摇头：“看不清。”

武淮远直接拍了他后脑勺一下：“你是第一天干警察吗？调出他的车子刷卡过杆时的画面。一般别墅区车辆进出的监控管理严格，监控都会安装在能够拍到车牌号和驾驶位的角度。”

被自家老大这么一提醒，王韬不好意思一笑，忙调出另一组监控。

这组监控中，果然，车牌号清晰了许多。

他用软件做了一下处理，那组车牌号便清晰地出现在了众人的眼前。

“立刻去查车主。”

“不必了。”孔忘川打断道，“这车牌号我记得，是温鸣的。”

他的语气沉重，整个人似被千钧压着。

池茹随着他这一声，脸上也迅速有了不好的预感。

沈茜芊说，是温鸣让她去那儿的，而监控也显示，温鸣的车以及他的人出现在了那儿。

所以说，温鸣真的策划了这一起下毒谋杀案？

不，温鸣不是这样的人。他即使真的被沈茜芊给缠得不胜其烦，也万万不会做出这种事来才对。

脑中电光石火间一闪，池茹想起一件事来。

“不，这不应该啊。温总今天开的是一辆两座跑车，所以今晚我们聚餐时他那辆车上也就只够坐他和秘书小姐姐两人。怎么这会儿监控视频里他的车子成了路虎了？他比我们早离开十分钟左右，这十分钟的时间根本就不够他开车回去重新换一辆路虎到达案发现场啊。”

这方面，武淮远比较在行。

他说道：“这很简单，从你们聚餐的墨城大酒店到案发现场，他完全可以事先将那辆路虎停放在任意的地方。然后中途换车，再去案发现场。”

“可他为什么要这么做呢？为什么要换车？如果真的是他做的，他即使要换车，也应该换一辆完全查不到他身上来的车才对。而且他也应该将自己做一番伪装，而不是让自己穿着那么一身辨识度极高的衣服出现在案发现场。”

池茹说的话不无道理。

换车这一点说不通，而且嫌犯似乎有恃无恐并没有遮挡车牌号，还有，他那一身装束与温鸣无异。

不排除是有人栽赃嫁祸。但无论怎样，请温鸣过来谈话是必要的。

“看来这件事和温鸣脱不了干系了！老孔，你先送两位美女离开，有任何需要我这边随时和你联系。你们的口供很重要，如果想起什么重要的事，记得第一时间告诉我。”

半夜三更，他问完了话觉得没什么问题，自然也就不好再扣着他们这几位当事人。

该让他们回去休息了。

而他自己，又得和自己的队友们开始陷入旋转陀螺的状态了。

经历过惊心动魄的一夜，回到家后，池茹的心情久久难以平静。

一整晚，她都在翻来覆去，等到天刚亮才沉沉睡去。直到闹铃响起，她赖了会儿床之后，最终还是在五分钟后再次响起的闹铃催促下顶着蓬乱的头发爬了起来。

然而她没想到的是，她洗漱完出了房间，竟闻到了食物的醇香。

半开放式厨房内，男人显然是刚做好早餐，端着两个盘子走了出来。

见到她，他淡淡道："还不快过来用早餐，小心上班迟到。"

这一幕，让池茹不由得想起了那天他亲自下厨做晚餐的场景。说什么她老爹让他安慰他，所以特意用他们钓来的鱼做了糖醋鱼。平常不轻易下厨甚至还总是指使着她下厨做意面的男人，竟然亲自做了满满的一桌子好菜。

今天，他又亲自下厨做了连带她那份在内的早餐。

要知道，以往他就算是做早餐，都会只做自己那一份，美其名曰让她自己动手丰衣足食。

"孔忘川同志，你怎么突然转性了，对我这么好？"

睨了一眼她那黑眼圈，孔忘川淡定道："看你昨晚被吓得不轻，特意让你受伤的小心脏补补，省得你跑池叔池婶那儿去告我的状说我这个男友不体贴。"

嘁，她信了他的邪。

她去她老爹老娘那儿告他的状告得还少吗？哪一次不是以她被自己老爹老娘无视而告终？而他也从未将她的这些小打小闹放在眼里。

"我怎么觉得你有点反常呢？亲爱的男朋友，难不成你突然对我这么体贴不是因为我老爹老娘，而是因为爱上我了？闷骚什么的是病，得好好治治呢。"

她笑得格外风情万种，又自认为电力十足地朝他抛了个媚眼。

将餐盘放在桌子上，孔忘川直接拿过手机，然后调出了前置摄像头对向她："自己照照。"

"干吗？"她不明所以。

"我审美正常，对你不感兴趣。"

“你眼瞎吗？我这么一个大美女还不算美？”池茹扫了眼手机屏幕，然后一惊。

没有美颜的缘故，相机上她脸上的每一个瑕疵都被放大，她可以清楚地瞧见她的黑眼圈以及她干燥的肌肤。

刚刚洗漱时，她脑子里还想着昨晚的事情心不在焉的，根本就没好好照镜子。

如今她直接惊得飞起，顾不上和他斗嘴便重新飞奔回了房间去补救自己的皮肤了。

经历了早上兵荒马乱的补妆，池茹草草吃了早餐便打车去了公司。

临出门前，她甚至瞧见正在慢条斯理地用 iPad 看新闻的孔忘川钩着车钥匙起了身，似乎是有意送她上班。

只不过她跑得太快，一出门便顺手将玄关处的门关了。

结果，直到电梯上来，她都没瞧见他打开那扇门出来。

她撇了撇唇，深觉自己伤害了一位想要当好好男友的男人的心。

一上午，公司内的气氛都格外沉闷。

小道消息总是传得格外快。所有人都已经知晓温鸣的秘书 Candy 被杀的消息，而温鸣作为嫌犯被警方问询的消息，也不胫而走。

其实池茹也很清楚，根据警方掌握的线索，想要将温鸣完全撇清，除非他能交代清楚他昨晚离开墨城大酒店后的去向，能有时间证人或者监控佐证。

“说出去还真是难以接受，这种事情怎么就发生在我们身边了呢。”

“是啊，咱们公司本来就男多女少，Candy 这么一位大美女又是个能干的，平时明明很得温总器重，温总没理由会毒杀她。”

“错，据我所知，凶手是想要毒杀那个沈茜芊，只不过 Candy 倒霉抢了她的红酒所以中枪了。”

“你们说温总真的杀人了吗？”

午休的时候，茶水间涌入了一批八卦讨论者，小声地议论着此事。

池茹不赞同地闯了进去：“你们和温总认识又不是一天两天，他是那种人吗？而且他忙着公司的事情都焦头烂额了，哪有那个美国时间去做这种事？”

“我这不是想着温总不满沈茜芊对他的纠缠，他有可能就偏激走了极端的路子嘛……”

“你最好收起这样的想法。职场是双面的，无论是上司对员工不满，还是员工无法认同自己的上司，这样的工作再做下去已经完全没有必要了。”

她这话一出，刚刚还在讨论温鸣究竟是不是凶手的人一下子彻底噤了声。

随即，大家又纷纷如鸟兽散了。

李姐拍了拍池茹的肩：“难为你这么力挺温总。说真的，温总这次可能悬了。”

事实证明，没有最糟糕只有更糟糕，还真是被李姐给料中了。

池茹晚上回到云仓公馆后，便迫不及待地追问孔忘川案件的进展。

他虽然忙着自己的物联网公司，但他的能力放在这儿，既然上次被特批成了警方的顾问，那他也能够参与到这次案件中来。而且，现在出事的温鸣是他的兄弟，他更加不可能置身事外了。

所以池茹知道，他绝对能够第一时间知晓一切。

男人见她执意想要知道，也没瞒着。

“夜里武子带人直接去了温鸣的住所堵他，不过他们扑了个空，直到今天早上才等到失魂落魄的他。审问之后，温鸣一直保持沉默，这样的情况对他极为不利。可偏偏又出现了新的证据，直指他就是害死 Candy 的凶手。”

“什么证据？”

“别墅大门的密码锁上留下了他的指纹，泳池边的露天餐台、餐具上也留有他的指纹，厨房那儿还有他做餐时的指纹。”

池茹心里咯噔了一下。

指纹，是最直接也最让人无所遁形的证据。

监控显示温鸣曾在案发前开车来到了现场，监控中男人的体型和所穿的衣服都与他相符，现场更是留下了将凶手直接指向他的指纹。

车子、衣服、指纹，罪证确凿。

所有的一切都表明这一次的投毒案和温鸣有关。

现在的温鸣最需要做的不是保持沉默，而是直接告诉警方他昨晚究竟去了哪里做了什么！

他究竟在搞什么鬼，竟这么不将谋杀罪放在心上！

“我说，温总不交代那晚的去向，该不会是要维护什么人吧？他难不成知道凶手是谁，故意转移警方注意力？”

“电视看多了？”男人伸手摸了摸她头发，“生活不是电视剧，他的为人我清楚，不会知法犯法，更不会泯灭良知去维护什么人。”

池茹默默地听完他的话，深觉挺有道理的。等到她回房去洗澡，才后知后觉地反应过来一件事。

摸头杀！

孔忘川竟然对她施行摸头杀！

这么猝不及防来一记摸头杀，好犯规啊！

—第二十一章—

罪证确凿的嫌疑人 8

嘉州森林花园。

这儿的森林别墅主打的是返璞归真，还未开盘便以“都市中最亮眼的绿色”为销售噱头吸了不少人眼球。事实上，这儿的绿化很足也极具新意，有种森林氧吧的感觉，也确实是墨城最具有绿色创意的别墅区。

此刻，某栋别墅内。

警方正进行二次搜检工作。

此次 Candy 被毒害案，原本案犯的目标是沈茜芊，阴错阳差却死了 Candy。案发现场属于温鸣的指纹以及监控都是铁证，且温鸣有杀沈茜芊的动机。无奈他死活不开口，警方不得不再次搜查他的住所。

“武队，没有搜到氰化钾等化学药物。”

“别墅庭院里也搜过了，没什么异常。”

“卧室、客厅、书房、厨房等楼上楼下所有房间搜下来，都没什么问题。”

“还有他的电子设备，也没异样。”

……

得到这样的结果，武淮远的眉头皱得更紧。

他才回到市公安局，王韬便拿着一份报告跑了过来。

“头儿，查过温鸣的通讯记录，他的号码应该是被人利用非法软件盗用了，给沈茜芊手机上发送的信息不是从他的号码发出的。”

这也就意味着，让沈茜芊去案发现场企图谋害沈茜芊的人，极有可能不是温鸣。

案发现场的所有证据都指向了温鸣，可这几条短信，却又有将温鸣摘清的趋势。

偏偏温鸣这个当事人一言不发，不愿意透露他当晚的行踪。

事情还真是难办。

武淮远翻阅了一下他递过来的文件，沉声道："排查过他最近的通话记录吗？"

"通话记录没什么问题，他最近在为游戏向美输出的事情忙碌，打交道的都是政府人员。邮箱也查过了，全是公事相关。至于私人方面，也查过他的微信微博等账号，没发现什么异样。"

这还真是一件令人头疼的事情。

他沉吟片刻，便直接进了审讯室。

虽然温鸣是孔忘川的兄弟，但大是大非面前，他不可能给温鸣开什么特例。温鸣从被"请"回警局协助调查到现在，一直都被关在审讯室内。灯光刺激，狭小昏暗的空间压力，以及时不时地突击审讯，都对温鸣进行着身体和意志的摧残。

"温总，你现在保持沉默对你没有好处。如果不想真的被冠上杀人凶手的名声，那就请配合我们。"

温鸣下颌处已经冒出了点青色的胡楂，整个人依旧是他们堵到他时的那般颓废，唯独他开口的话没有商量的余地："有任何问题可以联系我的律师。"

这是将拒不合作进行到底了。

一般正常情况下，无外乎就是两种情况。

一、他确实是杀人了，说多错多，索性以沉默来应对。

二、他没杀人，但某些特殊情况让他不愿意开口为自己辩护。

武淮远相信目前掌握的证据，可也相信孔忘川绝对不会交人品不过关的朋友。所以，他才会这么不信邪地继续组织大量人力物力去搜寻新的证据。

“温鸣，死的人是你身边经常追随你左右的人，你就没有一丝动容？不想替她找出凶手？你就这么忍心看她被这么害了？”

温鸣搁置在桌上的手没来由地一颤，他的眼皮微敛，似是在压抑着什么情绪。

最终，他唇畔溢出一道苦笑：“我是不是该感谢武警官，到了这个时候还愿意相信我是清白的？”

“你……你该感谢的人是老孔。我只是不愿意相信他真心以待的朋友会是个社会败类杀人凶手。”

提及孔忘川，温鸣脸上有着愧疚闪过。

他说道：“给我点时间，我……”再想想。

“我来替他回答吧。”

伴随着门被从外面打开，斜刺里一道清晰有力的声音就这么传来。

两人往门口的方向望去，便见一个男人面色平静地走进了审讯室。

孔忘川长身玉立，他扫视了昏暗的室内一眼，蹙了蹙眉。他长臂一伸便要将灯按亮，随即又似想到了什么，他的视线落在温鸣脸上，徐徐收回了按触开关的手。

他身高腿长，几步便走到了两人面前。

伴随着他的走近，他西装外套上那黑色的悼念袖章就这么猝不及防地入了两人的眼。

武淮远当即便有些慌神：“怎么回事？老孔你家里……”有人去世了？

温鸣也关切道：“忘川，你……”

“不是我的家人，是你的家人。”孔忘川凝视着温鸣的眼，“我今天出席了你母亲的葬礼。”

这话一出口，武淮远和温鸣齐齐一怔。

前者是震惊，后者则是垂下了眸。

“你不愿意交代你前晚的行踪，是因为那时的你一直都在医院吧？在外头守着被送入手术室的阿姨，见证她被抢救的每一分每一秒，直到她被宣布死亡推出手术室。”

孔忘川的声音明明不高，却掷地有声。

昏暗的审讯室内，一时之间陷入寂静。

也不知过了多久，武淮远才回过神来，难以置信道：“就因为这个，你不愿意开口解释自己那晚的去向？说出这件事有这么难吗？你疯了是吧？宁愿守着这个秘密让人怀疑你是凶手？”他甚至都要以为温鸣是打算包庇真凶！

温鸣并没有反驳，敛眸不语的样子，看上去竟有着万般的落寞与寂寥。

见他这是不愿意自己说明情况了，孔忘川有些怒其不争：“承认自己在意自己的母亲并不可耻。”

指甲嵌入掌心，温鸣无力地扯了扯嘴角：“她早已不是我的母亲，早在当初她抛下了我和我父亲之后，她就不是我的母亲了。”

他的母亲郑媚，曾是 80 年代末有名的圈内名媛，俘获了无数男人的心。

而他的父亲，便是她入幕之宾中的一员。

在她对他的父亲时不时的微笑及媚眼示意下，彼此确定了关系。

那个年代，对于婚前发生关系比较敏感，他的父亲秉持着礼数，打算先上门提亲。他的母亲却勾着他父亲发生了关系，甚至还未婚先孕。

可悲的是，他的好母亲在和他父亲交往的同时还和别的男人交往，她是在和别的男人颠鸾倒凤时下体出血被送医院后，才知晓自己怀孕的。

只可惜，当时的她昏了过去，医生帮她进行了保胎治疗。等到她醒来时想要打掉孩子，为时已晚，她被告知若强行打胎，她可能也会性命不保。

至此，她不得不歇了打胎的念头。

他父亲一心想着对她负责，然而她却依旧游走于各色男人之间。甚至还打开了新世界的大门一般，在孕期和别的男人玩各类成人间的游戏。

终于，在他出生后，她直接将他扔给了他忧思成疾的父亲，随后公布她终于遇见了能够让她收心的男人，投入了那个比她小五岁的男人的怀抱，和对方组成了家庭。

他父亲忧思成疾，在他三岁时便去世了。临死前，他父亲依旧什么埋怨的话都不曾说。这一切，他都是听自己爷爷奶奶说的。二老都是老实本分的人，不屑于在背后嚼人舌根，所以也就是在他父亲下葬的那天白发人送黑发人情绪激动地提了提，自此之后再没说起。

三岁的年纪，他本该什么都记不住，却还是深深地将这一切印刻在了心头，也牢牢地记下了“郑媚”这个名字。

他恨她的薄情寡性，他恨她的玩弄人心，他恨她的抛夫弃子，他更恨……她可以为别的男人收心，为何就不能为他们父子收心？

这些年，她甚至从来都没有打听过他。

唯独他，犹如一个傻子似的，明明该恨她的，却还是会时不时地关注她，在接到消息说她突发脑溢血时，就火急火燎地赶去了医院。

她的家人可以名正言顺地守在手术室外等着她被推出来，唯独他，名不正言不顺，只能在远处，一脸颓丧地紧盯着手术室的门。

直到……她盖上白布被推了出来。

那一刻，他觉得，他心底的执念终于可以放下了。

他这辈子，注定了不会有母亲。

那一夜，他在医院楼梯间呆坐到清晨才离开，他想了许多事，回忆了许多人。眼角充血，他就这么顶着疲惫的身子在天光大亮之后失魂落魄地开车回到了别墅，却被警察给堵了个正着。

“她儿女成群，压根儿就不稀罕再多一个我，恐怕她早就认定我死在了哪个旮旯里吧。”浸淫商场多年的男人，遇事时惯常沉稳以对，可这会儿，他浑身上下却被一抹悲凉的气息所笼罩，“我这一生都没有母亲，何必再让人觉得我倒贴她倒贴到她临死都要迫不及待地去给她送终？她配吗？”

他的眼因为连续两晚都没有睡觉而血红一片，情绪激动之下，声音猝然拔高。

这一瞬的温鸣，不再是前几天还在纽约和人家谈判游刃有余的业界精英，仅仅是个被亲生母亲所深深伤害的脆弱男人。

所幸因着审讯室内的灯光太过于晦暗，才不至于让他这狼狈的一幕被众人看到。

孔忘川暗暗庆幸刚刚在进门时并没有将头顶的大灯打开。

“温鸣，对于你母亲这么多年来不负责任的做法，若是换作我我也不会原谅，但有一件事我有必要告诉你。”

闻言，温鸣飞快收敛脸上的情绪，哑着嗓音问道：“什么事？”

“我今天出席了她的丧礼，听她先生说，她这些年一直活在悔恨之中，却又觉得没脸见你。察觉到自己身体每况日下之后，她才急了，开始让私家侦探找寻你的下落。也就是在那晚，她终于从私家侦探那儿得知了你的消息，她对着你的照片看了许久，情绪太过于激动，血压上升，脑内微血管破裂，突发性脑溢血抢救无效死亡。”

孔忘川的话，让温鸣有些难以置信。

难以置信过后，只剩下无尽的悲哀。

终于，有泪不轻弹的男人，笑着流下了泪。

他母亲会有这样的结局，实在是太讽刺了。

好笑，太好笑了。

池茹原本以为，温鸣很快便会被证明清白。

可没想到，他们这些员工没有等来老板的归来，反倒是等来了公司的停业。

公司老总出事，又没有一个独当一面的人能够承担起这份重任，公司无法正常运营，温鸣传出话来，员工解散时让李姐协助财务发放双倍的足月工资和经济补偿金。

游戏公司，最需要的就是技术型人才。

公司里好多老人都是高薪聘请来的，就好比三个项目团队的负责人，当初他都是谈了好久才将人家纳入自己麾下的。如今出了事，当然不希望这样的人才流失。

所以他又传出话来，若是谁愿意相信他等他昭雪，可以将这笔钱当作度假补贴，停业期间的薪资会在公司恢复正常运营之后照发。在他接受调查期间，就当给他们带薪休假顺带补贴他们度假之旅的费用，等到被证实清白，欢迎他们再回来。

池茹转正才两个月，不过收到银行卡短信提醒时还是惊了一下。

16000 元的工资和 4000 元的补偿金。

财务那边足足给她打了两万。

“温总这次大放血啊，不仅给了我们带薪休假还给了我们度假的补贴。先说好啊，我是绝对会再回来的。老板这么够意思，我当然不可能背弃他，我相信温总绝对不会做出下毒害人这种事的。”

池茹一打头，项目部的其他人自然纷纷响应。

“跟了温总两年了，他的人品我们当然信得过，相信警方一定会还他公道的。”

“是啊，我就权当带薪休假了，休假回来仍旧跟着温总。”

“对。我还等着我们的游戏走向国际呢。温总可千万不能出事，咱们公司也不能有事。”

“哈哈哈，我不仅舍不得温总，我还舍不得我辛辛苦苦养出来的游戏。自己的游戏自己的娃，可不能半途而废了。必须的，等温总回来，我可得第一时间来给他接风洗尘去去晦气。”

“也不知道哪个挨千刀的这么嫁祸温总，缺德吧，咒他不得好死。”

……

公司里一团和气，大家对温鸣充满了信心。

好不容易奋斗了三个月的职场，因着公司停业，池茹再次恢复到了米虫生涯。

晚上，孔忘川回到云仓公馆，便发现贵妃椅上瘫着一个女人，一边使劲戳着 iPad 屏幕，一边往自己嘴里头丢樱桃。

见他回来了，池茹歪了一下脖子往他的方向睨了一眼，随即收回视线继续和微博上的人掐架。

伴随着《入殓师的成人礼》爆火，现在游戏玩家中还有谁不知道这款游戏？还有谁不知道这款游戏是风尚网络科技有限公司出品的？还有谁不知道这款游戏即将走向国际？

结果却出现了投毒案……

网上对公司老板温鸣的议论自然是层出不穷。

她必须得为温鸣正名，好好跟那些个键盘侠们干上一架。

“躺就好好躺，坐就好好坐，你这副样子是在挑战自己的视力极限吗？”

男人挑刺的声音传来，池茹这才稍稍收了干架的气势。

若是以前，她绝对认定了他这是故意和她作对。

可现在，不知道是不是他护着她亲历案发现场的缘故，还是他听她老爹的话亲自为她下厨安抚她的缘故，她觉得他似乎还挺关心她的。

“孔忘川同志，担心我影响视力就直说嘛，这么婆婆妈妈婉转兮兮的搞得要跟我干架似的。放心，我不会认为你关心女朋友的举动是逾矩的。”

男人轻咳了一声，下意识回道：“你想多了。”

“别扭个什么劲，关心女朋友不可耻。”

“我……”

“我还有话问你呢。”池茹却是打算套他的话，“温总什么情况？为什么警方还不放人？早就过了四十八小时了！他们难道真的认定温总杀了人？”

“这些事你就别管了。”

“我怎么能不管？现在公司停业了，我可是沦为了失业大军中的一员！”

孔忘川神色凝肃：“我只能说，目前为止，温鸣的嫌疑最大。不仅有杀人动机，还有遗留在现场的罪证。”

“不是说只要查明他那晚的去向就能排除嫌疑了吗？警方到目前为止还没查清楚吗？”

“不知。”

丢下两个字，孔忘川直接进了自己房间。

“什么人嘛！自己的兄弟都要火烧眉毛被冠上杀人犯的称号了，你居然一点儿都不着急。”

她骂骂咧咧地从贵妃椅上起来，跟了过去。

岂料，她一拧开门把手，便瞧见了活色生香的一幕。

男人的衬衫扣子悉数被解开，露出里头精壮的肌肤，锁骨的线条性感，胸肌有力，那几块腹肌更是壁垒分明，浑身上下每一处，都在叫嚣着一个成熟男人的魅力。

她朝着他的人鱼线吞咽了一下口水，这才后知后觉地收敛起自己的花痴表情。

“那什么，我什么都没看见。”典型的此地无银三百两。

孔忘川也随着她的话开口：“哦，你瞎了。”

这男人存心咒她呢是吧？

池茹心里恨得牙痒痒，不得不转移话题。

“我就是想跟你说一声，我今天刚发了两万，先转给你两万，加上我之前还你的三万，你的八万七千六百五十八我只差你三万多了。”

刻意强调了一下“八万七千六百五十八”，她说得咬牙切齿。

若不是怕被他发现了，她真想将之前沈茜苄打给她的钱甩他脸上，让自己无债一身轻。

说完，她便急急忙忙地跑了。

殊不知，她身后的男人一直眸色复杂地注视着她离开的背影，良久，唇畔勾了勾。

回到自己的房间，池茹第一反应便是将门一锁，随后趿拉着拖鞋噔噔噔跑向浴室往自己的脸上扑水。

该死的，这男人刚刚不经过她同意就对她进行男色诱惑！太犯规了！

哗啦的水声在洗脸池中响起，她闭着眼任由水的凉意驱散脸上的燥热。

倏地，她的脑袋突然一疼。

脑海中一如之前一般，再次浮现出了立体的画面。

画面中，温鸣吃了什么东西，手一个劲地抠着喉咙，不过短短十几秒便彻底没了声息。

他的口中满是白沫。

而他的眼就那么睁着，眼中满是不甘与痛苦。

6月23日14:45。

想到自己之前预见过的陈大爷孙子和孙媳妇的案子，再想到自己之前预见到的沈茜芊差点惨遭毒杀的案子，那上头的时间，都与她预见到的时间一致。

她怕极了，是哆嗦着身子奔出了自己的房门，再次奔向了孔忘川的卧室。

“孔忘川，温鸣有危险！”

——第二十二章——

真相不过是脑中一场博弈 1

午后的阳光毒辣，整个墨城都被 38℃的高温所笼罩。

警笛在城市上空呼啸，警车经由热闹的市中心，一路往抚宁区的看守所而去。

温鸣的案子情况特殊，所有的证据都指向了他，偏偏他又保持沉默。这样的情况下，警方只得将他按照正常程序移交给看守所，等待开庭审理。

平日里穿戴光鲜的温鸣，此刻坐在后车座上，由两名警员一左一右地看押着。他的双手被戴着手铐，胡子邋遢面容憔悴，整个人都狼狈万分。

前方两辆汽车追尾，车主将车停在路中央谁也不愿意挪车，一个劲地掰扯不清。

道路被堵，各种喇叭声咒骂声此起彼伏，在这燥热的天气里，人也显得格外暴躁。

“这些小兔崽子还真是闹腾，不就一个追尾嘛，谁是尾车谁负全责，这不就完事儿了嘛，尽耽误事儿。”

刘顺将车子停下，和那帮被堵了的车主一样骂骂咧咧了两句。

随即，他从储物柜里拿了两罐红牛出来，丢了一罐给副驾驶座的武淮远：“武队，解解渴。”

他自己则拉开了易拉罐的环，咕嘟咕嘟便将一罐饮料给见了底。

“顺子，你这人不厚道啊，没我们的份儿？”

后车座上，王韬和另一名警员坐在温鸣的一左一右，故意唏嘘出声。

刘顺准备得倒也充足，居然还真的再去拿饮料了，结果被拦住了。

武淮远板着脸："你们这是在执行任务，严肃点。"

后座的王韬立马便老实了。

"武队，天太热，渴了当然得补充水分了。"

刘顺说着便拿了两瓶矿泉水，递给了两人。看温鸣嘴唇干裂又被戴着手铐，他又亲自将一瓶矿泉水拧开了瓶盖，朝温鸣递了过去："你也喝点吧，别说咱们人民警察苛待了你。"

然而，递出去的动作却被副驾的武淮远给截了下来。

刘顺心里一慌，手跟着抖了抖："武队，怎、怎么了？"

武淮远幽深的目光落在他脸上，语气平静："不习惯喝功能饮料，把你手上的水给我吧，我这罐红牛给温鸣。"

说着，武淮远将不知何时已经被自己拧开了环的饮料递向后座。

温鸣确实是渴了，与武淮远对视了一眼，便极为自然地接过了罐子，手铐与罐子发出轻微的触碰声响，随即他便捧着罐子喝了起来。

武淮远将自己的饮料递出去了，伸手就去接刘顺手上已经拧开了的矿泉水瓶。

刘顺下意识地将手往后一躲："武队，我……我再给你开一瓶吧。"

"别说是你没喝过的，就算是喝过了我也不讲究。一瓶矿泉水你在那边婆婆妈妈个什么劲？给我。"武淮远伸手。

明明车内打着空调，此刻的刘顺额上却滑了汗下来。

他看着武淮远朝他伸出的手，刚要装作不小心将矿泉水瓶洒了，岂料却被武淮远直接钳制住了胳膊："外勤当了那么多年，连瓶水都拿不稳了？"

下一秒，矿泉水瓶被武淮远稳稳地搁置在车上的水杯凹槽中，而刘顺的手腕上，也赫然多了一副手铐。

市公安局。

“头儿！证实了那水里含有氰化钾，这是鉴定报告！”王韬拿着份报告急急地跑了来。

接过报告，武淮远和孔忘川对视了一眼，心照不宣地朝着同一个方向走去。

他们料想得没错，果然有人打算对温鸣动手了。

见两位大佬只顾着往前走，王韬着急道：“你们怎么都不说话啊？你们去哪儿？”

“审讯室。”

然而等他们到的时候，却见里头乱成了一锅粥。

“我一直在外头守着，突然听到里头很大一声巨响。一开门进去，便见到他脑袋开花倒在地上了。”

武淮远走过去探了探刘顺的鼻息，随即摇了摇头。

撞墙身亡。

脑袋上的血还在汩汩流着。

对自己还真的挺下得去手啊。

“刘顺是2016年进的公安机关，没有正式编制，一直充当外勤，基本都是干跑腿的活。档案显示他是个孤儿，一路受政府救济和社会爱心人士的资助走过来的，踏实上进，好学勤奋，大学里入了党。当时他通过笔试和面试，政审的时候这些都没查出问题。”

然而，没有问题的人，却还是出现了问题，在他们的眼皮子底下打算杀了温鸣。

“他既然栽赃嫁祸给了温鸣，温鸣也被押送到看守所候审了，他怎么还想着让温鸣死啊？”王韬不解道。

“因为他知道，一旦温鸣主动交代了案发当晚的去向，绝对能够无罪释放。

所以为了让温鸣永远闭嘴，他不惜暴露自己出此下策。”

孔忘川的声音回荡在室内，磁性的嗓音沉稳有力。

王韬抓了抓自己的脑袋：“可他为什么非得要温鸣坐牢或者让温鸣死呢？温鸣不是说根本不认识他吗？”

“这只能说明真正想要陷害温鸣的人另有其人。”武淮远很快便下了结论，“立刻去查刘顺的交际圈。”

“好！我这就去！”

尸体被运走，武淮远和孔忘川回到办公室。

他将投毒案的证词报告取了出来。

上头，是之前孔忘川、池茹、沈茜芊三人给出的详细证词。

“那晚你们到的时候，别墅大门是开着的，你设置的别墅密码有什么规律可循吗？这么容易被人破解？”

“六位数密码，是用我父母和我自己的生日月份组合而成。一般人很难猜想得到。”

“那就只有两种可能。一、罪犯的破解技术一流；二、他能准确猜中你的心思，对你极为了解。”武淮远在本子上写写画画，“可也不对啊，他不是要嫁祸温鸣吗？经过周密部署要害的人是温鸣，所以他该了解的人是温鸣才对，怎么反过来对你这个不相干的人这么了解？”

是啊，这一点，实在是令人费解。

“对了，泳池的问题我们已经调查过了，是由专门的施工团队来进行的。人家说是有人在网上找的他们，让他们去现场清理泳池帮忙蓄水净化。正好是案发前一天，他们去的时候门是开着的，他们顺利进去后，又在现场拿到了一个装着钱的信封，数额和之前网上沟通的一致，他们弄好后就离开了。”

“是个老手，直接走现金渠道，不容易被追查。”孔忘川总结，追问道，

“信封上没线索？”

“唉，别提了，信封是市面上常见的那种。人家施工人员拿到钱之后，钱一分信封就随手扔了，咱们到哪儿找去？即使找到了，估计按照对方的风格，铁定也查不出什么来。”

“那么现在，就只有寄希望于刘顺的交际圈了，希望能有所收获。”

云仓公馆。

孔忘川刚在玄关处换好鞋，原本正在客厅窝着的池茹便飞快奔了过来，极为殷勤地接过他手上的公文袋，又将他挂在臂弯上的西装外套给接过来，替他挂在衣架上。

做完这一切，她才开口问道：“温总怎么样了？是不是没事了？”

男人点了点头：“如你所说，真的有人对他下毒了。”

一听这话，池茹差点就要炸了。

还好还好，居然还真的有人这么胆大包天，如果她没预见到那一幕，温鸣现在岂不是成一具尸体了？

她火急火燎地说道：“孔忘川我跟你说，温总绝对不会是凶手！杀 Candy 的绝对另有其人！武队他们不能冤枉好人啊！”

“那你告诉我，你是怎么知道有人会在今天下午对他下手的？而且你得知的时间竟精确到了分钟。”

今天这一出，显然是他和武淮远、温鸣两人早就商量好了的，但他们也只是猜测背地里那人害怕温鸣交代案发那晚的去向，所以绝对会对温鸣下手让温鸣当替罪羔羊。

他们是纯粹靠猜测，概率是五五开。

可池茹，却是信誓旦旦，甚至刘顺还真的在池茹所说的时间内动手了。

一次又一次，她能提前预知到的事情，早就超出了常理。

池茹不敢看他的眼，躲躲闪闪："我、我不是说了嘛，是女人的第六感。"

"女人的第六感能精确地感应到案发的时间？你倒是让我大开眼界了。"

池茹头皮发麻："你爱信不信。"

丢下这一句，她便将公文包往沙发上一扔，打算甩脸子走人。

岂料孔忘川压根儿就不让她如愿。

他扣住她的手臂，继而一拉，在她将要往他的怀里倒的时候，又伸出双手紧紧箍住了她的双肩，让她正视着他。

"真的如同你对池叔说的那样，你能预见到一些案子的发生？"

每一个字，都炸响在池茹耳畔，在空气中回荡开来。

池茹呆滞在当场。

她能够遇见案发现场这件事，她也只在情急之下对她老爹提及过。

可现在，听他这话，明摆着她老爹已经将她给卖了。

他竟然不顾他亲闺女的叮嘱将这事告诉了孔忘川，他还真是心大，不怕孔忘川将她当成小白鼠交给研究所吗？

"你胡说八道什么呢！我又不是神怎么可能知道这些！"

"一个从来都只顾眼前的苟且不顾诗和远方的人，突然有一天说看了我书房里那些刑侦相关的书籍之后对一系列刑事案件有了兴趣。不仅如此，她居然还能准确地知晓一个大活人即将被害，大着胆子打算单枪匹马去墨城国际水都救人。再后来，又和警方同步知晓了郑榕溪即将被害的地点。去池家住了几天，你又觉得陈大爷的孙子极有可能失手杀了他老婆，让池叔过去劝架，结果还真的赶去及时，只不过阴错阳差陈大爷就此没了。你疑神疑鬼地找到了我买的别墅，又一再提醒我不要将泳池蓄水不要用家政不要让其他任何人进去，说什么女人的第六感那儿会出事，结果还真的出事了。池茹，这一切都是你的第六感？别人的第六感都是儿女情长，你的第六感管得还真宽，都管到家国大事百姓民生上去了。”

池茹硬着头皮接下：“过奖，过奖，我的第六感就是稍稍皮了点儿天马行空了点儿。”

她还真是什么茬儿都敢往下接。

孔忘川被她气笑：“真不打算说实话？”

她嘟囔道：“你把我当小白鼠送去给人做研究解剖我了怎么办，我可不想死。”

一记弹指就这么弹到了她额头。

“痛痛痛。”

肩膀得了自由，她便想借机遁走。

岂料，男人却完全不给她这个机会：“是因为担心我把你送去做研究对象，所以不敢告诉我？就这么信不过我？”

打算不顾一切跑路的女人硬生生一顿，池茹使劲瞪着他：“也不是信不过你，就是觉得吧，你肯定对我会好奇会害怕，甚至对我产生研究欲望。然后吧，你肯定就会在好奇心驱使下把我送去实验室解剖做研究。”

孔忘川含笑睃了她一眼：“我倒是确实对你有研究的欲望。”

闻言，池茹立马一副“我就说嘛”的小表情，那张脸上还有着几分傲娇的神色。

鬼使神差地，孔忘川一步步重新走到她身边，箍住她的后脑勺。

然后，在她错愕地瞪大双眼时，他与她越贴越近。

近到……两人的唇紧紧贴到了一起。

蜻蜓点水，他稍稍感受了一下那滋味。

她还没卸妆，所以他尝到了一点口红。

不过难得的，向来对这类化妆品敬谢不敏的他，这一次竟觉得尝一下口红也不失为一次良好的人生体验。

“我对你有研究欲望不假，不过不是在解剖方面，而是在身体方面。”

温热撩人的气息喷洒在她脸庞，下一秒，他的唇便再次与她的相缠。而这一次，并非浅尝辄止，而是直接突破把守长驱直入，在里头翻江倒海掀起了一翻风浪。

等到一吻终了，池茹已经是气喘吁吁。

脸上的红晕持续飙升，她整个人有石化的趋势。

孔忘川他，竟主动吻了她！

啊呸！是不顾她的意愿强行吻了她！

她鼓起腮帮子，胸腔里的怒意一股股涌动，在即将冲破喉咙的那一秒又奇异地消散了。

说真的，对着他那张秀色可餐的俊脸，她突然怒不起来了！

见了鬼了！总觉得是自己占了他便宜似的。

“放心，我会对你负责，之前我便说过以后会和你结婚，决不食言。”

“不、不用了。”池茹说话有些磕磕绊绊，不过就是一个吻而已，但那可是他的初吻哎，她觉得自己赚到了。

“不过你之前千叮咛万嘱咐我不能向你求婚,所以我会完全尊重你的意见，和池叔池婶报备之后，咱们抽个时间去领个证就行了。”

“什么？我什么时候说不需要求婚了……”

池茹后知后觉地想起了之前自己说过的话——

“孔忘川同志啊，你说你以后会和我结婚，那你在向我求婚的时候会不会特意在这别墅的泳池边弄个浪漫的烛光晚餐啊？”

“那你记得到时候千万别向我求婚。我肯定不会嫁给你。”

她好像在得知孔忘川从华侨手里买下的那栋别墅极有可能会发生谋杀案

时，说了一些乱七八糟的糊涂话。

她怎么可能不需要求婚啊！

啊不对，现在的重点是，她什么时候答应嫁给他了？

经过了那么一出，当晚池茹便失眠了，梦里反反复复都是那个让人遐想连篇的吻。

原本不过就是一个吻，因为梦境太过于具有冲击性，反反复复多次，让她硬是将这个吻给刻入了脑髓，梦里她甚至还自动脑补了接下去的情节。

正当她在睡梦中傻笑时,她浑身上下每一个细胞倏地发出了战栗的警报音。

下一秒，她竟看到自己置身于一个奢华的按摩浴缸中。

她的手腕被割破，染红了一浴缸的水。

而她就这么躺在浴缸内，失去了心跳和呼吸。

“啊——”

池茹惊叫出声，直接从床上惊坐起来。

之前梦到那个吻时有多么甜蜜，之后梦到自己死亡时便有多么惊骇。那种痛与惧，铺天盖地般席卷到了她浑身的每一块骨髓每一个细胞，让她无所遁形。

额上冷汗涔涔，她不断地喘着气。

“池茹，你还好吗？”

房门被敲响，门外传来孔忘川的声音。

久等不到她的回应，他直接开门走了进来。

灯被他打开，一室的黑暗被驱逐，只剩下让人睁不开眼的光明。

空调依旧在运作，冷气将整个室内包裹，池茹分不清是自己的身体冷还是因为害怕而冷，坐在床上抱紧了自己的双膝。那样子的她，脆弱又无助。

“是不是做噩梦了？”孔忘川一步步走向她，语气中带着关切。

见她瑟缩着身子不回答，他的眉蹙得越发紧了些。

这完全不是池茹该有的样子。

他的语气故作轻快道："向来天不怕地不怕的池大小姐居然做个噩梦就怕成了这副熊样？需不需要我给你拍个照录个视频顺带再发个朋友圈和微博留念一下？"

好在池茹听了他的话之后总算是有了反应："你敢！"

"如果你阻止我，那我自然是不敢的。"

男人磁性低醇的嗓音带着一丝蛊惑的气息，一字一句地回荡在池茹的耳畔。

下一秒，池茹便被揽入了一个男性气息十足的怀抱。

猝不及防的拥抱，让她直接跌了进去。

唇，就这么好巧不巧地吻到了他的锁骨上。

"轰——"

她的脸庞瞬间发烫起来。

这下子，她哪里还顾得上害怕？

"我警告你啊，你趁机对我耍流氓的举动是不道德的！再对我动手动脚的话，信不信我报警啊？"

"彼此彼此。"

池茹："……"卒。

面前的男人，穿着一件深蓝色的交领睡袍，给人的印象是古板禁欲。偏偏他睡袍交领处又露出了大把性感肌肤，那锁骨位置，似乎还残留着她刚刚留下的印记。

作为视觉生物，池茹默默移开视线，谨防自己做出不理智的行为。

"刚刚梦到什么了？"

耳畔，男人低醇的嗓音格外有耐心。

她一五一十道："梦到自己死在了浴缸里。"

"做梦而已，肯定是最近接触了太多案件导致的副作用。别自己吓自己。"

经他这么一说，池茹才如梦初醒。

对啊，做梦而已。

并不是预见，而是做梦。

所以，那个场景不会成真的。

她彻底舒了一口气。

“你都不知道刚刚吓死我了，我梦见自己手腕上被划了一道口子，浴缸里的水就这么被血给染红了。最关键的是，那浴缸和你主卧里那一个按摩浴缸完全就是一模一样的！不过好在是做梦，简直是太恐怖了，我都不敢想我自己是放血自杀还是被人放血杀害。不过以我这种怕死的性子，如果真的出事那也肯定是后者……”

知晓仅仅只是一个梦，池茹便开始发挥起了侦探的头脑大胆推测起来。

语气轻松，似乎完全将自己排除在外看待了。孔忘川却不由得收紧了揽着她的手臂。

“一切都会没事的，这样的一幕绝对不会发生。”

—第二十三章—

真相不过是脑中一场博弈 2

六月底。

连续的高温让墨城这座城市置身于炼炉之中，所幸今天终于迎来了雨天，天气总算是少了份闷热窒息感。

赵家。

管家惊慌失措地奔向正下楼的男人和女人：“少爷、小姐，不好了！外头有警察说要请少爷去警局协助调查。”

赵泊楷和赵欣欣皆是一身素色，两人刚经历了自己母亲脑溢血死亡，这些天忙着母亲的丧事，如今母亲下葬，父亲又病倒了。

伴随着母亲的死亡，这个家似乎也有着要散的趋势。

如今又听得这么一说，赵欣欣当即便拉下了脸：“谁让你带他们进来的？赶紧让他们走！”

然而，她的话说晚了。

两名警员已经出示警员证走了进来：“赵先生，请随我们走一趟吧。”

“凭什么要让我哥跟你们走？”赵欣欣发飙道。

“就凭赵先生涉嫌一起投毒案以及一起教唆他人投毒案、行贿案。如今已有两名死者身亡，希望赵先生能配合我们。”

“没有证据的事情就别乱说，我哥才不会……”站在楼梯上，赵欣欣居高临下，她噔噔噔踩着楼梯下了楼，手指便要戳向人家的胸膛抨击指责。

“欣欣，别胡闹！”

赵泊楷及时喝止她。

“我随你们走。”他走下楼，又嘱咐自己的妹妹，“好好照顾爸。”

“哥，你不能跟他们走！”赵欣欣急了，忙去拉他的手臂。

“做错了事就得接受惩罚，欣欣，哥要去接受惩罚了。”清朗的眉目满是寂寥与沉痛，他微抬的眸中似有水光闪现。

公司停业，这段时间池茹却没有心思再当什么米虫，她现在就盼着温鸣赶紧被证实无罪，公司能够重新开业。

大中午的，她正吃着水果拼盘，远在三亚享受阳光沙滩的老池同志和陈汝华女士直接来了个视频通话，随即，她不得不接受了他们长达一个小时的教育洗礼。

挂断电话之后，池茹顿觉心如死灰，她不就是在家里休息没有再去找工作吗？这两人就一口一个“不务正业”冠在她头上。

既然觉得她不务正业，当初怎么不直接将她安排进自家公司？或者直接让孔忘川走后门将她安排进他的公司？

如今她一心扑在温鸣的游戏公司上，等着他被还以清白之后重整旗鼓继续将游戏公司发扬光大，跟着他好好干，结果他们就坐不住了又开始指责她了。

烦烦烦！正在此时，她的手机铃声响了。

是李姐。

她接了起来：“李姐，你不是趁着公司停业和你老公去大西北进行挺进腹地之旅了吗？怎么有空给我打电话了？”

“有一个好消息和一个坏消息，你想先听哪一个？”

“不至于吧，你居然玩这一套。”池茹果断做出选择，“坏消息吧，先苦后甜。”

“坏消息是，我们的假期马上就要结束了。”

“哎，为什么？”池茹面上露出震惊，好几秒之后便露出狂喜，“难不成你的意思是……”

“没错，正是你脑中所想的那样，所谓的好消息就是，咱们公司终于重整旗鼓要重新开业了！”

这果真是个好消息，大大的好消息啊！

“温总这事了结了？不用上庭了？”

“上什么庭？温总那事有不在场证明，压根儿和他没关系。我听温总说啊，他只不过是配合警方故意做做样子引出真正的凶手。”

配合警方故意做做样子……

池茹想到自己担惊受怕为温鸣担忧为公司前途担忧的这些日子，突然之间有些不是滋味。

“温总那边说7月5号公司重新开业，如果咱们还愿意跟着他一块儿干，就在当天去。你我就通知到了哈，我要继续通知其他人了。”

结束和李姐的通话，池茹的脸便鼓了起来。

孔忘川真不是一般的过分。

这件事，以他警方顾问的身份以及和武淮远的交情，他绝对早就知晓了，甚至是亲自参与到了其中。

明知道温鸣有不在场证据，明知道温鸣被警方扣押只是为了配合警方，他居然一丁点儿信息都没透露给她。

在她为他的好兄弟温鸣和他公司担忧时，他居然就这么冷眼旁观，瞒得她这么紧！

抓起手机和钥匙，池茹噔噔噔便往玄关处走去。

她必须得去找他算账！

孔莱。

作为国内物联网企业的杰出代表，孔莱的发展对墨城经济的发展有着举足轻重的地位。它所发展的云平台也为墨城乃至于全国的交易创下了辉煌的成绩，是政府重点扶持的企业之一。

车子停在孔莱所在的大楼前。

池茹瞧着那还在下着的大雨，硬着头皮冲下了车。

实在是太失策了，居然忘记带伞了。

好在就几步路，也就是淋湿了她前两天刚做的头发以及新买的连衣裙，泥水有些溅到了她那双跑断了好几家专柜才买到的限量版高跟。

她一路坐电梯上了二十一楼，结果直接被一扇人脸识别玻璃门给挡在了外头。

好在前台给她放了行，询问她的来意。

“小姐姐，我是孔忘川的女友兼未婚妻，他在公司吗？”早有准备，池茹非常快速地调出手机里她和孔忘川的合照。

之前为了顺利来他公司查岗，她可是千辛万苦弄到了和他的合照。

果然，前台小姐在瞧见了照片之后，先是一惊，后是一脸遗憾，随即又笑逐颜开：“孔总在办公室，请随我来。”

“不需要预约也不需要打个电话确认下请示下吗？”

“孔总吩咐过，如果哪天有人拿着和他的合照出现，只管将她领去他办公室就成，不需要请示。”

池茹撇了撇唇。看来孔忘川这厮早就看穿了她啊。

见她早在八百年前就捣鼓两人的合照，便知道她早有预谋，提早给她打开了方便之门。

被人看穿的感觉还真是……不好玩！

一路走过办公区域，池茹默默接受着众人的目光洗礼，前台小姐将人领到了一个办公室前。她和秘书小姐确认了一下眼神，这才开始敲门。

“进来。”

得了里头的一声应，前台小姐将门打开：“孔总，您女朋友来了。”

“唰”的一下，池茹觉得自己的脸有些烫。

这第一次来孔忘川的公司被她的员工喊他的女朋友什么的，莫名有些不好意思呢。

不过，不好意思归不好意思，她可没忘了自己来这儿的初衷。

她挺直了腰板，雄赳赳气昂昂地走了进去。

自动地将办公室的门关上后，她才对着那个坐在办公椅上的男人发送连珠炮：“孔忘川你什么意思？你和警方那些人早就知道温总是无辜的有不在场证明了，居然还故意将人给扣了那么久。事后你明知道我担心紧张得要死居然还对我只字未提，你存心让我茶饭不思提心吊胆担惊受怕是吧？”

孔忘川停下手上的笔，不遗余力地拆台：“你什么时候茶饭不思了？每天大鱼大肉茶水点心零食水果吃得挺欢的啊。”

池茹面子挂不住，厉色指责道：“胡说八道什么呢！你故意瞒着我欺骗我害我担惊受怕是事实，别想着撇清关系！”

“你毕竟不是办案人员，武子不向你透露是严格遵守纪律的表现，原则问题不能破。”

“诓我呢是吧？我好歹是你的助理！你是警方的办案顾问，我一个助理难道就不能知道案子的真相了？”

“那你想怎样？”

“我要嚷嚷得尽人皆知你欺负我这个女朋友，我要让你公司的人都知道他们的上司是怎样一个卑鄙无耻的人。”看哪个小姑娘还敢偷偷喜欢你！

孔忘川犹如看白痴一样看着她：“如果你真想弄得尽人皆知，你刚刚就不会特意将办公室门给关上了。看来你还是挺有自知之明的，知道自己这么闹腾下去脸面无光。”

被他给说中了，池茹只觉得恨得牙痒痒，他用不用得着对她这么了如指掌啊！

三两步冲到他面前，池茹直接跨坐在他身上让他动弹不得，凶神恶煞地揪着他的领带：“别给我废话！你告诉我，温鸣这案子究竟怎样了？”

大腿突然与女性的臀部亲密接触，孔忘川有些不自在地想要推开她，岂料身上的女人完全不为所动，坐紧了不挪身。

他无奈道：“温鸣他有不在场证明，很明显是有人打算栽赃嫁祸他，再加上有人打算毒害他。从现有证据来看，已经不需要他再配合警方被扣押了，所以他就被放了。目前警方已经查到了一点眉目，正在寻找证据。”

“什么眉目？”

知晓她这是不追问到底誓不罢休了，孔忘川还真是头疼。

一个女人，非得关心这些血腥的案件。

可一想到她总是预见案发现场的事情，他便觉得告诉她也无妨，起码能够让她多一些实际经验，增加她的抗压能力与处事能力。

“那个毒害温鸣的人叫刘顺，是公安机关的外编人员。只不过被人赃俱获带到警局之后，他便撞墙自杀了。排查他的交际圈时，警方发现了一个人——赵泊楷。”

“这人就是栽赃嫁祸温鸣的人？他收买了这个刘顺让他下毒害了温鸣？”

“在案发前几天，刘顺的账户里多了一笔五百万的巨款，而汇款账户，正是赵泊楷，你要不要猜猜赵泊楷是谁？”

池茹翻了个白眼：“我怎么知道。”揪着他领带的手不免松了下来，又觉得手没地方放了，索性便圈住了他的脖子，将自己的脑袋靠在了他肩头。

周身充斥着女人的气息，空气中还有她身上若有似无的香水味。

自从主动吻了她之后，孔忘川总觉得有什么不一样了。

他不仅不排斥她的靠近，反倒是有了上瘾的趋势。如今见她这么乖顺地窝在他的怀里靠在他肩头，竟有种现世安稳岁月静好的感觉。

“赵泊楷是温鸣同母异父的弟弟。”

此话一出，池茹脑子有些嗡嗡嗡地转不过来了。

“温鸣的弟弟？那他怎么会害温鸣？”

毕竟涉及温鸣的身世，在没有经过他的同意前，孔忘川也不好将这些事情大肆渲染开来。

所以，他只是简单道：“大抵是赵泊楷不希望自己的家庭突然增加一个新成员吧，所以千方百计想要让温鸣走得越远越好，甚至不惜将他送进监狱。”

许是他母亲的死以及他父亲的病重让赵泊楷终于醒悟，他在警方审讯时一五一十地将一切都交代了。

原本他的计划是，在案发当晚困住温鸣，让他没有不在场证明。

只不过没想到的是，案发当晚两人的母亲突发脑溢血，温鸣得到消息后第一时间赶去了医院。温鸣开车进出医院的监控视频可以作为证据，医院电梯间以及手术室外监控也可以做证。

在知晓自己不可能顺利将温鸣送入监狱之后，他便买通了刘顺，打算将温鸣毒杀。将事情简短地说了一遍，孔忘川尽量用她能够理解的语言总结了该案件。

只不过越说，他便越是蹙起了眉。

不，一切都太顺利了。

就仿佛刘顺这个人，完全是为了让他们发现破绽而出现，完全就是为了引出赵泊楷这个人。

无论是监控中出现的温鸣的车，以及穿着温鸣衣服的男人，还是遗留在现场的属于温鸣的指纹，都伴随着刘顺的死将一切指向了和他以及温鸣都有交集的赵泊楷。

赵泊楷不过就是个有钱人而已，他或许可以买通刘顺，但他绝对无法买下刘顺的命。试想一下，刘顺无论对温鸣投毒成功与否，都会遭到警方怀疑和调查。

如他所做，他在遭到怀疑时便直接撞墙身亡。

作为一个受贿者，他这样的举动完全说不通。

他从赵泊楷那儿收到的五百万完全就是有命拿却没命花，而且他是孤儿，未婚，也没人能继承他的遗产。

那他受贿还有什么意义？

“喂喂喂，孔忘川同志，咱能专心些吗？说话说一半就发呆，你这样严重伤害了我知道吗？”

池茹不满的嚷嚷声拉回了他的思绪。

他声音有些急切：“我现在得马上去一趟警局。有任何问题等我回来再说。”

说罢，他便打算站起身来。

“话还没说完呢，你走什么走！”池茹却依旧坐在他腿上不愿挪动。

“池茹，站起来。”他和她打着商量。

“不站。”

女人执拗起来，往往有着让男人无从招架的功力。

两人推推搡搡间，池茹发现自己身下坐着的位置似有什么在朝她打着招呼。

她震惊地睁大了眸，对上他的眼：“你你你……”

视线漂移，直接移到了两人相贴的部位。

“这是男女之间身体摩擦之后产生的正常反应。”

孔忘川脸庞泛起了一丝红，却还是故作老司机般做出解答。

“你说得好有道理。”池茹硬着头皮夸了一句。

既然都已经这样了，孔忘川自然只能等待着自己的身体恢复正常。

他索性也不急着去警局了。

只不过，当气氛徒然安静之后，空气中的每一粒因子都似在讲述着缱绻的暧昧。

他的鼻尖充斥着她的呼吸她的气息，而她的脸就这么放大在他眼前，她那莹润剔透的唇就这么在他眼皮子底下招摇过市……

本能占据了上风，他朝她的唇覆了上去。

池茹突觉唇上一阵温热，男人的吻已经落了下来。那吻夹杂着侵略的气息，一路撬开了她的牙关，纠缠着她的唇舌。

甜蜜从口腔中一处处溢出，席卷着她的周身。

她从未想过，自己有朝一日居然会配合他的索吻，就如同她从未想过，有朝一日孔忘川竟会一而再再而三地吻她……

这种感觉，新奇而又美好。

她甚至觉得，能和他这样一辈子也不错。

甜滋滋的粉红色泡泡就这样一串又一串地冒了出来，池茹的脸色酡红，沉醉其中。办公室内的气温一寸寸升高，似有大火燎原的迹象。

池茹被这种高温所笼罩，大脑混混沌沌。

眼前是大片大片的红色。

她仿佛瞧见了被血染红的浴缸。

她就这么穿着一件单薄的睡裙躺在浴缸中，手腕处是一道触目惊心的划痕。

划痕处的血就这么一直不断地涌入浴缸中，一滴一滴汇聚，永无止境。

滴答滴答。

极有节奏的清脆声音，就这么落在地板上。

循声，她可以清楚地瞧见浴室里还有一个人。

准确地说，是一个男人。

男人正面向浴缸中已经死去的她，手中的水果刀上，正一滴滴往下滴着血。

池茹只能瞧见男人的那双手，苍劲有力，指骨分明。

其余的，一概无法窥探。

所有的画面就这样被定格。

立体的画面犹如之前，显示出了具体的时间。

7 月 31 日 22:38。

池茹豁然睁开眼，一把推开正欲和她做深层次交流的孔忘川。

她的眉头紧紧地拧在了一块儿，心里突突地跳个不停。那种慌乱恐惧，伴随着她那失去了血色的脸，看着让人心惊。

不，不可能的。

这一幕不是做梦吗？

明明是她做梦时梦到的画面啊。

为什么会突然化身为她预见到的画面？

一个月后，她会穿着睡裙死在放满水的浴缸中？

这样的认知，让她根本无法接受。

之前的每一次，她预见到的都是别人的死亡。那毕竟不是她自己，她尽管好奇震惊害怕恐惧，但这些都是有一个度的。

预见到别人的死亡和预见到自己的死亡，完全是两码事。

那种感觉，就仿佛自己随时随地都要崩溃，都要爆炸。

察觉到她的异样，孔忘川忙站起身将她揽入了自己的怀中："怎么了？"她眼神中的那种惊骇，让他不确定是否刚刚自己情急的行为伤到了她。

池茹脸上的惊惧与茫然伴随着他的举动，一点点消散。

随即，她的视线落在他的俊脸上。

她犹如抓住了救命稻草一般猛地抱紧了他的腰："孔忘川，我刚刚又预见到了可怕的画面！"

闻言，孔忘川一怔。

知晓了她能预见到未来的某些命案时，他便做好了陪她一起面对陪她一起找寻真相的准备。

他紧张道：“你刚刚预见到什么了？”能让她那般惊骇，想来应该又是发生了什么让人悬着心的命案吧。

池茹的声音都发着颤：“我……我预见自己被杀了。”

女人的声音落地，孔忘川的呼吸一凝：“什么？”

他忙伸手按住她肩头，一眨不眨地凝视着她的眼：“池茹，我需要你仔仔细细地将你预见到的一切告诉我，不要遗漏掉任何一个细节。”

和他那双深邃如同星辰点缀的眸对视，池茹突然之间觉得自己所有的恐惧因有了他的出现，竟奇迹地少了一丝。仿佛只要有眼前这个男人在，她就绝对能够平安无事。

她很清楚，这是出于对他的信任。

她尽量缓和了自己的语气，努力将这一切详细化：“时间是一个月后，7月31日22:38。我预见到自己被一个男人割了腕放在了浴缸中，对，那浴室的浴缸我记得很清楚，和你主卧洗浴室里的很像。”

孔忘川在听到她所说的时间和地点时，紧绷的俊脸笼罩上了黑云。

若地点真的是云仓公馆，那只能证明那凶手的神通广大。

“放心，我们还有一个月时间，无论一个月后是否真的有人要杀你，但我敢保证，我绝对会揪出那个人。”他继续刚刚的问题，“你说你被一个男人割了腕，那你可以看到他的长相吗？或者他身上有什么让你格外印象深刻的印记？”

“我只预见到了他的手，他的手握紧了水果刀，那把水果刀上还在一个劲地往浴室地板上滴着属于我的血。滴答滴答，那声音听起来格外瘆人。”

“既然你只预见了一只手，那你凭什么断定那只手的主人是一个男人？”

“因为那只手一看就是男人的手，苍劲有力的那种，手指也很修长，手的肤色的话……”池茹一把抓过孔忘川的手，“和你的手肤色是一样的。”

孔忘川启唇：“不、不对。”

“哪里不对？”

“你能精准地说明手的特征，也就是说，他杀你的时候是没有戴手套的。那么，他极有可能不是预谋杀人，而是临时起意。”

大晚上的，敏感的时间点，如果真的有人偷偷潜入，绝对会小心谨慎不让自己在这个家的每一个角落留下任何的指纹。

而且，如果案发地点真的是他主卧那边的浴室，他不可能浑然不觉。

心里有种不好的预感，孔忘川望向还被池茹抓着的手。

相同的肤色……

按捺下心底泛起的惊涛骇浪，他努力让自己镇定下来：“不排除对方大意自负这一点。”

池茹顺着他的思路想了片刻，最终沉重地点了点头。

“你说，如果这一切真的发生了，那我那时是不是被人伪装成自杀杀死在了咱们的住所？什么仇什么怨啊那人要这么对我！我这么貌美如花人见人爱的，按理说不该和人结仇啊，难不成是有人嫉妒我的美貌？那更不该了啊！杀我的明明是个男人啊，男人嫉妒我干吗？”

女人天马行空地发散思维，孔忘川却始终处于心神不宁的状态。

希望事情并不会像他所想的那般糟糕。

—第二十四章—

真相不过是脑中一场博弈 3

市公安局。

审讯室外头的观察室。

王韬通过镀膜单向玻璃瞧着里头的两人，不解地问身旁抱臂围观的武淮远。

“武队，咱们不是已经审过这赵泊楷了吗？他也老实交代了。孔指导员，不，我说的是孔顾问，他怎么亲自去审赵泊楷了呀？难不成案子又有什么新的变故？”

“不一定。”武淮远也有些摸不准，“按理说赵泊楷犯罪已经是板上钉钉。”

两人脸上都有着不解，视线投向审讯室，不愿错过里头的每一句话。

审讯室内。

孔忘川和赵泊楷分坐两头。

头顶的灯光是正常的，没有刻意营造压抑的氛围。

“我需要你知无不言言无不尽地回答我的每一个问题。”

孔忘川率先开口，语气极为凝重。

也不管赵泊楷的意愿，他继续飞快继续问道：“第一，你为什么会选择我的别墅来进行投毒？第二，你是怎么破解我别墅的密码的？泳池是你让人清理干净并且蓄上水的还是？第三，你是怎么认识刘顺又是怎么一步步收买他的？”

这些问题一出，观察室内的武淮远如同醍醐灌顶。

对嘛，他就说嘛，这小子如果真的要嫁祸温鸣让温鸣蹲局子，首选的应该是温鸣的别墅，而不是孔忘川的啊。之前他就隐隐觉得有些奇怪，却又想不起来是哪里，敢情是这个啊！

赵泊楷身上穿着的衬衫已经皱巴巴的了，甚至还有着汗渍。

他似乎也看明白了一切，在接受审讯时一直都是知无不言言无不尽。

此刻，他听了孔忘川的问话之后虽然略作犹豫，还是格外配合地回答了起来。

“温鸣住的嘉州森林花园安保严格，我没办法进去。只能退而求其次，找一个风景优美适合约会的地方。正在我苦思冥想的时候，有人给了我一个地址和密码，还嘱咐我好好布置泳池。我搜索了一下那个地带，确实是很符合约会，所以我提前一天在网上请了人来维护泳池。”

“等等！你刚刚说是有人给了你一个地址和密码？那人是谁？”

“我不知道，我就是在论坛里发牢骚开玩笑似的将我的想法发了个帖子，然后那人私信了我。”

此言一出，无论是审讯室内的孔忘川还是观察室的武淮远皆是一怔。

孔忘川朝着外头正注视着里头动静的武淮远做了个手势，后者会意。

几分钟后，审讯室的门被打开。

特殊网络犯罪调查科的人抱着台笔记本电脑出现，他的身后跟着武淮远。

又是几分钟过去。

“发私信的人看来是个老手，清除了所有可能留下痕迹的东西。另外，他的具体 IP 锁定不了，我唯一可以确定的是发私信的人在墨城本地。”

“好的，谢谢了。”武淮远道谢，让他先离开。

审讯室内，只剩下三人。

对于突然又掺和进来的一个人，孔忘川和武淮远都心知肚明。若赵泊楷所说皆是事实，那么这一切的背后，绝对有一个人在暗中推波助澜。

然而对方太狡猾，根本没有留下任何的痕迹。

“你再回答我，你是怎么认识刘顺并一步步收买他的？”

“温鸣涉嫌投毒被抓之后，我一直都在等着结果，耐心快要告罄。有一天，我去公司附近喝下午茶，听到了刘顺在打电话抱怨，说什么公安局的外勤人员不好当，做牛做马却只有那么点钱，还说什么他最近还参与逮捕了一个投毒案的嫌犯。我便等他打完电话后主动上前搭讪，还替他买了单，一来二去便熟悉了。我得知他欠了大笔高利贷快被债主追杀了，便用五百万收买了他。”

有关于他收买刘顺的这一点，听起来确实挺合情合理的。但若联想到刘顺受贿却到头来什么好处都没捞到反而还赔了命，便显得格外不合理起来。

而且据警方调查，他根本就没有债台高筑，所谓的高利贷债主根本就不存在。

指腹在桌面上轻敲，孔忘川的大脑飞快运转开来。

刘顺。

刘顺。

刘顺。

正如刘顺的死引出了赵泊楷。那么有没有一种可能，刘顺并非是被赵泊楷接近并收买，而是他早就在那儿候着赵泊楷，并一步步引着赵泊楷来收买他？

那么，他究竟为什么要这么做？

“这个刘顺查出来是孤儿对吧？”

武淮远点了点头：“没错，他十岁那一年父母在一场银行抢劫案中丧生，没什么亲戚，便被送到了孤儿院。后来被政府和好心人士资助一路上学，在他十四岁那年发生车祸差点瘫痪，之后身体一直都很健康。”

“银行抢劫案？”孔忘川一下子便抓住了敏感的字眼。这几个字，让他想起了他此生的噩梦。

武淮远点了点头：“正是你父母因公殉职那一次的银行抢劫案。”

心里的疑惑得到了证实，孔忘川反倒是平静下来了。

他飞快整理好了思路：“你回头让人去调查一下那些资助人士的名单。”

“已经让人查过了，名单也已经到手了，你现在就可以随我去过目一下。”

两人临出审讯室前，孔忘川回头。

灯光下，赵泊楷垂头，仿佛将此生所有的力气都用尽了。

孔忘川倏地又想起了什么，好奇道：“你既然决定了给别人投毒嫁祸给温鸣，那为什么不索性给温鸣投毒？”

赵泊楷依旧垂着脑袋：“虽然我不希望我母亲寻到他，但他毕竟是母亲的孩子，我不想将事情做得这么绝。”

“那你后来为什么又想着收买刘顺给温鸣投毒？”

男人的眉眼一点点放柔，带着一丝缱绻与依恋：“我母亲在地下太孤单了，她临死前心心念念的是找到温鸣，那我自然要送温鸣去地下见她了。”

孔忘川随着武淮远去查看资助者名单。

“这份名单范围很广，人数众多。我特意撇开了对福利院这个整体资助的人。而是重点排查单独资助刘顺的，查出了三个人。其中两位都是圈子里出了名的大善人，也单独资助过许多其他孩子，没什么问题。另外一个叫陈泽民，是个中了彩票之后暴富的彩民。他是在刘顺十四岁那年发生车祸时开始资助刘顺的，当时他又是出钱又是帮着找到了这方面的权威专家，一路帮助刘顺摆脱了一生都要瘫痪在病床上的命运。”

“如果是这样，那一切就都说得通了。对方帮助刘顺走出了人生的低谷，让他能像正常人一样生活和工作。他绝对对那人抱有极大的感恩之心，不惜一切想要报恩。”孔忘川下着判断，问道，“陈泽民对于自己这么煞费苦心地资助刘顺有交代过原因吗？”

“据陈泽民所说，他没有子女，所以打算从孤儿院领养一个孩子来好好培养将来继承他的遗产。据调查走访，他平日里锱铢必较，对邻居家孩子也会时常凶骂他们，将他们赶离自己视线范围，所以这理由完全站不住脚。”

孔忘川肯定道：“这人有问题。”

“对。只不过等我们再回头去找他时，却发现他已经跑路了，线索也就断了。”

“必须尽快找到这个人。”

“我已经加派警力去寻人了。”

“武子，我建议你立刻向上头申请对他进行全国通缉，偷窃、杀人等罪大恶极的罪名可以用起来。”

“不、不用闹得这么严重吧？咱们这是罗织虚假罪名啊。”

“不，我们只是将他锁定成了犯罪嫌疑人，并没有直接往他身上扣罪名。再者，事出反常必有妖，他的背后必定隐藏着一个人让他一直资助刘顺，再让刘顺为那人所用。那个人，极有可能就是诱使赵泊楷在我别墅毒杀 Candy 嫁祸温鸣，又令刘顺假装被赵泊楷收买去毒杀温鸣，事后又心甘情愿为保住他而撞墙自杀的幕后之人。这几起案子涉及了人命，必须往深了挖，情况紧急绝对不能让陈泽民跑没影了。”

“行，听你的。我这就去打报告！”

走出市公安局，孔忘川坐上自己的车。

他并没有急着发车，而是发呆般怔忪了起来。

所有的一切，似乎被一条无形的线给束缚着，牵扯着。他想要解开这根束缚了一切的线，明明很近，却又格外遥远。

也不知过了多久，他拨下一个号码。

对方显然正在忙，一连好几个都未接听，直到第四个，对方总算接了起来：“是忘川吧？”

“周教授，您现在研究所那边忙吗？”

“忙！每天都忙得很啊。这不，你今天也是赶巧了，我刚结束一个封闭式实验，正巧出了实验室，要不然啊，也不知道什么时候才能够发现你这通未接来电。”周教授慈和的声音传来，“你是不是找我有什么急事？对了！我想起来了，过一阵子就是老孔他们的忌日，瞧我都差点给忙忘了，到时候你小子可不准偷偷一个人去墓地伤春悲秋，必须得带上我。”

经周教授这么一说，孔忘川的情绪霎时便有些纷乱起来。

是啊，马上就是自己父母的忌日了。

他高二那一年，他们便因公殉职了，一晃竟这么多年过去了。

“您放心，今年我不会是一个人的，届时如果您研究所有空，我一定等着您一起。”

“哟，你这么一说，我怎么觉得你小子有情况？是给自己找到媳妇儿了？”

“嗯，到时候介绍你们认识。”

之前他虽然和池茹成了男女朋友，但两人都心知肚明，这段关系不过是为了应付瞎操心的池父池母。所以，他父母的忌日，他从未带她去看过他们。

可今年不一样了。

他很确定，他将来一定会娶她，他单身了这么多年也只对她有感觉。

他不希望因为自己的迟疑造成她的离开。

所以，他会带着池茹一起去见他的父母，亲自将她这个准儿媳妇带到已逝的父母面前。

“哈哈哈，好好好，那我可要好好替你父母把把关。”周教授朗声大笑。

孔忘川直视着市公安局前那敞亮的标志，正上方的警徽，仿若伸张正义的一把剑，斩尽人间不正之风。

“周教授，我今天找您，主要是有一件跟我未婚妻相关的事情想要请教您。电话里谈有些不方便，您有时间和我面聊吗？”

“是有关于哪方面的？”

“人体大脑产生的某些特异能力。”

7月5日。

风尚网络科技有限公司重新开业。

让人叹服的是，重新开业当天，所有曾经的员工都回到了之前的工作岗位，继续为公司发光发热。

之前温鸣毕竟涉及了命案，有些事情必须澄清。

所以这一次的重开业仪式举办得格外隆重，还邀请了各方记者，车马费付了出去，那些记者也一个个都是人精，围绕着此次温鸣含冤以及《入殓师的成人礼》进行展开，将温鸣从投毒案中摘了出去，然后又宣扬了一把游戏走出国门的事。

仪式过后，温鸣让人带着记者们去了早就安排好的餐厅，盛情招待了人家。

与此同时，他则和员工们再次去了墨城大酒店。

上一次在这儿聚餐的那晚，他涉嫌投毒杀人。

而这一次，依旧是在这儿，他再次和依旧愿意相信他跟着他走的全体职员相聚在这儿。

“感谢大家愿意相信我温某人，从今往后我一定带领我们公司走向辉煌，走向美国纳斯达克。让每一个员工都能够拥有公司上市的原始股份，做公司的主人，而不是纯粹替我打工的普通员工！”

温鸣一番激情洋溢的话，鼓动了大家的热血。

大家鼓起了掌，又有人忍不住吹起了口哨，其乐融融。

“温总，如果我说我是为了你额外发给我们的工资以及带薪假期和旅游津贴而留下来的，会不会太实诚了些？”

有人开起了玩笑，其他人自然也不甘落后。

“对，我可是冲着温总给的高福利才留下来的，跟着温总，吃香的喝辣的，妥妥的。”

“你们几个单身汪能考虑下我的感受吗！和老公正浪漫度假呢就被紧急召回，我不管，温总必须得多补偿我几天年假。”李姐也凑热闹。

好几桌人，气氛十分融洽。

池茹作为其中一员，脸上也满是笑意。

这一刻的她，只是欢声笑语中的一员，暂时将自己预见到被人杀死在浴缸中的事情给遗忘了。

“温总，我敬你一杯。祝你被还了清白，也祝咱们公司前程似锦。”

“谢小池吉言。”

温鸣豪迈地将满满一杯生啤给一饮而尽。

瞬间，又是一阵起哄声响起：“温总，既然你受了小池的酒，那你也得受我们的酒啊，要不然咱们可都得怪你厚此薄彼只顾着亲近美女了。”

温鸣心情好，来者不拒：“行！看今天你们谁能将我喝趴下。不过说好啊，即使将我喝趴下了，你们下午还是得照样上班，今天可是公司重新开业的第一天，你们都别想着偷懒。”

“啊，怎么下午还得上班啊……”整齐一致的颓废声响起。

不过到底还是顾忌着下午要上班，大家都没敢真的敞开了喝。

下午的工作，对于程序员们而言，便有些累了。毕竟荒废了这么多天，好多工作都得马上捡起来。

至于池茹,则在三点半的时候给大家安排了一场有益身心的室内网球运动。

至于所谓的下午茶也省了，毕竟中午的时候大家都吃撑了。

晚上下班，她极为准时地拎包走人。

没想到刚走出大厦，便见到了一辆熟悉的车，以及，熟悉的人。

这是她第二次见到这样的场景。

只不过上一次，是他们两人响应她老爹老娘的号召回池家那边用晚餐，他极为不甘不愿地来接她。甚至连他的人都没下车，车后座的玫瑰也让她空欢喜了一场。

然而这一次，池茹倏地被刷新了自己的认知。

这绝对是有生之年系列啊！

她居然在有生之年瞧见孔忘川捧着一束花倚靠在车门边等她？那什么，他应该是在等她吧？可别又自作多情了。

“回神了。”男人磁性的嗓音近在咫尺。

池茹一回神，便见到了他那张放大的俊颜，以及被他递过来的大束香水百合。

她难以置信：“送、送我的？”

“难不成这儿还有第三个人？”

池茹还真的前后左右看了看，正是下班的点，走出大厦的人不少。

她一本正经地点了点头：“这儿当然有第三个人了，而且还有第四第五第六等等多的人。”

见她这么故意装傻充愣，孔忘川抱着花就要走。

“哎哎哎，你这不是送我的吗？你怎么能这么没毅力才一句话的工夫就不送了呢？连点追求者的样子都没有。”她赶紧巴巴地追了上去。

闻言，男人果真顿下了脚步。

他的脸上似笑非笑：“咱们八百年前就是男女朋友了，在池叔池婶的见证下如今我就是你的未婚夫，哪儿还需要再追求你？”

他这话一说，池茹顿觉心塞无比。

别人家的男友追女朋友，那叫鲜花礼物影院游轮等等，都不带重样的。

轮到她时，她老爹老娘居然一开始就将她给贱卖了。啊呸！是将她直接打包送给了孔忘川。

心酸，实在是太心酸了。

“你就不能让我享受一下身为女友该有的待遇吗？让我也过过被追求的瘾！其实吧，我也是很好满足的，只要你每月给我买买买让我刷刷刷，我的心就会为你剧烈跳动，一定会爱你爱到天荒地老海枯石烂……”

她的话还没说完，孔忘川便将大束香水百合往她怀里一丢。

在她怨念的目光中，他取出皮夹，打开。

然后，他慢条斯理地抽出一张卡，递给她。

一系列动作，仿佛都被放慢了速度，在池茹眼前以一帧一帧的缓慢进度展开。

她的眼睛早在孔忘川掏钱包的时候就发直了，见他将一张卡递给她，她的小眼神一下子就亮了起来，脸上也多了一丝谄媚。

“嘿嘿，这是给我的吗？不会我买买买之后，你又像之前一样指责我乱花钱让我打工还钱吧？”他可是大名鼎鼎的吝啬孔啊！

“这是身为女友的特权，之前未曾对你开放。我保证，现在以及将来，该特权都会无条件为你保持开放状态。”

池茹一手抱紧了花，另一手小心翼翼地接过卡，犹如膜拜般狠狠在卡上亲了一口。

“你总算是上道了一回啊，终于当了回好男友！”

孔忘川的脸色黑了黑：“你是不是吻错地方了？”他伸出一根手指指了指自己的脸颊。

池茹立即心领神会。

哟呵，这男人居然跟一张卡吃醋？

她非常从善如流地往他脸颊上亲了一口，随即快速远离：“赶紧上车，我可不想被人围观说什么被咱们强行喂了一嘴狗粮。”

说完，便如做贼心虚般抱着花上了副驾。

想想又不对，她忙探过身子将花束小心翼翼地放在车后座。

孔忘川也紧随着坐上车：“我预约了一家潮汕菜餐厅，现在过去吧。”

池茹忙嗲着嗓音道：“怎么办啊，伦家今晚只想吃你亲手做的菜呢。”

男人颇感无奈地睨了她一眼，随即启动车子：“行，那就由我亲自下厨。”

万万没想到他竟这么好说话，池茹甚至都有些蒙。

今天他不仅亲自接送，还送花送卡，甚至还附送亲自下厨。

天上下红雨了？他竟然真的在认真追求她！

心底隐隐的雀跃蔓延开来，池茹脸上笑出了一个酒窝。

以前的自己明明该嫌弃他对她的抠门，嫌弃他对她的不屑一顾的，可不知从什么时候开始，她竟开始依赖起了他的存在。

许是在自己最开始预见了骇人的案发现场的那一刻便开始了吧。

他陪着她一路走来，愿意相信她预见到的画面并帮她阻止案件的发生，一点点帮她解开她预见到的谜团。

他一直都格外优秀。

朝夕相处之下，爱上他只不过是顺其自然的结果罢了。

“孔忘川，你对于我的预见能力，有没有什么线索啊？还有我被杀的事情，你得赶紧想想办法啊，我可不想这月底就一命呜呼了。我对这个世界有着最深沉的爱呢，我舍不下。”

一个刹车不当，车轮与地面摩擦发出剧烈的声响。

孔忘川的脸色不知何时紧绷了起来：“我绝对不会让你有事的！只不过目前我对于你的预见能力并没有什么头绪。我请教了专注于大脑研究领域的周教授，他也说这事情太过于诡异，现阶段人脑不可能发达到能预知凶杀案的地步。”

“你居然这么传统真的去请教专家了呀？这年头不是穿越啊重生啊科幻啊

挺多的吗？兴许我的大脑就和科幻片里的主角一样，拥有了特异功能呢？干吗非得从科学的角度出发？有些事情从科学角度是完全解释不通的。”

“池茹，有一点你必须得明白，这是现实社会，不是虚拟世界，科幻片那一套行不通。我们必须着眼于现实，先剖析一切有可能的因素，等到这些因素被一一刨除，真相便近在眼前了。”

男人的眉眼深沉，沉哑的嗓音透露出绝对追查到底的自信。

—第二十五章—

真相不过是脑中一场博弈 4

孔莱。

办公室内，孔忘川正在处理紧急文件。

前段时间，他忙于智能交通在北京开展试点的事情，成日里飞来飞去周旋各地。温鸣的事情出来之后，他又将事情交给公司里的副总进行处理，不过好多事情还是需要他来定夺。

电话响起，他接了起来，武淮远激动的声音传了过来。

“老孔，陈泽民那厮终于被逮到了！这老小子嘴还挺硬，我不眠不休花了整整十八个小时终于撬开了他的嘴！”

他脸色一紧：“究竟是什么情况？”

“你肯定想不到让他资助刘顺的人是谁！”武淮远情绪激动，“那人叫卢怀史，是个长期居住在伦敦的华侨。刘顺十四岁那年出车祸，就是卢怀史以陈泽民的名义动用各种关系请了伦敦方面的专家去给刘顺做治疗，挽救了他瘫痪一生的命运。后来，他一直都假借陈泽民的名义秘密资助着刘顺，而刘顺也对他这个再生父母保持着最大的感恩。”

“卢怀史……”

孔忘川在唇畔呢喃着这三个字，总觉得这个名字有些耳熟。

“对，怪就怪在这里。这年头爱心人士不少，很多海外华侨人士出国后仍心系国内，也时不时会做一些善举，成立慈善机构或者资助贫困人士之类的。

单独资助一个大洋彼岸的人不可疑，可这么大费周章地花了一大笔钱特意编造理由让别人来资助，这一点就值得怀疑了。”

“卢怀史现在人在伦敦？”

“他回国了，且正在墨城。”

只此一句，孔忘川脑中的一根弦瞬间便有了将一切串联成线的趋势。

刘顺背后的人，是他。

是他让刘顺假意被赵泊楷收买，完成对温鸣的毒杀。

而且正是因为他在刘顺的孤儿生涯中有着非同一般的意义，对方才宁可自己撞墙自杀也要保全他。

卢怀史如今人在墨城。

对，这样就和论坛里私信给赵泊楷的人对上号了！

是他，告诉了赵泊楷他的别墅地址，建议他在那儿毒杀沈茜苄，却阴错阳差杀了Candy。是他，破解了孔忘川的别墅密码。

卢怀史。

等等！

卢怀史，孔忘川太湖边那套别墅，不就是从一个叫卢怀史的华侨手上买来的吗？

这些都是让助理去谈的，所以孔忘川也没有和这人见过面，不过合同中，他似乎看到过这个名字。

“武子，我发现了一点有意思的事情，你知道我太湖那边的别墅是从谁手里买来的吗？”

“哎？你之前不是说是从一个华侨手里……”话戛然而止，武淮远语调有些不稳，“华侨？你说的有意思的事情，难不成这人就是……”

“对，如你所想。这个卢怀史，正是我这座别墅原先的主人。”他从保险柜里拿出那份房屋买卖合同，瞧着原房主的名字，仿若眼前的迷雾被一点点拨开，“武子，我现在怀疑他极有可能就是撺掇赵泊楷将毒杀地点改在我别墅的人。”

“明白！他确实是可疑，我这边会让人时刻蹲守他的，我倒要好好查查他私底下有什么烂账。”

七月中旬。

老天似乎也在为这一天默哀，下起了淅淅沥沥的小雨。

一大早，池茹便被孔忘川从床上挖了起来。

“喂喂喂，我可是很保守的，你怎么能动不动就闯进我房间偷看我穿睡裙的美艳样子！啧啧啧，孔忘川同志，我代表组织上严重鄙视你的好色行为。”

无视她的瞎嚷嚷，孔忘川兀自将她的被子给掀开：“赶紧起床，带你去个地方。”

“什么地方？难不成是你打算向我求婚了？”

“嗯。”

男人的这一句，让池茹一下子从床上奔了下来，直冲向浴室洗漱。

没办法，毕竟之前阴错阳差，是自己让他千万别求婚，这才自打了嘴巴。如今他居然说要向她求婚了，她当然不能错过。

这可是孔忘川这个不解风情的男人主动求婚哎。

然而，接近一小时的行驶，车子到达山青陵园时，池茹彻底蒙了。

“别告诉我你是打算在墓地向我求婚。”天底下有男人求婚时选择在墓地？这怕是求的假婚吧？

“如果我说是呢，你会拒绝吗？”

孔忘川的眉眼柔和，眼神凝视着她，不似玩笑。

见他如此认真，池茹也紧跟着收起了自己的小心思。

他为什么选择陵园？为什么突然带她到这儿来？为什么会特意选择在今日？

她并非真的没心没肺，有些事她只是一时疏忽，如今经过了这么明显的暗示，她立马便想到了什么。

“如果你是在我未来公婆面前向我求婚，那么，我当然不拒绝。”她笑得格外温暖，末了又补充道，“不过，你记得对我下跪哦，还有，钻戒不能少。”

孔忘川捏了捏她的手心，侧过身子为她解开了安全带。

“好。”

一个字，就这么刻在了池茹的心尖儿上。

孔忘川一手撑着把黑色的大伞，另一手揽着池茹的腰肢，而池茹的手上，则抱着一束马蹄莲，两人一路进了陵园，沿着石阶而上，最终来到孔父孔母的墓碑前。

没承想，那儿早站着一个撑着伞的人了。

“周教授。”孔忘川朝老教授打招呼，并适时为两人做了介绍。

被称为周教授的男人六十多岁，伞下的他头发已经有些斑白，却看起来精神矍铄。

他见到孔忘川，刻意板起了脸：“就知道你小子肯定会有了准媳妇儿就忘了我，所以我也就知情识趣，早早自个儿先来看老孔他们了。”

转向池茹时，他笑得格外和蔼可亲：“你这丫头和他交往，没少受他欺负吧？他可是一直都不知道怎么疼人的，尤其是女人。”

霎时，池茹犹如找到了同盟军：“周教授，您说得实在是太对了！我和他交往这么多年了，他就一直欺负我，而且抠门得要命，我平时花点钱他都要让我还钱呢。他就是个典型的吝啬鬼，一点儿都不知道疼女友。”

这些旧账，池茹可都记得清清楚楚的。

虽然现在孔忘川没再故意克扣她的零花，甚至还大方地允许她买买买了，但他以前犯下的错，她该告状的还是得告状。

不过没想到，孔忘川竟然也不反驳，反而还顺着她的话道：“对，一切都是我的错，我以前太过于约束你了，只想着让你改掉花钱大手大脚的习惯，却不知身为女友，你完全有随意买买买的权利，是我没有顾虑到你。”

好犯规哦！

一番话说得让她竟然气不起来了。

池茹吐了吐舌，“嘁”了一声：“算你会说话，暂时原谅你以前对我的坏了。”

周教授看着好笑，对着墓碑上孔父孔母的照片道：“老孔，弟妹，瞧见没？忘川给你们找了个能管住他的媳妇儿呢。你们在地下可别再埋怨他不孝顺不懂得给你们老孔家留后了。我估摸着啊，他马上就要步入婚姻殿堂了，连带着你们的未来孙子孙女问题估计也能一块儿解决了。”

听得周教授这话，饶是池茹面皮子厚，她还是有些不好意思起来。

她将手上抱着的马蹄莲恭恭敬敬地放到墓碑前，与早已经放在那儿的两束花并排。她不免疑惑了一下。周教授是一个人来的，那另外一束花，是谁送来的？

不过，她也无暇多想，她的注意力集中到了墓碑的照片上。

老旧的照片已经上了年代，她却依稀可以见到当年孔父孔母的飒爽英姿。

两人因公殉职，热血洒在了这片他们守护的土地上，虽死犹荣。

她深深地朝着墓碑躬身：“伯父伯母你们好，我是池茹。你们的英雄事迹我可都听我老爹老娘说了呢。你们为了守护正义和持枪歹徒搏命，救了银行里三十多个人，我可是一直都将你们当成我膜拜的对象哦，我也以身为你们的未来儿媳妇而自豪。先申明，不是我故意不来看你们，是孔忘川他浑蛋，每次都自己一个人偷偷来也不知道带上我这个女友。”

池茹声情并茂说了一堆话，孔忘川则在旁边为她撑着伞，自己的大半个身子则在伞外，仿佛只有雨水的洗涤，才能让他在这一刻不那么脆弱不那么想要流泪。

所有人都疑惑他明明热爱自己的事业，为什么半途却退出了公安系统干起了物联网，唯有他自己知晓，那是因为什么。

当职位越高，也便代表着责任越大。

他当年为了体验他父母曾经走过的路，在毕业后毅然决然地考上了公务员，当起了一名公安。随后，一路在公安机关摸爬滚打，基本上在各个部门都待过，理论知识和实践经验都格外充实。后来成了公安机关的业务指导，培训了不少预备警官和在职警官以及亚洲分部的国际刑警，他所承受的压力，也越来越重。

日复一日的压力，终于让他选择了逃避。因为他开始怕了起来，害怕有朝一日，自己也和父母一样因公殉职。

作为一名公安，这种畏惧死亡的心理完全就是耻辱。

他不能让这样的耻辱发生。

所以他离开了他所热爱的公安生涯，转而利用人脉开始了自己的创业之旅。

其实，他真的应该感谢池茹。

是池茹对破案的坚持，让他答应了成为警方的办案顾问。是池茹一次又一次地预见到案发现场，她一路格外主动地拉扯着他往前进，让他一点点克服心理障碍，敢于真正面对死亡。

如果注定了人终有一死，那么何不死得其所？

是她，改变了他。

让他摆脱了那些消极心态，真正有所得。

对上照片上自己父母笑容满面的合照，孔忘川眼角顷刻间就湿润了。

雨水与泪水混杂，让人分不真切。

他郑重其事道："爸妈，我将你们儿媳妇带到跟前来了。很抱歉，以前因为没有确定自己的感情，所以一直没带她来。今天，我站在这里，由你们和周教授共同作为见证，我愿意娶池茹，照顾她一辈子。只要我的心还在继续跳动，我爱她的心就永远不会停止。如若我的心跳不幸停止了跳动，我和她未来走过的路也会印满整个天地间，指引着下一世的我重新爱上她。"

语毕，他掉转身，面向池茹。

随即，他将伞柄递交到她手上，自己则从上衣口袋内掏出一枚戒盒，他将它打开，随后视线紧紧地凝视着池茹，单膝……就这么跪了下来。

"钻戒有了，单膝下跪有了，海誓山盟有了，你是不是该允我一生？"

池茹上一分钟还在震惊于他在孔父孔母的墓碑前说出来的情意绵绵的话，下一分钟就见到他还真的拿着钻戒单膝跪地了。

只不过，她还是傲娇地故意将脸鼓成了一只包子："谁跟你海誓山盟了？那明明是你一个人的海誓山盟，跟我有什么相干？"

周教授在旁边笑得快要直不起腰来了，坚定地站在池茹这一边："对，我可以做证。人家茹茹可没和你搞什么海誓山盟，全程都是你一个人在那儿唱独角戏。"

被这两人一唱一和地埋汰，孔忘川有些头疼。

不过，他还是笔挺着身姿单膝跪在已经湿透的地面上："既然你不愿意嫁给我，那我只能一直跪在这儿不起来了。"

这男人又犯规了！居然玩起了让她心疼这一招。

池茹鼓了鼓腮帮子，沉吟了良久，朝他伸出了自己的左手："看在未来公公和婆婆的面子上，那我就勉为其难答应你的求婚吧。"

她这话一出，周教授乐了："未来公婆，啧啧啧，小丫头改称呼改这么积极。一看就是以后要被忘川这小子吃得死死的啊，你啊，亏了。"

脸上滑过一丝羞涩，粉嫩的脸上飘起了红云。池茹娇羞地垂首，下意识地紧了紧手上握着的伞柄，只不过伸出去的左手，却并没有因为周教授的这句话而收回。

孔忘川眉眼温润，嘴角勾了勾。

“周教授，你就行行好别捣乱了。若我爸妈知道你想把他们儿媳妇给吓跑，可不会饶了你。”

说话间，他已经极为郑重地将戒指套在了池茹的左手无名指上。

“哎？怎么不是中指？”女人提出疑惑。

“都确立关系那么多年了，再戴中指合适吗？而且我是求婚，可不是单纯地求女朋友。”

池茹：“……”莫名觉得他好有道理。

转念一想，她又觉得不对：“那我岂不是缺少了好多年的女友福利？你必须得给我补上！”

“好，回头我将我名下的车子、房子，动产、不动产，让财务和律师统计一下都过到你的名下。”

池茹严重怀疑自己幻听了：“你来真的？”

男人在她手指上落下一吻：“自然。”

再站起身时，他依旧是光风霁月，风神朗俊，似乎根本没有因为跪在细密的雨水中求婚而有丝毫的狼狈。

他将戒盒收了起来，将她揽入自己怀中，顺手重新拿回了刚刚由她接手的伞柄，让大伞牢牢地罩在彼此头顶，就似由他为她撑出了一片遮风挡雨的天。

周教授颇有点老怀安慰的感觉，苍老的手擦拭过墓碑上做了特殊处理的照片：“老孔啊，弟妹啊，这下子你们的儿媳妇和孙子孙女是绝对没跑的喽。”

三个人在二老的墓前畅所欲言，丝毫没有因为天气原因而将这一场祭奠草草收场。

也不知过了多久，孔忘川担忧道：“周教授，咱们走吧。您的腿关节不太好，别再被雨的湿气给弄得落下毛病。”

以往周教授在父母忌日前来祭奠，都会在这儿坐上一个上午，天南海北地和曾经的老伙伴叙旧。他站不住了，就坐在旁边，顺便给两人的墓碑附近拔拔杂草，再喝上几口老酒敬敬两人。

不过今儿个天公不作美，他自然是不能坐下来。

孔忘川为了不让他的腿受不住，忙规劝起来。

一行三人走上漫长的石阶路。

此时由孔忘川一手撑伞一手搀扶着周教授，池茹则自己撑伞走在旁边。

周教授一路上都在嫌弃孔忘川：“我还没七老八十呢，你小子犯得着这么看不起我吗？”

池茹忙帮着嘿嘿解释：“周教授您当然身强体壮，咱们这不是怕雨天路滑嘛。”

终于走到了停车场。

周教授走向自己的车，临上车前又不放心地开口：“忘川，有关于茹茹能够预见到凶案现场的问题，我和几个在大脑方面有杰出成就的专家一起研究过了，对于这样的异能我们无法得出原因。所以，你什么时候有空能送你媳妇儿来一趟研究所吗？我们先给她做个 PET-CT 看看。”

池茹一听，当即便连连摆手：“周教授求放过，我不想当小白鼠被解剖啊！”如果查明自己能够遇见案发现场的真相所付出的代价是自己的生命，她宁可一辈子都做糊里糊涂的人，她可是很惜命的。

“你这小丫头瞎想什么呢，我们又不是什么研究狂热分子，谁没事会给活人做什么解剖啊？这可是杀人，犯法的！”

这话让池茹极为受用，她抚摸了一下自己怦怦怦跳动的小心脏：“这样我就放心了，那个 PET-CT 是全身扫描吧？我随时都可以向公司请假抽时间过去。”

“这是比普通的全身扫描更细微化的扫描方式，先检查一下你的身体状况看看你身体是否良好，我们再根据这些情况做出判断，继续下一步的检查。”

“哦，虽然不是太懂，不过我一定会好好配合的。只要不是解剖我要我的小命，我的热情度会保持一百二十万分的高涨！”

耳畔女人的声音仿若宣誓般激昂，孔忘川闻言，下意识伸手与她垂落在身侧的手交握。

两把伞，三个人。

他与周教授在一把伞下，她独自在另一把伞下。

可这一瞬，两人交握的手，却将两颗心紧紧地缠绕在了一块。

“周教授，冲着您刚刚那话。只要您不忙，我明儿个就带着池茹过去研究所。不过您那研究所可不是普通的研究所，一般人进不去，您可得提前让人给我们放行。”

“这是当然。”

孔忘川隐隐有种感觉，池茹的异样可能跟两年前她被绑差点身亡有关。

至今，那个幕后之人都没有被抓到。

而那人绑架池茹的原因，也无从得知。

可这些，都只是他的推断，他需要更进一步的线索。

云仓公馆。

既然答应了孔忘川的求婚，池茹思考了一番之后，悄悄将自己的衣服和化妆用品挪到了主卧。

两人晚上睡在一张床上，显得格外温馨。

只不过，保守如孔忘川，并没有逾矩。

对此，池茹不禁感慨，果真是个老古板啊，不过这样的老古板，她喜欢。

空调的冷气打得很足，睡梦中，她的背部贴合在男人的胸膛上，紧紧依偎。

这样的画面本该是很美好的。

然而池茹也不知怎的，倏地便浑身发冷起来。

下一秒，她便从他的怀抱中抽离，惊恐地弹坐起来。

感受到她闹出的动静，向来浅眠的孔忘川也随之醒了过来。

黑暗中，他瞧不见她额上冒出的冷汗以及脸上的表情，可他却清清楚楚地意识到了她的反常。紧跟着坐起身来，他拧开床头灯，将手搭在她的肩头安抚。

“第一次和我躺在同一张床上，不太适应睡不着？”

池茹感受着他带来的暖意，看着他那张近在咫尺的俊颜，猛地将自己埋入他坚实有力的胸膛。

她该怎么告诉他，她刚刚再次预见到了自己遇害时的画面，目睹了那个即将杀她的凶手？

浴缸中，她就那么毫无声息地躺在里头，手臂垂落，血水染红了水面。

而那个拿着尚在滴血的水果刀的男人，就这么一动不动地看着已经死去的她。

画面里，他不再只是单纯地露出一只手，这一次，他露出了背影。

然后，她预见到他缓缓转过了身。

瞬间，她只觉得呼吸为之一凝，浑身上下所有的细胞都疯狂叫嚣起来。

孔忘川！

怎么可能会是他！

至今为止，池茹每一次预见到的案发现场，从无例外都会发生。虽然她也曾尽她的努力改变过案件走向，但那也是基于案件在未来的这一天绝对会发生的前提。

所以这一次，她迷茫了。

她无论如何都难以相信孔忘川会杀她。

明明他向她求婚时，所说的誓言是那般美好……

身旁，是孔忘川炙热的温度，以及他温柔的关切声。

池茹望着晦暗灯光下他那张俊脸，扯了扯唇，只觉得自己千言万语哽在喉头，无论如何都发不出声。

—第二十六章—

真相不过是脑中一场博弈 5

第二天，孔忘川便将池茹送往了周教授的研究所。

两人在研究所待了整整八个小时，由人体研究领域有卓越成就的八名专家亲自为池茹做了研究探讨。

等到离开，沉重的心情一直都缠绕在彼此周身。

“放心，一切都会好的。”

夕阳西下，朝霞漫天，他的声音说不出的坚定。

时间一天天滑过。

临近月底，一想到 31 号的死亡，池茹便各种焦躁起来。

这期间，她和孔忘川格外默契地配合演戏，三天一小吵五天一大吵，甚至闹到了分手。

好在池柏年同志和陈汝华女士一直在三亚度假未归，要不然铁定又要训斥她大小姐脾气不知道收敛。

这天，沈茜苄又来公司蹲守温鸣，后者自然是让人将她拦在了办公室外。

她怒骂他吃干抹净之后提上裤子走人的不齿行径，顺带让他整个公司的人都知晓了他们老板的恶劣品行。

池茹扶额一阵头疼，到底还是赶了过来相劝：“姑奶奶啊，你还真是什么都敢往外说啊。那事情不是你主动的吗，是你占了温总的便宜。人家没找你算账就不错了，你居然还来公司诋毁他了！”这年头，不是单单有男流氓，女流氓也是犯法的啊！

沈茜芊依旧是一头张扬的枣红色波浪卷长发：“话不能说得那么难听，什么叫我占了他的便宜？我可是女方哎，当然是我受损失严重了。而且，我还怀孕了！”

原本池茹正听得连连翻白眼，听到最后那句，她一下子就惊住了。

她哆哆嗦嗦地伸出一根手指指向沈茜芊：“你你你……你刚刚说什么？你怀孕了？”

“对，你的双耳没有出现幻听，我确实是怀孕了，需不需要看看我的孕检单？”

池茹整个人都惊呆了，用不用这么刺激啊。

“温总的‘小蝌蚪’也太彪悍了吧，一次居然就中了？”池茹有些难以置信地紧盯着沈茜芊，“该不会是你栽赃嫁祸他的吧？”

“什么栽赃嫁祸！自从有了他，我可是对那些‘小鲜肉’敬谢不敏了！现在的我简直都快成三贞九烈的圣女了，也就只有他对我这么不待见。要是换作其他男人，早就跪谢我对他们的垂青了。”

“那现在怎么办？告诉温总？”

“当然不！告诉他的话他绝对会让我打掉的。”

池茹想了下，同意她的观点：“携子上位什么的，也会搞得你特别倒贴。而且温总是个有主见的人，也不会轻易为人改变，他心里应该对自己喜欢的人有一杆秤，你肯定不在他那杆秤的其中一端。若你真的携子上位成功，那以后岂不是得同床异梦了？”

两人坐在休息区的吧台这边边喝饮料边叽叽喳喳小声感慨。

沈茜芊犹如遇见了知音：“池茹啊池茹，瞧不出来你池大小姐分析得挺到位啊，我有你这么个朋友算是值了。”

“咳咳咳！”池茹一口奶茶差点喷了，她和她什么时候是朋友了！沈欠扁可是这个圈子里的公敌啊，和公敌成为朋友，她的小命还打不打算要了？

“我跟你说，我压根儿就没想过携子上位。若被人知道我是靠着孩子才让男人娶我的，那我沈茜芊岂不是要声名狼藉名誉扫地？丢不丢人啊！”

池茹：“……”你早就声名狼藉名誉扫地了好嘛。

池茹硬着头皮道：“是是是，你沈欠扁当然不可能做出携子上位这种事来。冲着你这耿直的性子，给你点个赞。”

沈茜芊一副姐俩好地搂住她的肩：“咱俩还真是同病相怜啊，都是感情上多舛。我至今为止都没再睡上温鸣呢，你呢，好不容易睡到孔忘川了，居然还和人家闹分手，你这是不作不会死。老实交代，到底是为了什么？”

“还能是为了什么？当然是因为性格不合啊。”

池茹随意地丢出一个理由。

这边，两人坐在吧椅上聊得热络。另一头，不小心听到了两人谈话的李姐果断抓住了两个中心内容。

一、小池和那位孔总在闹分手。

二、那位沈小姐怀了温总的孩子，人家还不愿意告诉温总。

天！她得赶紧告诉温总去！

不能让温总当负心汉啊！必须得对人家姑娘和她肚子里的娃负责啊！

李姐一路来到温鸣的办公室前。

自从Candy被毒害，温鸣接受调查，公司就停业了。如今一切重回轨道，温鸣又重新给自己招了一个秘书。

秘书打电话通知了一声后，便为李姐打开了门。

一走进去，作为元老的李姐忙将门关上，然后语不惊人死不休：“温总，你要当爸爸了！”

正打算休息休息放松一下玩一局游戏的温鸣当场石化。

他手中已经进入了游戏界面的手机，直接便朝着地面掉了下去。

“哐当！”

这一声响，一如砸在他的心头。

市公安局。

一路风驰电掣，孔忘川开车赶到公安局门口。

一下车，他便直奔刑事侦查科。

逮住一个路过的警员，他急急问道：“你们队长人呢？”

“武队去了证物科那边……”

还真是说曹操曹操到，武淮远拿了一沓资料走了来。

“老孔，瞧你这心急的。放心，31 号我忘不了，都安排下去了！”武淮远将人给请到了自己办公室，“云仓公馆那边我们这段时间已经严密监视起来了，卢怀史这个人也在我们的监视范围内。你放心，我们布控严密，绝对不会在 31 号那晚让小嫂子出事。”

“不，不是 31 号。”

“怎么不是 31 号了？你之前不是说……”

“不，那是假的，是有人特意布的局。武子，从现在起，你派人监视卢怀史不变，但可以将云仓公馆那边的人撤离了，我需要你派人全天二十四小时保护池茹。”

“你确定不需要有人守着云仓公馆？如果那人潜入你家怎么办？防不胜防啊。要不这样，我从云仓公馆那边抽调两个人过去保护小嫂子。”

“不需要，你听我的，两个人不够。我需要更多的人，从不同的方位不同的角度跟着她保护她，是前后左右的全方位保护，而不是单纯地以跟在她身后的方式保护。”

这种保护方式，听起来会万无一失，但实际操作起来却格外艰难。

毕竟墨城这座大都市，谁也无法保证交通状况。

而且，即使是跟在人身后都能因为一个红绿灯轻易将人给跟丢了。更别提是在人的前头保护了，那更是难上加难。

“好，我会试试，那你确定那人会提前动手？”

“他会的，他想要的已经快要得到了，现在就差最后一步了，需要他亲自动手才能满足他的变态快感。”

武淮远便立刻打电话安排起来。

孔忘川出了警局，便给池茹打电话：“你人在哪儿？”

彼时，池茹正在人来人往的街头。

阴沉的天气，仿佛随时都会落下倾盆大雨。

她回身看了眼四周，到处都是行色匆匆的人，似乎并没有什么异常。

她凶巴巴道：“你管我在哪儿呢？我们已经不可能了你别再来找我了！我不想和一个杀人凶手做什么男女朋友当什么鬼屁夫妻！”

孔忘川面色一柔，对于她戏精上身的一面格外无奈：“被人跟踪了？”

池茹：“别再挽回我了，咱俩玩完儿了再也不见！”

说完她，便挂断了。

“轰隆——”

在她挂断的下一秒，一个响雷炸开在远方的天际。

伴随着这一声，滂沱大雨就这么落了下来。

哗啦啦的响声，不绝于耳。

路上的行人纷纷躲避，一个个都疾跑起来。

池茹刚要随大流，冷不防头顶被撑起了一把伞，而下一秒，有什么尖尖的东西顶在了她的腰侧。

正好是以她能够看到的角度。

而她，也确实是下意识垂眸望向了那一处。

一把匕首，就这么入了眼。

雨天，大伞，抵在腰侧的匕首。

竟如此熟悉。

“池小姐，又见面了。”伴随着这一声，池茹望向身后的男人。

一道“7”字形状的伤疤，赫然入目。

没错，两年前，正是这个人将她从人来人往的街头掳走！她一直记得自己肚子上还有被另一个手持手术刀的男人划开留下的疤痕。

太过于丑陋，让她最终选择了做手术去除。

当年这一场生与死之间的博弈，让她至今想来都是一场噩梦。

原以为他和那人逃到了天涯海角，没想到，在两年后的今天，竟再次出现了！

“你想要做什么？警告你别乱来啊！这是在街上，我报警了！”

“池小姐，这儿没人会注意到你的异样。”男人脸上的疤痕狰狞起来，“不想当场就死的话就乖乖跟着我走。”

历史，总是被重复。

三分钟后，池茹被迷晕在一辆黑色商务车内。

不知过了多久，她迷迷糊糊地醒来。

只不过这一次，她不像两年前那样醒在手术台上，而是醒在了浴缸里。

浑身上下没有一丝一毫的力气，她被迫躺在按摩浴缸内，里头的水不断翻涌，一次次冲击着她穿着睡裙的肌肤。

她睁开迷蒙的眼环视左右。

这是一间空间极大的浴室。

而里头的摆设，她再熟悉不过。

随着敞开着的浴室门，她甚至可以见到主卧的部分家居装潢。

一个不好的预感突然袭来。

果然，下一秒，她看到一个人影一步步从暗处走出，迈着坚定的步伐走向她。男人的身材比例很好，是典型的黄金身材。

伴随着他的走近，他那张脸也呈现在眼前。

孔忘川！

“你……怎么会是你？”

“为什么不会是我呢？”男人终于站定在她面前，弯下身，几乎与她面贴面，“池茹，你这女人真是好狠的心，说分手就分手，你知道你狠狠地伤了我的心吗？”

他的声音粗哑，带着愤怒的情绪。

是孔忘川平日里愤怒时会变动的音调。

对，没错，这声音，是孔忘川无疑。

池茹慌乱地想要拒绝他的靠近，却无济于事。身体完全没有了力气，动弹不得。

他仿佛在欣赏着濒临死亡的生物，笑得邪肆。然后，他将一直把玩在手上的水果刀朝她晃了晃：“知道我接下来要做什么吗？”

脑中猛地闪现自己之前预见到的画面，池茹立马情绪激动地摇头：“不，今天不是31号，今天才29号！这和我预见到的不符。”

“不，你已经连续昏迷两天了。今天，正是你被夺去生命的日子。”

男人好整以暇，看着她惊慌失措的模样，竟格外觉得有趣。

他想要达到的效果达成了，接下去，便是属于杀戮的时间。

他刚拿捏好水果刀的分寸，打算朝着她的腕部动脉一划，便听得女人哭泣着开口：“孔忘川，不，你不能杀我。你忘记你向我求婚时说过的话了吗？你能重复一遍吗？”

这话一出口，男人明显怔了怔。

也不知是在回忆，还是在努力思索。

三秒之后，他果断道：“那会儿的我鬼迷心窍了向你求婚，没想到你这女人不识好歹还要和我闹分手。所以你别问我什么求婚时说过的话，既然你都说要分手了，谁还会去记得那些没意义的鬼话？”

说完，他便持着水果刀打算继续划下这一刀。

“不，这不是什么没意义的鬼话，这是你爱上我的证明。你不记得自己说的那番话，是否代表着——”顿了一下，池茹的眼扫向了正对着她的某个光点。如果她猜得没错，这是个摄像头无疑了。她嗤笑着补充道，“是否代表着，你根本就不是孔忘川本人？”

“轰”的一声，男人手上的水果刀没有拿捏好分寸，直接划破了她腕部的肌肤。

血瞬间流了出来。

池茹暗暗庆幸一声，还好没划到动脉。

“你在说什么鬼话！”男人怒道，“我怎么可能不是孔忘川？你别死到临头了还胡言乱语！”

“不，我很肯定你不是他。我家孔忘川不管多么生气都不会这么没绅士风度地大吼大叫，活像一个疯子。”

“不，我是孔忘川。你看我的脸，不是孔忘川的脸是谁的脸。你听我的声音，不是孔忘川的声音又是谁的声音？我现在就告诉你，我，孔忘川，在这一分这一秒，就要割断你的手臂动脉，杀了你！”

男人仿若失去了理智，格外卖力地纠正着她的错误认知。

池茹的嘴角上扬，依旧维持着刚刚的答案：“不，你根本就不是孔忘川。”

“不，我是孔忘川！”

“你不是！”

两个人，就这样一直陷入了死循环，谁也没有退让半步。

只不过，这样的彼此矫正模式，幼稚得像个幼儿园孩子。

终于，在女人越发闪亮的嘲讽眼神中，男人败下阵来。

他扯了扯弧度：“就这么确定我不是孔忘川？”

“你这种人呢，就是典型的画虎不成反类犬，你有哪点像我家孔忘川了？就凭你这整容的脸？还是这个特意训练过的嗓子？”

既然被她识破了，男人也就不再伪装：“真是可惜呢，这么容易就被你看穿了。”

听到他的本音，池茹身体一颤，好不容易才稳住自己的心神：“是你！”两年前那个剖开她的腹部并对她脑部动刀子的男人！

“很荣幸你还记得我！鄙人卢怀史，池小姐，再次见面，请多指教。”

第二十七章

真相不过是脑中一场博弈 6

“指教个屁！”池茹直接不客气地爆脏话，“两年前就是你将我掳走，在我脑内种植了影像芯片！你这个卑鄙无耻恶毒该下地狱的小人！”

“你都知道了？”

“我当然知道！你当年绑架我，明着是剖开我腹部还要往我脑袋上扎手术刀杀了我，其实是以此为遮掩，剖开了我的大脑皮层，在里头安装了细小芯片。之前我便百思不得其解，你当年既然要杀我，为何在警方赶到前还特意替我的腹部和大脑做了简单的缝合包扎，让我得以继续活下来。原来啊原来，杀我是假，种植芯片是真。而这芯片，正是我每次都能够预见案发现场的原因！”

她的脑内被种植了影像芯片，在特定的场景下看到或听到某些特定的人、特定的事，都会触发芯片的启动，让她瞧见死亡现场，而所谓的预见的案发现场也不过是两年前对方安排的一系列提前预演过的谋杀。

“为了让我相信我有预见案发现场的特异能力，你两年前便号召不少人提前做过演练吧？将所有案发现场的画面提前摄录于芯片中，再在两年后，启动我脑中的记忆芯片，让它按照顺序在特定时间出现在我大脑。随后，安排这些人重演这些案件。”

卢怀史心里波涛翻涌。

确实，如她所言。

她能预见案发现场，不过是他设下的一场局。

目的，不过是让一次次成真的“预见”在池茹心里种下种子，最后让她预见到孔忘川在某年某月某日的某个时间点杀了她。这场心理干预的战役，他把控住了每一个环节，让她对孔忘川产生了不信任和他闹僵。自此，孔忘川的心口也就被划上一道口子了。

接下来，便需要他亲自动手了。

他会亲自以孔忘川的身份，了结池茹的生命，录下她濒临死亡的惨烈画面，一帧又一帧，一秒又一秒，亲自将这段视频寄送给孔忘川，让他亲历自己心爱的女人因为怕他杀了她而和他决裂，决裂之后就这样被假扮他的他而杀害。

届时的孔忘川，该是多么痛苦和扭曲啊。

只可惜，他策划了两年之久的一切，居然在收尾的时候被池茹给识破了。

她就这么轻易识破了他的伪装。

这样的话，他再以孔忘川的身份杀池茹，便不能实现了。视频录不下那一幕，事后送到孔忘川手上时，也就达不到他想要达到的效果了。

可惜，真可惜啊。

“你怎么会知道这些？你大脑里的芯片早就被取出了？”

“不早不晚，也就最近才知道的。不过我这人惜命，又担心被暗中观察的你发现异样，所以到现在为止，压根儿没取出那玩意儿。”

那天去周教授的研究所，一系列检查做下来，专家们终于发现了她的异样，讨论了一系列可行性方案，并征询她的意见是否进行开颅手术。

毕竟芯片这种玩意儿，一直被放在大脑中总归是有影响的。

她早就下定了决心，在抓住这人之后，就再去周教授的研究所走一趟。

既然有那么多专家坐镇，她相信她即使在鬼门关走一遭，人家阎王爷也绝对不会收她的。

“为了让我相信自己有预见能力，你收买了那么多人，制造了那么多死亡，你简直就罪不容诛！”

“谁说我收买他们了？我们只是各取所需。就好比那个章澄，她不是一心想要男女平等想要男女在职场中享有同样待遇吗？我就给她这个机会，替她精心挑选了几名敢死队成员满足她的入殓师之梦，又特意安排了人为她部署游戏bug和死亡场景，我这可都是为她分忧呢。”说到兴奋处，卢怀史便停不下来了，他继续道，“值得一提的是，章澄估计到死都以为那几个女人是真的歧视女人，所以才下手不留情，也根本没有意识到她们临死前没有产生过多的反抗。”

“她不知道？她不是在两年前配合你录制视频在我大脑里种下影像芯片了吗？”

“不，她压根儿就不配合录制。她只是寻到了我所说的歧视女人的那几人，按照我让人提供给她的游戏bug篡改死亡场景，并根据那些场景杀了她们。”

“那我预见到的画面是怎么回事？我明明预见到了她在死者死后给她们化妆入殓。”

“不，确切地说，你预见到的只不过是戴着手套的手。”卢怀史笑着勾了勾唇，“两年前，章澄不配合拍摄，所以不得已我只能找了其他人配合。反正就是露一双戴着手套的手，倒也无所谓。后来我顺手抓了个女人来临时客串。哦，就是那个郑榕溪。这女人倒是挺兴奋的，不仅配合着给尸体化妆，后来还扮演起了被杀者方便我们录制。不过，以防万一，该抹去的记忆我们还是给她抹去了。可命运的轨迹一旦行进便会朝着它预期的方向发展，郑榕溪制造了她父母的车祸之后来到墨城，那么凑巧就在罗都商场的洗手间碰上了章澄杀人，如同两年前我们录制的一般，她取代章澄替第一名死者化好死后的妆容。”

池茹听得一阵唏嘘，万万没想到他为了布局，竟如此大费周章。

而且，郑榕溪竟在两年前便参与进去了，即使被抹去了记忆，在她骨子里的天性作祟下，还是走上了那条触及法律底线的不归路。

“不对！那被章澄杀害的第三名死者呢？为什么我大脑芯片内没有呈现她

被杀后入殓的画面？”

“那不是我的人，是章澄无意中发现的又一个该杀的人。”

池茹刹那了然。所以，她当时才没有预见到那被害的第三人。

亏得她当时还以为是因为她没有偶遇对方,所以她的预见能力才没有起效。

简直是可笑至极啊!

等等！池茹突然想到了一个关键点。

“你安排了人为章澄提供游戏 bug 和死亡场景？”

“当然，两年前那款《入殓师的成人礼》还没上线，我们提前摄制的画面和视频当然不可能和两年后的现在画上等号。为了让她的连环凶杀案更完美更被人所熟知，我可是特意挖到了一枚计算机天才，让他在设计游戏的时候特定了几个两年前我们摄制她杀人入殓时的死亡现场，又让他故意将这游戏留下 bug，方便章澄篡改游戏死亡场景。”

池茹只觉得心口震动。

《入殓师的成人礼》团队中，竟早有人被他收买！这一点，警方从未调查到!

“你收买的那个计算机天才是谁？”

“这个，我自然不能告诉你了。毕竟这可是出卖商业机密以及伙同杀人犯作案，是犯罪的，我总不能让为我做事的人吃官司吧？”

池茹无所谓地一笑：“你不说也无所谓，想必项目团队的人都很清楚当时是谁提出这几个游戏场景的，届时一查就一目了然了。不过，我猜最大的可能，应该是该项目团队的负责人钱绪吧？毕竟他才是拍板定案的那个人。也只有他，能百分之百不被人否决掉他拟订的入殓师入殓现场的提案。”温鸣虽然是公司老总，但他只负责总体把关，所有细节都不会过多干涉。所以他驳回钱绪方案的概率，基本上为零。

见被她猜中，卢怀史冷冷一哼：“看来我以前是小瞧了你。”

随着时间的流逝，池茹觉得自己的力气似乎随着药性的消散而一点点恢复了起来。只不过，她不敢有稍大幅度的动作。

睨了一眼自己手上的伤口，还好，因为时间的关系，那点小伤产生的血液已经凝固，不再流血了。

片刻的静默，池茹脑海中闪现章澄在看守所自杀前留下的一份死亡讯息——“深渊游戏不适合你，别太沉迷。希望你能勘破一切，逃过死劫。”

当时他们就在猜测她留下的信息中“你”和“深渊游戏”究竟指的是什么。

如今看来，一切都昭然若揭了。

章澄确实是将这份信息特意留给她看的。

所谓的“深渊游戏”，恐怕是指的“她脑中的影像芯片带领着她一路预见案发现场，不过是越陷越深的一场游戏”吧。章澄是在告诫她，不要沉迷于这种预见能力，希望她能够勘破这一切，逃过最后的死劫。

这个章澄，还算是有点良知的。

只不过，她某方面的善意，却抵消不了她犯下的人命案。

“好了，废话不多说了。既然你已经识破了我的身份，那么我们之前的割脉自杀游戏就告一段落。”卢怀史走向某处，重新调整了一下他刚刚一直开着的录像设备。

“你想做什么？”

“换点更刺激的，不如让孔忘川亲眼看看我是如何顶着他的脸来帮他尽男友的义务的，尽完义务之后，再亲手解决了你。”

池茹忙尝试着动了动自己的手臂，虽然能够动了，但绝对不足以支撑她从浴缸里站起来逃走。她必须拖时间。

孔忘川肯定已经知道她不见了，他绝对能够找到她的。

大脑飞速运转，池茹猛地问道："你究竟为什么那么恨孔忘川？恨到不惜整容成他的样子来让我误认为是他要杀我，再寄给他我被'他'杀害的视频让他承受伤痛，以此满足你的恶趣味。如今又要顶着他的脸来强暴我……"

卢怀史明显烦躁极了："你没必要知道。"

"好，那我换个问题。陈大爷的孙子和孙媳妇也是你的人？"

"哪个陈大爷？"似是在找最佳的拍摄角度，卢怀史回答得漫不经心。

池茹换了另一种问法："小斌和小芬是你的人？是你让他们在两年前拍摄在婚房彼此之间争吵闹离婚的画面的？"

越观察越不满意拍摄的角度，卢怀史索性将摄像机放置在了正对浴缸横截面的位置。这样的话，待会儿他在浴缸里要了她时，两人的脸都能成功入镜，届时他再让她好好露露身体……

他抽空轻描淡写地回道："我和他们不过是各取所需而已，他们当时没钱结婚买房，而我呢，又是这么乐于助人，所以就花两百万买了他们的一场戏喽。不过那个叫小芬的女人婚后被人强暴导致两人闹矛盾的事情我还真的不知道。也算得上阴错阳差，这两人在两年后的那个时间点明明该是演戏离婚的，结果却闹成了真。至于你口中的那位陈大爷，为了阻止他们小两口离婚，还真是枉死了。"

池茹心里的惊涛骇浪一层接着一层，翻涌得厉害。

原来，竟是如此……

"好了，接下来该进入正题了。"卢怀史开始脱自己的衣服，顶着那张孔忘川的脸，显得格外狰狞。

池茹眼见他的动作，心里急得不行。

可是，她等待的人却迟迟没来救她。

她急急地挖空心思找继续拖延的理由。

“我还有一个问题，沈茜芊也是你的人？你先回答我，回答完我就配合你好不好？相比于让孔忘川看见我不屈服于你的身体，让他看到我心甘情愿沉沦在你身下，肯定更能让他遭受打击，你说是吧？”

她一直便觉得奇怪。

在 Candy 中毒案中，她预见到的为什么是两双歪倒在死者旁边的鞋子，而不是按照事实发展一样直接预见到她和孔忘川出现在死者身旁。

因为卢怀史知道，一旦他真的让人假扮了他们，便会露馅了。

毕竟这些预见的画面是两年前提前上演过的，他根本无法把控她和孔忘川在投毒案发生时究竟会穿着什么衣着，所以他只能故意用鞋子代替。

男士皮鞋，女士红色高跟，选择了最保守与最不会出错的方式。

而他，也料准了她在预见到沈茜芊被毒杀的画面时绝对会跑去救沈茜芊。

当时他还没有将那栋别墅转售给孔忘川，所以他还是那栋别墅的主人，那样的谋杀画面摄录起来便方便多了。只不过，为什么沈欠扁也会成为摄录之中的一员？难不成……

“沈茜芊也是你的人？”她再次问道。

卢怀史对于她的提议很满意，一想到她主动臣服于他身下被孔忘川看到，他便各种精神振奋。

所以，他爽快回答道：“你倒是看得起我，沈茜芊他老爹那么有钱有势，她可不屑于同我这样的人为伍。”

“那她怎么会成为你两年前预演谋杀的女主角？”

“哦，那天在酒吧里看到她喝醉了便让人将她抓来客串了一把，让她提前喝下点东西，再摆几个动作，用手段让她惊恐地睁开眼抠抠喉咙，事后便将她送走了，估摸着她也只当自已醉酒后做的噩梦吧。”

池茹瞠目：“居然……是这样。”

“沈茜芊这两年来早就换了无数发型，头发也尝试过各种颜色。是你故意伪装成她的追求者,用不同的号码给她发了她最适合枣红色波浪卷的吹捧言论，让她重新换回两年前的发型，好符合你两年前就预演的一幕，是吧？”

“看不出来你平时大大咧咧的，关键时刻心思挺细腻的。”卢怀史轻蔑一笑，“好了，别以为我不知道你在故意拖延时间。我好心告诉你，这儿根本就不是云仓公馆，只不过是我依照记忆布置出来的而已。孔忘川根本就不可能找到这儿来，警方一直在跟踪的人不过是我的手下而已。特意整容成我的样子来迷惑他们。”

池茹抓住了一个重点。

他刚刚说，他依照记忆布置出来的。

也就是说，他曾经到过云仓公馆。

是偷偷潜入进去过？一想到这个可能，她便毛骨悚然。

试想，她和孔忘川一起住的地方被偷偷潜入了人，他们居然还一无所知，那该有多可怕？如果他有心下毒或者半夜杀人，他们简直就是防不胜防。

“究竟什么仇什么怨你非得这么针对我家孔忘川连带着针对我！”她歇斯底里。

大费周章的布局，用一条条人命以及数不尽的金钱，砸出一条让她误以为能够预见案发现场的异能之路。再让她相信预见到的孔忘川杀了她的画面是真的，让她对他生疑心，让他们的关系彻底破裂。再让孔忘川亲眼见到他顶着自己的脸杀了她……所有的一切，他都是冲着最后的目标——孔忘川。

“你没资格问我。”

说完这句，他便直接去扯她的睡裙。

早知道要脱她的衣服，当时就不该特意给她换上睡裙，索性让她什么都不穿直接躺里头。

布料被撕裂的声音响彻在浴室内，池茹下意识用手臂去遮挡胸前的风光。

“看来你已经恢复了点力气。”他啧啧出声，“只不过你的这点力气，于我而言压根儿就算不上什么。”

说完，他便抬脚进入浴缸。

屈辱、痛恨、苦楚，铺天盖地的情绪席卷而来，池茹已经做好了和他同归于尽的准备。然而下一秒，正待压她身上的男人被人狠狠地揪出了浴缸。紧接着，便是狂风暴雨的拳打脚踢，直接将人打得咳出了大口大口的血。

几名持枪警察迅速控制住了现场，将身上衣服脱得差不多了的卢怀史钳制住了。

眼见孔忘川只顾着狠狠踢打卢怀史似要将他打死才罢休，武淮远忙提醒道：“小嫂子还在浴缸呢。”又大声命令道，“所有人眼睛别给我乱瞄，我们是人民警察，拿出点人民警察的样子来。王韬，你带两个兄弟留守现场。其余人，跟我一起扛着今晚这个大收获打道回府，我倒是要好好审讯审讯他！”

很快，浴室内便只剩下两人。

孔忘川脱了身上的西装外套，格外郑重地裹在她身上。他就这么一直紧紧抱着她，仿佛抱着失而复得的珍宝：“对不起，对不起，对不起……”嘴里，一直重复地道着歉。

池茹原本惊惧的心，因着他温暖的怀抱逐渐平缓了下来。

这下子，反倒轮到她来安抚他了：“你看我不是穿着内衣内裤的吗？我就当是穿着比基尼去沙滩上被人看了，没什么大不了。你别搞得我被人给强了似的，故意给我留心理阴影呢是吧？”

他刚刚差点要打死卢怀史的场景，她可是看得真真切切。他对她的在意和维护，她也知晓得清清楚楚。

既然如此，她当然不能玩矫情那一套让他再担心了。

“孔忘川同志，你放心，我不是那么脆弱的一个人，我会努力站在能够和你并肩的位置上的。”

一个月后。

某栋公寓楼一楼。

当瞧见“电梯维修中”的标志时，沈茜芊有吐血的冲动。

两部电梯，居然都维修。用不用得着这么衰啊！

她的公寓可是在17楼！

毕竟现在怀孕了，她已经戒掉了呼朋唤友去不良场所的习惯，所以饶是心里咒天咒地了一番，还是认命地开始爬楼梯。

正爬楼梯爬得气喘吁吁时，池茹的电话就这么打了进来。

两个女人，煲起电话粥来生平第一次这么长，互相说说闲话斗斗嘴，沈茜芊倒也走了十几层。

毕竟肚子里怀着孩子，沈茜芊走每一步都格外小心。

蓦地，池茹在电话那头提起了另一个话茬：“对了，我花了大代价总算是撬开了孔忘川的嘴，终于知道温总为什么这么不待见你了。想不想知道？孔忘川这人吧，还真是为兄弟两肋插刀，该守口如瓶的绝对只字不提，不管我如何摆着法儿地套他的话，他就是不说。”池茹唏嘘道。

要不是她牺牲色相，她至今都不知道温鸣的身世，也不知道温鸣是自动将沈茜芊的性子与他母亲的性子对等了起来。一样的招蜂引蝶，一样的流连花丛，一样的视交男友如游戏。

将这一切言简意赅地告诉沈茜芊之后，池茹不忘叮嘱：“温鸣不是什么焐不热的石头，就凭你沈欠扁的美貌，还能有不为你折腰的男人？关键是吧，你得改掉你以前那些臭毛病，让温鸣看到你的诚意。顺便再偷偷告诉你一个小秘密，温鸣很喜欢小孩哦，据我家孔忘川说，他以后如果单身一辈子就打算领养个小孩。所以吧，我觉得你可以让他直接领养他自己的儿子，顺道将你这个孩子妈给领养了。加油加油加油！沈欠扁，你可是欠扁女王，绝对没有你搞不定的男人！”

沈茜芊听完连连咋舌：“没想到温鸣的妈竟然这么缺德啊！连自己儿子都不认，也亏得她还有脸在多年后让私家侦探去找他。温鸣这男人也真是的，怎么能将我和他妈对等起来，我可做不出这种丧心病狂的事情来！而且我也从不乱搞男女关系，我顶多就是前男友有点多，但我可从不会和人交往时玩劈腿……”

沈茜芊的声音戛然而止。

她颤着音：“你……你怎么来了？”

在第 17 层的楼梯间，赫然坐着一个高大的男人。

瞧着这副样子，难不成他也是因为电梯坏了所以走楼梯上来的？

不，不对，重点不是这个。

而是……

他为什么会来这儿？来找她的？

温鸣的目光落在她身上，眸色深沉。

面前的女人戴着只无线耳机讲着电话，一手扶着肚子，另一手扶着栏杆小心翼翼地往上走。动作倏地停在了她看见他的那一秒。

他蹙紧了眉，怀着个孩子居然爬那么高的楼。

他薄唇微启，出口的话格外勉为其难：“我听说你怀了我孩子，鉴于你非得让我负责，我考虑了下，勉强就接受了。”

“哎哎哎？”沈茜芊说不出是惊喜还是错愕。

“你不是说你不会像我妈那样缺德吗？那我自然也不能像她那样缺德抛下你和孩子。”男人一步步朝她走了过去。

“喂喂喂？”

池茹正隔着电波听着两人的对话，冷不丁就被挂断了。

沈欠扁真欠扁啊，太不够意思了！

亏她还告诉了她那么重要的情报呢。

通话结束，池茹不得不乖乖将手机上交给孔忘川。

“我可是将我的宝贝身家交给你保管了，等我从手术室出来，你可得第一时间还给我哦。”

孔忘川直接黑下了脸：“你的宝贝身家就是一台破手机？难道不该是我吗？”

哟呵，这个男人说情话的功底见长啊。

池茹忙嘿嘿一笑：“对，你就是我所有的身家宝贝。”

今天是她做开颅手术取出脑中影像芯片的日子，虽然有这方面的专家坐镇，但她说不紧张是不可能的，毕竟被开刀的地方是人的大脑，可不是其他地方。

她已经被人开过一次大脑了，再开一次，想想都知道凶险程度。

“我跟你说啊，你不准告诉我老爹老娘，必须得等我从手术室顺利出来才准告诉他们。”

孔忘川点了点头。

他不会告诉她，他早已通知了二老。池叔池婶在听到消息时便第一时间赶了来，知晓她不愿意他们担心，便一直偷偷猫在研究所里等待着她进手术室。

“还有十分钟进手术室，你能不能稍稍满足下我的好奇心，告诉我卢怀史为什么这么针对你啊？警方审讯出来的结果是什么？”

卢怀史制造的一系列案子警方都已经查清，而他的同伙也已经抓捕归案，正在走司法程序。

可她依旧不知道卢怀史布了这么大一个局如此针对孔忘川的原因。

她抓肝挠肺的，太不好受了。

“那你保证，你一定顺利从手术室出来。”

女人立马伸出三根手指：“我向佛爷爷发誓，我一定顺利从手术室出来。”

他摸了摸她脑袋，附在她耳边低喃。

他也是从武淮远的审讯结果中才知晓，卢怀史正是自己父母从持枪歹徒手里用生命换回来的。那一年的银行抢劫案，父母原本是去银行办业务的，结果却碰到了那样的事情。好在身着便衣行事方便，两人分头行动。结果，却被还是未成年的卢怀史搅了局。他们接连制伏了两名歹徒，在和第三名歹徒纠缠过程中用歹徒的枪打中了歹徒的胸口，那人当场死亡。最后那个唯一没被制伏的歹徒便像失去了理智一般疯狂射击。所有人纷纷闪避，眼见子弹要扫中卢怀史，母亲出于公职人员的本能一把护住了他，父亲则在和歹徒的搏斗中被打中了胸口。两人就这么一起丧了命。好在最后支援很快赶来，顺利擒住最后一名歹徒，营救了银行内三十多人。

毕竟是他的救命恩人，按理说卢怀史应该对孔父孔母充满感激的，而不是对救命恩人的儿子怀着如此大的敌意。

可当时的他们谁也不知道，那四名持枪歹徒中，其中一名正是卢怀史的父亲。而他父亲，正是被孔忘川的父母在保护人质的打斗过程中意外击杀。

他一方面对孔父孔母感激救命之恩，另一方面却对他们怀有仇恨，以至于将仇恨嫁接到了孔忘川身上。伴随着他出国后一直长住伦敦，他的这种恨意不仅没有消弭，反而越演越烈。

他也曾为了替自己的父亲赎罪，在伦敦时千方百计打听那一年的银行抢劫案中遇难者的孩子。

这才发现了成为孤儿的刘顺。

当时资助他，完全是出于忏悔的本能，没想到到头来却将刘顺发展成了自己的一枚棋子。

两年前，卢怀史的恨意彻底觉醒，他精心策划了那样的复仇方式。

也正是听了武淮远审讯的结果后，孔忘川才终于明白了，为什么每年父母的忌日，坟头总会多一束百合。他曾调查过，是花店人员按照订购者的需求送去的。至于订花人，他一直没查到。想来，也该是卢怀史了。

池茹听完孔忘川的话，静默了良久。

久到周教授都不耐烦地亲自过来催了，她才狠狠地亲了孔忘川一口："我一定会替我未来公公婆婆好好照顾你的，所以，你一定要等着我从手术室出来哦。"

男人眉眼间尽是柔情："好，我等着你来照顾我。"

人间数十载，终归太匆匆，不若浮生有你永伴。

两个小时后，孔忘川瞧见了脑袋被缠了一圈纱布的女人从手术室被推出来，送往研究所的特殊病房。

俊脸上的焦躁一点点退散，他迈着坚定的步子，迎向属于他的那缕朝阳。

半个月后。

池茹的情况稳定下来，被从研究所转到了墨城市中心医院。

一场夏雨过后，褪去了夏日的酷暑，天边竟难得地架起了彩虹。

西方缀着生机无限的漫天红霞，霞光投射进病房。

孔忘川坐在床畔，耐心地给某个伤患喂着粥："是谁在手术前说会好好照顾我的？"

女人躺靠在病床上可怜兮兮地打着商量："要不还是你先照顾我几十年，等以后我们老了再来换我照顾你吧？"

还真是……够耍无赖的啊。

他凝视着她，不免失笑。

池茹得了便宜还卖乖，乘胜追击："孔先生，有没有兴趣陪我一起守护世界和平啊？我可以提前告诉你即将被害的死者的详细信息和案发地点让你赶过去救人，不过你得付我点劳务费哟。"

下一瞬，她的额头便挨了一个弹指。

"疼疼疼！不知道我的脑袋刚做过手术金贵着呢？"她抱着脑袋，眼里开始蓄起了泪珠子。

孔忘川对她的戏精上身表示无奈："我弹的是额头不是脑袋。"

"有区别吗？"女人傲娇地扬起了脑袋，一脸"女朋友说的话即使是错的那也是对的"的模样。

他不得不告饶："行，我认错。不过你可以预见案发现场的事情既然已经证实是假，那以后你就别再开玩笑念叨在嘴边了，脑袋上开了两次刀还不后怕啊？"

"哦——"女人拉长了声调，应得不情不愿。不过在他吹凉了粥喂过来时，她立马又欢天喜地地张开了嘴。

孔忘川就这般喂着她，心似乎都要融化开来。

父母离世后，他原以为，这一生他注定会一个人走到尽头。

孤独终老又如何？左不过人生走一场，历尽繁花，沧海尘埃，他已然看淡。

可如今，他的心里住进了一个人，在里头生根发芽，让他的心终于不再乏味单调了。

真好。

【全文完】